期間限定皇后

尼野ゆたか

二見サラ文庫

Illustration SNC
本文*Design* 若杉葉子

CONTENTS

序章

幾多の王朝の中でも、蕣は大変珍しい存在として後世にその名を知られている。初代の曠徳帝が、貧しい小作農出身であったこと。中夏の王朝をたびたび不安定なものにしてきた宦官の弊風を、完全に廃したこと。歴代の皇帝ほぼすべてが、親征を行っていること。洋の東西を問わず交易し、国際色豊かな文化を生み出したこと。

梁青蓮は、そんな蕣を象徴する存在といえる。

彼女の名は、蕣史の貨殖列伝において見出すことができる。貨殖とは貨を殖やす、すなわち資産を増やすことを意味する。貨殖列伝とは、いわば大商人の伝記を集めたものだ。皐の洌帝・燕眞優以降の時代であれば、女性が青史に名を残すこと自体は珍しくはない。しかし、己の才覚で富貴を極めた人物として語られるのは、後にも先にも梁青蓮ただ一人である。

第一章

夢というものについて、梁青蓮は一つの見解を持っている。

『これも天命なのでしょうか』

夢占を生業とする者は、「南に行くと大金を損することになるだろう」だの「その相手は貴方に惚れているのだ」だのと予言してくる。史書を紐解けば、「偉くなる人間の母親が夢の中であれこれ言われた」とか「後々困ったことになる人が前もって不吉な光景を見た」とかいった話が載せられている。道学の書を読むと、「青蓮が蝶になった夢を見た。そして夢から覚めた。さて、今の青蓮は何者なのか。蝶になった夢から覚めた青蓮なのか。それとも青蓮になった夢を見ている蝶なのか」などとややこしい話をふっかけてくる。

青蓮の見解は、それらいずれとも異なっている。

『二人とも、まだ若いというのに』

夢とは、過ぎ去った日々——すなわち過去の記憶が、蘇ったものなのではないか。

青蓮は周囲を見回す。明確に目鼻立ちがわかる人もいれば、輪郭がぼんやりしている人もいる。名前を覚えている人もいれば、誰なのかさえ思い出せない人もいる。至ってばらばらだが、一つだけ共通しているところがある。誰もが、哀しんでいる。

『ああ、何てこと』

一人の女性が声を上げて泣いた。それにつられるかのように、何人もの男女が同じように泣きながらその場に膝を突く。哭。葬儀における儀礼でもある。しかし、この悲嘆は儀式的なものではないだろう。この場で弔われている人たち——すなわち青蓮の両親は、誰からも愛される素晴らしい人たちだったのだから。

青蓮は、自分の頬に涙が伝うのを感じた。そう、この時自分は泣いていた。深い哀しみの底にいたのだ。

『気を落とさないで』

『困った時は、頼ってくれたらいいからな』

周りの大人たちが、青蓮を慰めてくれる。返事もできず、ただ青蓮は泣きじゃくる。

一方で、心は落ち着いていた。かつては、この夢を見るたびに胸が引き裂かれるような思いをしたものだ。しかし、いつからか哀しさは薄れ、冷静に振り返られるようになった。繰り返しこの光景を夢に見るのは、単に記憶が蘇っているだけではないかと推し量ることもできるようになった。

今の青蓮が胸に抱いているのは、己への問いかけだ。自分は、両親のような人になれているだろうか。誰かの力になれる、そんな存在に——

　——そして、青蓮は目覚めた。

　目尻に触れてみる。そこは、乾いていた。今の自分はあの時の自分でないと、改めて確認する。

　意識が、覚めていく。夢の中での感傷から、醒(さ)めていく。

「さて」

　被(かぶ)っていた夜具をどけると、青蓮は身体(からだ)を起こした。ひやりとした朝の空気が、醒め残った感傷を冷ましていく。

　牀榻(しょうとう)から下りて、服を寝間着から着替える。さほど高価でもない、綿の部屋着である。柄や模様はなく、色合いも地味だ。家にいるのだから、着飾る必要などない。

　そもそもこの部屋からして、装飾というには程遠い。家具といえば、ものを置くための卓子に腰を下ろすための椅子、そして横になるための牀榻くらいだ。

　同業の人間には、贅沢(ぜいたく)に走る者も多い。芸術品を買い込んだり、蓄妾蓄夫(ちくしょうちくふ)に励んだり。地方に広い土地を買い、その地域の名士となって悦に入る者もいる。

　青蓮に言わせれば、いずれも疑問だ。芸術品を蒐集(しゅうしゅう)すれば盗賊から守るため警備を厳重にする必要が生じるし、愛人などというのは女だろうと男だろうと年月と共にその魅力が衰えていくと思われる。有力者気取りに至っては、住民を従わせるために政(まつりごと)の真似(まね)事(ごと)をしなければならない。財を用いて、余計に損をしているわけだ。まったく理に合わない。

てきぱきと着替え終わると、青蓮は手ずから朝食の準備をする。

朝食といっても、前日のうちに準備しておいた、ぱっと摑んで食べられるような簡単な献立だ。それを頬張りつつ、青蓮はたくさんの書牘——手紙に目を通し始めた。書牘に記されているのは、各地の風聞である。いずれも、信頼できる者からの知らせだ。

——連年蠢動したる九寨断騰峡の賊、終に州軍の為に破らるる所となりき。峡賊を退けし者は欄州の参賛軍務、費仲慶なり。

——近来、衆人頻りに徠州に於いて飛蝗ありと噂す。将に流言なるべし。吾徠州より来たる者と語ることあり。その言に憂患なく、その様に餓色なし。汝の国に飛蝗の有りや無しやと問えば、唯一笑に付す而已。

「峡賊が破られた、飛蝗の噂は事実ではなかった」

言葉に出して要点をまとめつつ、それらに関わる物事についても記憶から引っ張り出して繋げていく。青蓮の生業にとって、世事に通じることは大変重要なのだ。

——明主賢将の動きて人に勝ち、成功の衆に出ずる所以の者は、先知なり。

兵法書にある言葉だ。英明な君主や優れた武将が相手に勝利し、抜きん出た成功を収めることができるのは、あらかじめ先に状況を知っているからだ——そんな意味である。青蓮の生業は戦場で雌雄を決することではないが、大いに応用できる考え方だ。

朝食と書牘を同時に片付けると、汲んでおいた水で顔を洗って歯を磨き、服を外出するためのものに着替える。とはいっても、貴顕のご婦人方の如く一人では着られないほどに豪華な外出着ではない。柄も装飾も控えめ。素材も奢ったものではない。

満開の花畑のような服に、さほど興味がないというのもある。しかし、最も大きい理由は青蓮の営む生業だ。花々が咲き誇るための、その土となるような仕事なのである。土が花より派手では、花壇失格というものであろう。

着替え終えると、青蓮は鏡台の前に座る。この部屋で唯一と言っていいほどの、立派な工芸品だ。遥か西の国で作られたものである。鏡の枠や台には、中夏のものとは異なる壮麗な装飾が施されている。鏡面は極めて明瞭に光景を映し出し、さながら鏡の中にもう一つ世界があるかのようだ。さて、その鏡に映っている青蓮はというと、鏡の煌びやかさに対して何とも地味である。目鼻立ちがはっきりしているわけでもなければ、口元に妖艶さが漂っているというわけでもない。月並み、常並み、十人並み。先ほど自分を花壇の土にたとえたのは、単なる文学的修辞ではないのだ。

だというのに高い鏡を使っているのは、親友からの贈り物なので使っている。もらった時、青蓮は失礼にも「もう少し身の丈に合ったものが」と言ってしまった。親友は「十分合っている」と言ってくれた。以来、親友の言葉に応えるべく努力を続けているが、なかなか成果には結びつかない。

まあこれくらいで及第だろう、というところで手を止め、改めて鏡を見る。

鏡の中の青蓮に、にこりと笑いかける。鏡の中の青蓮も、微笑み返してくる。自信に満ちた、堂々たる笑顔である。人に信頼されることが第一の仕事なので、まず自分自身を信じている必要がある。

今や準備は整った。部屋から出て、本格的に梁青蓮の一日を始めるとしよう。

「おはようございます」

青蓮が部屋を出ると、立ち働いていた使用人たちが挨拶をしてきた。皆揃いの服を着ている。動きやすく、また颯爽とした印象を与える意匠のものだ。

「おはよう」

青蓮は、会釈を返した。

使用人の動きは、皆きびきびしている。青蓮自身が選りすぐった者であり、また給金も弾んでいるので当然なのだが、実は服装もその助けとなっている。

粗末な格好をしていたら、心も貧しくなっていく。逆に颯爽たる出で立ちは、本人の気持ちまで爽やかにしていく。当人が意識するしないにかかわらず、出で立ちは当人の在り方を形作っていくのだ。

この服を仕立てるにあたって、青蓮は遠方から腕の立つ仕立屋を呼んだ。そして、金に糸目をつけず最高のものを作ってもらった。何なら青蓮が今着ているものより高価だが、まったく問題ない。自分のために働いてくれる人に、最高のものを提供する。それは、青蓮にとってとても満足のいく財の用い方なのだ。

「店に行くわ。お互い、今日も頑張りましょう」

そう言って、青蓮は歩き出した。

大蕣帝国の首都、玄京。広大な蕣の版図でも北方に位置するこの都には、国中からものが集まった。食品、衣料品、嗜好品、宝飾品、工芸品。およそ思いつく限りのありとあらゆる物品が、玄京の城壁の四方に設けられた城門から貪欲に呑み込まれた。

都に物流が集中するのは当然であり、そこに違和感を持つことはないだろう。しかし、集まったものがその後どうなったのか、いかなる形で流通していたのかという点まで想像を巡らせる人は、少ないのではあるまいか。

春の空は、青く高く澄み渡っていた。玄京の春空は霾——沙漠から吹きつける砂塵で煙りがちなので、ただ晴れているだけでも気持ちが浮き立つ。

「春秋には佳日多し、高きに登って新詩を賦す——」

昔覚えた詩など口ずさみながら、青蓮は街を行く。

ふわふわした白いものが、華やかな香りを湛えながら青蓮の前で舞い散る。一見雪のようにも見えるこれは、柳絮という。その正体は、柳の綿毛である。春も深まると、柳は綿毛に包んで種を飛ばすのだ。

「さて」

青蓮は、建物の門前で足を止めた。立派な一方、威圧的でなく親しみやすい外観をしている。入り口の上に掲げられた扁額には、「仁英店」とある。

「今日も頑張りましょう」

使用人たちにかけた言葉を繰り返すと、青蓮は仁英店の――彼女の店の戸を開けた。

店の中は、さほど広くない。商品が並べられているということもなく、卓子や椅子が何組か置かれているだけである。どうしてこんなに簡素なのかというと、店で取り扱うのは、普通の品物とは少々違う何かだからだ。

「あの、すいません」

店に入ろうとしたところで、青蓮は後ろから声をかけられた。振り返ると、店の外に一人の女性が立っていた。

よく日に焼けていて、小柄ながら手足にはしっかりと芯が通っているふうに見える。背中には、彼女の身体の倍はあろうかというほどに大きな荷物を背負っていた。

「仁英店にご用でしょうか？」

青蓮は、そう訊ねる。

――天下の衆民は、その生業から様々に分かたれる。政に携わる士大夫がいて、田畑を耕す農民がいる。道具を作る工匠がいて、ものを商う商賈がいる。青蓮が仕事で関わることが多いのは、商賈だ。

外見からすると、あちこちを渡り歩いて商う客商と呼ばれる商賈のようである。しかし、その態度には客商らしからぬぎこちなさがある。

「そう、そうなんです」

女性が、勢い込んで近づいてきた。青蓮の背丈は女性としては平均的なものであり、見下ろす形になる。

「噂を聞いたんです」

女性は、真(ま)っ直(す)ぐな目で青蓮を見上げてきた。

「仁英店に頼めば、私みたいなぽっと出のお上(のぼ)りでも都で商売させてもらえるって聞いて。ほんとなんですか？」

とくん、と胸が高鳴る。商賈なら誰でも感じるもの。商いの好機——すなわち商機を前にした時の、言い表しようのない昂(たかぶ)りだ。

「ええ」

女性の視線を、正面から受け止めてみせる。

「きっと、お力になれると思います」

女性の表情に安堵(あんど)が浮かんだ。ある程度の信用を得ることに成功したようだ。

「こちらへどうぞ」

青蓮は女性を店に通し、卓につくよう勧めた。自分は奥に移動し、用意してある水差しから茶碗に水を注ぐ。それを盆に載せて戻るなり、青蓮はきょとんとした。

「どうなさいましたか？」

女性が、椅子にも座らず突っ立っていたのだ。

「わたし、都に着いたばかりで。こんな綺麗な椅子に座ったら、汚しちゃわないかって」

女性は恥ずかしそうに言った。旅塵を払う暇も惜しんで、青蓮の店まで来たのだろう。

「こちらの卓子も椅子も、お客様をもてなすためのもの。遠慮なくお使いください。お荷物も、その辺りに下ろしてくださって構いませんよ」

そう言って頷いてみせると、女性は遠慮がちに荷物を下ろし、椅子に腰掛けた。

「どうぞ」

青蓮は、女性の前に茶碗を置く。

「いいんですか、こんな立派なのをわたしなんかに」

女性がおろおろする。

「ええ。これもお客様にお出しするためのものなので」

茶碗は、彩り豊かな模様が施された磁器である。腕利きの窯元から、直接買い入れたものだ。

「では遠慮なく」

女性はぱっと茶碗を手に取ると、水を一気に飲み干す。

「はあ、生き返ります」

そして、にこっと笑った。飾らない所作に、竹を割ったような人柄が表れていて好ましい。

「さて、それではお話を伺いましょうか」

青蓮は女性の向かいに座った。無論、善い人間が即ち優れた商賈というわけではない。しっかりと話を聞いた上で、判断する必要がある。

「ああ。名乗ってませんでしたね。私は陳小蘭です」

女性が、自己紹介をしてきた。

「梁青蓮、字を東薫と申します」

青蓮も名乗り返し、両手の袖を合わせ、丁寧に揖礼を施す。

すると、びっくりした様子で女性は礼を返してきた。信頼の有無がすべてを左右する商賈にとって、いかなる相手でも礼儀正しく接するのが基本だ。地域によって慣習が異なったり、話す言葉が異なったりすることもあるが、そこだけは共通している。彼女は、取引そのものに慣れていないようだ。

「――わたしは、班州からやってきました。持ってきたのは、茶です」

小蘭が話し始める。

「茶ですか」

班州は、一般には米の産地として知られている。茶が産出するという話は、初耳だ。

「わたしたちは、皆米を作ってました。お上への税もそれで納めてたんです。だけど最近、大変になってきてて」

小蘭が言葉を切った。悔しそうに、顔を歪める。

「商賈がやってきて。あれこれ理由をつけて銭を貸してきては、米で取り立てるようになったんです」

「――なるほど」

よく聞く話である。豊富な資産を有する商賈が、農民にあくどい形で銭を貸して儲けるのだ。春のうちに青田買いという形で銭を貸しつけ、収穫した米を取り立てる。そして都など米が高く売れるところまで運んで売りさばき、さらに稼ぐというわけである。

「それは、苦労なさったでしょうね」

心から、痛ましく思う。ただ商賈があくどい真似をしてくるだけなら、農民は立ち向かえばいい。何なら、(その是非はさておき)踏み倒してもいい。

だが、大抵の場合はそうはいかない。商賈は、争いにおいて銭貨の力を武器にする。その地域の権力者を買収し、権力を盾として農民たちを蹂躙するのだ。

商賈として――否、人として恥ずべき行いである。しかし、実際問題として取り締まることは至難の業だ。

中夏の天地はあまりに広い。朝廷の目も、隅々までは届かない。小蘭たちのような目に遭っている人は、数えきれないほどいるのだ。

「だからわたしたちは、茶を作ることにしたんです。商賈にばれないように、隠し畑でお茶を作って稼いで、まとまったところで借銭を返すことにしたんです」

小蘭が言う。

「味にはこだわりました。毎年毎年工夫を繰り返して、わたしたちのところでしか採れないものにしました。狙いは、高く売れるものです。高く売れるなら、そうたくさん作らなくてもいい。隠し畑で採れるくらいの量でも、十分なはずです」

再び、青蓮は心中で頷いた。しっかりした計画を立てている。様々な困難にもめげず、自分たちに可能な手立てを探り実行している。

彼女たちは強い。武力でも財力でも権力でもない、この天地の間に生きる者としての命の力が、逞しい。

「分かりました。それでは、そのお茶を試させてください」

あとは、ものの質である。最も重要な部分だ。いかに誠実で、いかに綿密に計画を立てたとしても、もの自体に魅力がなければ商うことは困難である。

「煎じ方はどのようにすれば？」

「どういうふうでもいいです」

小蘭の言葉には、揺るがぬ自信があった。

「誰がどう煎じても美味しく飲める、それがわたしたちの茶です」

「かしこまりました」

その自信に対する敬意を礼で表すと、青蓮は立ち上がった。

「それでは、この場で煎じますね」

そして、道具の用意を始めた。風炉、鼎、釜、碾、夾――卓子の上に、必要なものを並べていく。

「一通り揃ってますね」

荷物から茶葉を出しながら、小蘭が驚く。

「はい。お客様によってはお茶をお出しすることもありますので」

そう答えながら、青蓮は小袋に入った茶葉を受け取った。小蘭の言葉を尊重し、あえて手間をかけすぎず気軽に煎じる。

出来上がったところで、茶碗に注ぐ。まずは色から確かめる。やや薄めだが美しい。豊かに実った稲田を連想するのは、小蘭の話を聞いたからというだけではあるまい。

続いて両手で持ち、口元に寄せてみる。

「――いい香り」

思わず声が出た。爽やかな風が、胸を吹き抜けていくようだ。客に振る舞うこともあり、様々な茶を一通り嗜んできたが、この清々しさはあまり記憶にない。

香りを存分に楽しんでから、そっと口をつけて茶を含む。そして、じっくりと味わう。二口、三口。青蓮は、丁寧に茶を味わう。飲みきったところで、青蓮は感想を告げた。

「大変素晴らしいです」

世辞ではない。この茶は、本当に美味しい。小蘭たちの努力は、見事美しい花を咲かせたのだ。

「でしょう！」

小蘭が目を輝かせた。

「——よし、決まりね」

程なく答えは出た。不思議そうな様子の小蘭に、青蓮は言ってのける。

「この茶にとって、最もふさわしい取引相手のところへお連れします」

「待って、待ってください」

紹介先に到着した途端、小蘭は仰天した。

「ここってまさか、芳容楼だべした？」

言葉に、班州のお国言葉が混じる。よほど驚いているらしい。

「そのまさかですよ」

青蓮たちがやってきたのは、一軒の飯店だった。

「おらでも知ってます。舜が始まった頃から続く有名店じゃないですか」

店を前にした小蘭は、すっかり狼狽えてしまっている。

「今やこの玄京において、帝室の次に由緒正しいのがこの芳容楼だと言われてますね」

「でしょう？　やんごとない方々も、お忍びでいらっしゃるって話じゃないですか」

小蘭は辺りを見回して、途方に暮れたような顔をする。

「そもそも人もたくさんですし。わたし、こんなにいっぱい人がいるのを初めて見ました」

店が位置するのは、都で最も賑(にぎ)やかな塔原(とうげん)大路である。老いも若きも、男も女も、富める者も貧しき者も。およそありとあらゆる人々が、行き交っている。

呼び声を上げながら物売りが通り過ぎれば、華麗な服装に身を包んだ貴婦人が現れる。武器を担いだ兵士と、法衣に身を包んだ仏僧がすれ違う。

建物も、それに負けず劣らず多彩だ。伝統的な中夏の住居が立ち並んでいると思えば、遥か西から伝えられた天主教の天主堂(チャペル)の十字架が道を挟んだ向かいで輝いている。そんな街でも、芳容楼は一際目立っていた。三階建ての偉容を誇り、周囲を睥睨(へいげい)するかの如くそびえ立っている。

「さあ、行きましょう」

青蓮は、早速店の中に入った。

「ちょ、ちょっと！」

荷物を背負った小蘭が、慌てた様子でついてくる。

一歩店内に足を踏み入れれば、一番目立つ場所に「天下第一処」という書が誇らしげに掲げられているのが目に入る。蕣の初代皇帝の謀臣として知られる臧崇(ぞうすう)が揮毫(きごう)したものだ。彼は生涯を通じてこの店を愛し、「天下第一処」――すなわち天下で一番の店と称(たた)えた。

店の中に、客の姿はなかった。まだ昼前、開店には早い頃合だ。

「すみません、今は仕込みを行っていて――」

忙（せわ）しげに立ち働いていた給仕がそう言いかけたが、青蓮の顔を見て言葉を切る。

「これはこれは、ようこそおいでくださいました」

そして、立ち止まって礼を施した。その尊重されように、小蘭がぎょっとする。

「お忙しい中すみません。店主はいらっしゃいますか？」

青蓮は、落ち着き払ってそう訊ねた。

「ええ。開店前の仕込み中ですが、それでもよろしければ」

「はい。お手数はお掛けしませんので」

青蓮は、悪戯（いたずら）っぽく笑ってみせる。

「ただお茶一杯分のお時間を、仁英店にいただきとうございます」


「おや、東薫さんじゃないか」

厨房（ちゅうぼう）に入るなり、青蓮は字で呼ばれた。

「どうしたんだい」

仕込みの手を止めてこちらを向いてきた人物こそ、当代の主（あるじ）である譚陽（たんよう）である。

中肉中背、目立たない雰囲気をしている。しかし彼の腕前は本物であり、歴代の店主たちの中でも一、二を争うというのが玄京の美食家の間での評判である。

「こんにちは、ご主人。お忙しそうですし、単刀直入に参ります」

青蓮は、あらかじめ小袋に入れておいた茶葉を差し出した。

「こちらの方が、はるばる班州より運んでこられた茶葉です」

「班州の茶、かい？」

譚陽は、青蓮と似たような反応をする。考えていることも、大体同じだろう。

「ええ、そうです。ぜひ一度試してみてください」

「まあ、一息入れるのにちょうどいいか」

少し考える素振りを見せてから、譚陽は頷いた。

「もらおう。煎じ方は？」

「ご随意に。どのように煎じても美味しくいただけますよ」

「へえ。——おい、ちょっと煎じとくんな」

六分四分から五分五分くらいの割合で感心と疑問を混ぜ合わせた返事をすると、譚陽は下町言葉で呼びかける。

「へい！」

厨師の一人が威勢良く返事をし、譚陽から葉を受け取った。

「ちょっと立て込んでてな、悪いが続けさせてもらうよ。茶も出さずにすまないな。むしろこっちが出してもらう始末だ」

譚陽が、申し訳なさそうに言ってくる。

「ええ。私たちのことはどうぞお気になさらず」

笑顔で青蓮が答えると、譚陽は作業を再開した。

「あの、あの」

その手際の良さを見物していると、くいくいと袖を引かれた。小蘭である。

「やっぱり、これってちょっと無茶じゃないでしょうか」

自信はあると言っていたが、いきなり中夏にその名を轟（とどろ）かせる芳容楼でその実力を試されるとなると、狼狽えずにはいられないようだ。

「無茶なんてことありませんよ」

改めて、青蓮は小蘭を見る。

三十を越えた青蓮より、ずっと若い。親子くらい、とギリギリ言えないくらいの感じだろうか。都の女の子なら、俳優にときめいたり美味しいお菓子を食べたりと色々楽しんでいる年頃だ。しかし彼女は、こうして重い荷物を背負ってはるばる旅している。

青蓮は小蘭の手を取った。伝わってくる感触は、しっかりとしている。来る日も来る日も硬いものを握り続けてきたことが、伝わってくる。

「何年もかけて作り上げた」という言葉が、思い出される。小蘭の手には、その歳月が刻み込まれているのだ。彼女たちの苦心と忍耐と希望とを象徴する、そんな手であるように青蓮には思えた。

「あの、えと」

小蘭が、おろおろする。恥ずかしいのか、耳が少し赤らんでいる。

「大丈夫。大丈夫です」

小蘭の手をぎゅっと握り直し、青蓮は微笑みかけた。押しきられるように、小蘭が首を縦に振る。

「それよりも、『天下第一処』の仕込みを間近で見られるなんてなかなかない機会ですよ。しっかり堪能しましょう」

そう言って、青蓮は手を離した。

「お茶、入りやした」

しばらく厨房の様子を見学していると、先ほどの厨師が戻ってきた。普段店で出されているのとは違う、飾り気のない碗に注がれている。

「おう、ありがとよ」

綺麗な水で手を洗うと、譚陽は碗を受け取った。まずはその香りから確認する。

「ほう」

譚陽の瞳が輝く。彼も、あの爽やかさに魅力を感じたようだ。

続いて、譚陽は茶に口をつける。その表情は、真剣そのものだ。

小蘭が、身を硬くする。無理もない。青蓮も、固唾を呑んでしまう。譚陽の迫力、都随一の店を切り盛りする料理人の凄みは、やはりただ事ではない。

ゆっくり、時間をかけて譚陽は茶を玩味する。厨師たちも、その様子をちらちらと窺っていた。普段から譚陽の元で働く彼らをして、なお気後れさせるほどの圧迫感らしい。

やがて、譚陽は茶を飲み終えた。碗を手に黙然と突っ立ち、何やら考え込む。

「そっちの人が、持ってきたんだよな」

ようやく口を開くと、譚陽は鋭い目つきのまま小蘭を見やった。

「は、はい。——あ、わたしは陳小蘭っていいます」

上ずった声で、小蘭が返事をする。

「じゃあ陳さん。ちょっと聞くが、これを持ち込んだのはうちが最初かい？」

「はい、そうです」

「よし。待ってな」

頷くと、譚陽は出し抜けにその場を立ち去った。青蓮か小蘭、あるいは厨師たちから様子を見に来ていた給仕たちに至るまで、この場にいる全員が当惑していると、譚陽は戻ってきた。

「とりあえずの手付けだ。持っていってくれ」

その手には、眩い光を放つものがあった。人の目を惹きつけずにはおかない、高貴にして気高い輝き——銀だ。

「まさか、馬蹄銀」

掠れた声で、小蘭が呻く。

馬蹄銀。舜で流通している貨幣の中でも、最も価値あるものだ。純度の大変高い銀で作られ、その名の通り馬の蹄に似た形をしている。

「おう。あるだけ買い占めさせてもらう。ただし条件がある」

小蘭を見つめながら、譚陽は言う。

「次の収穫からも、この茶はうちだけに卸してもらいたい。ゆくゆくは、うちの――芳容楼の伝統の一つに加えたいと考えている」

「ほ、ほんとですか？」

聞き返す小蘭の声は、震えていた。

それも当然だろう。芳容楼の伝統に加わるとは、店がある限りこの味が伝えられるということを意味している。おそらく、小蘭たちの茶は――中夏の歴史に名を残す。

「当たり前だ。芳容楼を仕切る人間が、冗談で伝統を口にできるもんか」

その答えを聞くなり、小蘭の両目から涙が溢れ出した。何か言おうとして、失敗する。胸がいっぱいになってしまったらしい。

「少し事情がありまして、これが班州のものだというのは伏せておいていただけますか？」

小蘭の背をさすりつつ、青蓮は譚陽に頼んだ。小蘭たちがこっそり作ったものだということが明らかになったら、収奪の対象にされてしまいかねない。借銭を完済できるだけの蓄えが作れるまでは、秘密にしておくべきだろう。

「おう。特別に契約を結んだ相手から仕入れたとか、適当に話をこしらえておくさ」

譚陽は、細かいことを詮索せずにそう請け合ってくれた。

「あ、ありがとうございます！」

我に返ったらしい小蘭が、譚陽に揖礼する。

「東薫さんも、ありがとうございます。本当に、貴女(あなた)にお願いしてよかった」

続いて、青蓮にも同様に礼を施してくる。

「その通りだな」

小蘭の言葉を聞いた譚陽が、笑顔で腕を組んだ。

「都で牙人(がじん)を選ぶなら、迷うことなく仁英店。俺はそう思うぜ」

――牙人。それこそが、青蓮の営む商いである。

地方から来た商賈は、都での商いに難儀するものだ。言葉や商いの慣行の違いは、そう簡単に馴染(なじ)めるものではない。

逆に都の商賈にしてみれば、地方の商賈はどこの誰とも知れない存在である。いい商品だと売り込まれても、どうしても二の足を踏んでしまう。

そんな両者を繋ぐのが、牙人である。地方の者には、不慣れな都での商いを支援し、安心して商品を託せる取引先を紹介する。都の者には、地方から持ち込まれる商品の良し悪(よしあ)しを己の目で確認し、質を保証する。

玄京には、中夏の全土からものが集まる。集まったものは、混乱なく取引され都の隅々へと行き渡っていく。これを可能にしているのは、ひとえに牙人の働きなのだ。

「お困りの時はいつでもどうぞ。仁英店が貴方の商いをお手伝いします」

ふふと笑うと、青蓮は芝居気たっぷりに揖礼してみせたのだった。


取引に必要なあれこれを済ませると、二人は店から出た。

「そう言えば、お宿の準備は？」

ふと思い至り、青蓮はそう訊ねた。すっかり身軽になった小蘭は、はっと驚いた表情になった。

「まだです」

小蘭が、しょげかえって言う。

「まだなのですね。でしたら、私がお宿を紹介しましょうか？」

青蓮はそう申し出てみる。

「あ、ぜひ！　――でも、いいんですか？」

「ええ。私どもがいただくのは、商いが成立した時に双方から頂戴する手間賃です。それは、宿でも同じなのですよ」

先ほどは、小蘭が売る側で譚陽が買う側だった。今度は、小蘭が買う側で宿が売る側になるということだ。

「商賈にとって、商いは戦いです。商賈にとっての取引の場は、武将における戦場だと言っても過言ではないでしょう」

青蓮は天を見上げる。まるで小蘭たちの成功を祝うかの如く、美しく晴れ渡っている。

「しかし、商いと戦いには一つ大きな違いがあります。戦いは、どちらかが勝てばどちらかが敗れるもの。どちらも勝ちを譲らなければ、双方が傷を負って痛み分けになります」

青蓮は小蘭に目を戻す。

「しかし商いは違う。買う者も、売る者も、それを取り次ぐ者も、皆が勝利を収めることが可能なんです」

これは、青蓮にとっての志(こころざし)。

「商いとは、皆が笑顔になる形を追い求める営みでもあるのです」

牙人として仕事を始めたその時から、ずっと追い求め続けている理想である。

「それでは宿に行きましょうか。案内しますよ。立ち話も何ですしね」

青蓮は、周囲を見回した。人通りは多く、立ち止まって話しているだけで邪魔になってしまう。

「こちらへどうぞ」

青蓮は歩き出した。小蘭もついてくる。

「しかし、着いた時には不安でいっぱいでした」

少し行ったところで、小蘭がそんなことを言った。

「峡賊が勢いを増してるって話を聞いて、そもそも帰れるかどうかも心配でしたし」

「――峡賊が？」

青蓮は、眉をひそめた。

「それは、九寨断騰峡の賊のことですか？」

「はい。城門に入る手続きを待っている間、一緒にいた客商の人から聞いたんです」

戸惑った様子で、小蘭が説明する。

「――なるほど」

朝読んだ書牘の内容と、矛盾している。これは少し、調べてみる必要があるようだ。


「商いには全員が勝利を収める方法がある、か」

馬に乗った女性が、そう呟（つぶや）いた。

「水はよく万物を利して争わず、衆人の悪（にく）む所に処（お）る。貨殖によって、大いなる道の業を為（な）すというわけか」

その声に漂うのは、深い知性。思索と学問を通じて磨き上げられた、明晰（めいせき）な頭脳の働きを感じさせる。

「牙人としての実力については、私が保証します。商いの規模なり行動力なりであれば他にも優れた者がおりますが、安定した仕事と誠実な態度は天下に並びないものかと」

馬の轡（くつわ）を取っている男性が、そう言った。出で立ちは下人の如きものである。しかし、その視線は下人らしからぬ鋭い光を帯びている。

「いかがなさいますか。早速あの梁青蓮なるものを禁中まで？」

男性が問う。

「まだだ。試しに、というわけにはいかない。よくよく見極める必要がある」

女性は、微（かす）かに首を振った。

若くして即位した統明帝（とうめいてい）は、改革を好むと専らの評判である。宦官や宮女に暇を与えるなどして宮中の冗費を節約し、そうして捻出した銭貨を惜しみなくつぎ込み新たな制度や施策を次々と打ち出している。玄京で一番の市場である東世城（とうせいじょう）に作られた鋪戸（ほこ）特区も、その取り組みの一つだ。

店を構えて商う鋪戸は、役所に届け出る必要がある。盗賊が盗品を売りさばくとか、質の悪い品を高く売りつけるとか、そういった悪質な商いを防ぐためだ。

しかし統明帝は、「がんじがらめの制度が、市場の活発な取引を阻害している」として、規制を緩める意思を明らかにした。そして、鋪戸として登録していない者でも品物を売り買いできる場として鋪戸特区を設けたのだ。

その御意は青蓮にも理解できる。商いには機がある。時機、機会、そういうものだ。

品が売れる時、銭が動く場面というのは、しばしば本当の一瞬である。役所からの許しはすぐに出るものでもないため、常々鋪戸として活動していない者には、その一瞬を捉えることは難しい。たとえ商機を見出しても、障壁があり参入できないのだ。

だが。決まりというものには、やはり決まりとして存在するだけの意味がある。性急に撤廃すれば、しばしば弊害が生じるのだ。

そんなことを考えながら、青蓮は一人鋪戸特区を歩いていた。小蘭たちを宿に連れていき、そこで水を借りて化粧を落とし特区にやってきたのである。

鋪戸特区での商いは、市場の一部分を朝廷が費用の全額を負担して借り上げ、そこの店鋪を貸し出すという仕組みになっている。賃料は安く、許可を得るための条件も低い。

「この値段じゃ買えないよ。うちは四人家族なんだ。せめて一つおまけしてくれよ」

「この『閔子(びんし)』なる書は偽書だ。閔妍(びんけん)は空子(くうし)に親しく教えを受けた空門十哲の一人だが、書物という形で自分の思想を残すことは生涯しなかった。書かれている内容は、皐(こう)代中期にまとめられた『尊語衍義(そんごえんぎ)』の引き写しであり――」

売り買いする声が飛び交う。実に熱気がある。統明帝の聖望はひとまず叶(かな)えられたと言うべきだろうか。

商品の値段は、いずれも安い。賃料に加え販売にかかる税も低く抑えられているため、相場よりも相当な安値で売ることができるのだ。結果として、以前からの鋪戸は大きな打撃を受けているとも聞く。

人混みを縫うようにして、青蓮は鋪戸特区を回る。見ているのは、商品よりもそれを売っている人間の方だ。

——何かこういう無精髭。

両の人差し指と親指を、鼻の下と顎辺りに当てながら、小蘭は言った。

——背丈はこれくらい。着ていた服は、そこそこ小綺麗で。声ががらがらでしたね。

外見は思い浮かべやすい。後はこの人混みの中で見つけられるかどうかだ。

あちらへ行き、こちらへ戻り。ごった返す鋪戸特区をしばらく歩き回り、ついに青蓮はその男を見つけた。

「さあ、残り少なくなってきたよ」

薬缶を叩いたような声で、男は通行人に呼びかけている。外見は小蘭が言った通りのものだ。

「どうだいお嬢さん、安くしとくよ。お嬢さんは可愛いからね」

小柄で可愛らしい感じの女性には、よりしつこく声をかけている。

「すみません、商品を拝見してもよろしいですか？」

青蓮は、近くまで寄ってそう声をかけてみる。

「ああ」

男性は、ちらりと青蓮に目を向けると、そんな返事だけをよこしてきた。

礼を言いながら、青蓮は店先に並べられていた布に触れる。綿布だ。質はあまり良くない。甘く見て、下の上といったところである。目の肥えた玄京の住人相手にこれを売りつけるのは、至難の業だろう。

しかも高い。立ててある札に書かれている金額は、大変な強気と狂気の沙汰との境目くらいにある。素人でもまずやらないような、無茶な値付けだ。

だというのに、結構売れている様子である。積み方などを変えて、売れたかのように見せかけているのかと思ったが、違うようだ。なぜそう推測できるのか。

「ほら、おばさん。買うなら買うでさっさと決めてくんな」

これが理由である。男の商賈としての腕前は、この布よりも悪いのだ。買い手をいい気分にさせず、ただものだけ売りつけるのでは、再び来てもらえなくなってしまう。勿論小柄で可愛い女性には違う対応をするだろうが、小柄で可愛い女性の側でもちゃんと相手のことは見ている。相手次第でこうも露骨に態度を変える男に親切にされたところで、いえ結構というものだろう。

ますます疑念が深まる。ひどい売り手が、まずいものを売っている。だというのに売れている。となると、何か普通ではない手口を用いている可能性がある。

「随分、売れているようですね」

青蓮は、踏み込んでみることにした。

「ああ、そりゃあそうさ」

面倒くさそうに、男は答えてくる。

「綿布はこれから値上がりする。買うなら間違いなく今だ」

──やはりか。内心で確信しつつ、青蓮は素知らぬ顔で質問を重ねる。

「そうなのですか？」

「何だ、知らないのか」

男が、わざとらしく声を潜めた。

「九寨断騰峡の賊が、官軍を撃ち破った。何でも辺り一帯をすっかり占領しちまって、半ば独立したみたいになってるそうだぜ」

青蓮は男を見据える。証拠は摑んだ。もう大人しく振る舞う必要もない。

「私は知っています。賊は撃ち破られ山に逃げ戻りました。流言を故意に広めることは、彜律に背きます」

「流言だぁ？」

男は、ふてぶてしい態度を取った。嘘(うそ)をつき慣れている。真っ当な道を歩んできた者ではないだろう。

「これを見なさい」

躊躇(ちゅうちょ)せず、青蓮は切り札を切ることに決めた。懐から一枚の紙を取り出し、男にだけ見えるよう突きつける。

「私は官牙人です。恐れ多くも皇帝陛下のお許しを賜り、この玄京において牙人を務めております」

「なっ――」

そこに捺(お)された印影を見るなり、男の顔色が変わった。慌てて両膝を突き、印影に向かって拝礼する。

「大蕣皇帝之寶(ほう)」。御璽(ぎょじ)である。御璽が捺されたものには、皇帝の権威が備わる。

牙人の仕事は物価に大きな影響を及ぼし得るため、鋪戸以上に厳しい条件が課せられる。それを満たした者には、許可状である牙帖(がちょう)が皇帝の名義で下され、その資格が保証されるのだ。官牙人という呼び名の通り、官吏に準ずる地位を有しているのである。

「この牙帖にかけて、私は貴方の言葉が流言だと断じます」

勅許を懐に戻しながら、青蓮は言う。

「私が六扇門(ろくせんもん)の者ではなくて幸いでしたね。杖刑(じょうけい)は免れられないところでしたよ」

杖刑とは、読んで字の如く杖で打たれる刑である。刑罰の中では軽い方だとされるが、屈強な刑吏に手加減なしで殴られれば命に関わる。

「荷物をまとめて去りなさい」

この男を六扇門――官憲に突き出すこともできる。しかし、青蓮はあえて見逃すことにした。

大事にすると、かえって噂が広がりかねない。いずれ賊を破ったという報(しら)せが改めて届くだろうが、それまでに人心が不安定になってしまっては元も子もない。

男は何も言わず、荷物を片付け始める。彼とて、お縄にはなりたくないのだろう。

「ご立派なことだな」

一通り荷物をまとめたところで、男は憎々しげに捨て台詞を吐いた。

「牙人なんてのは、大抵が代々受け継いだ特権だろう。生まれついての大商賈様は、お気楽なもんだな。既得の権益にあぐらをかいて暮らしながら、片手間に聖人君子ごっこか」

芸のない悪態だ。相手にするほどのこともない。

「いいえ」

しかし、あえて青蓮は反論した。

「私は私の意思で牙人となり、私の力で牙人を営んでいます」

これは、気概の問題だ。

「私が親から受け継いだのは、身体髪膚と心意気だけです」

本当に大事なものは誰にも軽んじさせないという、覚悟の問題なのだ。

男は何も言わず、荷物を携えて去っていった。青蓮の気迫に、気圧されたらしい。ざまあみろ、と青蓮は胸を張ったのだった。

「まったく。私が監生だった頃にも偽書の類は氾濫していたが、あのように粗雑なものではなかった。偽書であることに真摯であり、作品と呼ぶべき価値を有していた」

馬上の女性が、腹立たしそうにそう言った。何やら随分と不満げだ。

「なるほど」

轡を取って従う下人風の男性が、短く頷く。

「やれやれ。老骨の冷や水か」

女性は苦笑交じりに呟いた。男性の淡々とした態度に、かえって頭が冷えたらしい。

「彼女でいく。次の段階に進めるぞ」

そして、表情を戻す。人の上に立つ者の峻厳さ。人を動かす者の非情さ。そういうものが、彼女の顔を覆う。

「人品、志操、いずれも立派だ。あれだけの人物を危険に晒すのは好ましいことではないが、やむを得ぬ」

「かしこまりました」

下人風の男性は、あくまで冷静にそう答えたのだった。


夕日はほとんどその姿を彼方に没し、街は薄暮の中にその身を横たえていた。

人気の少なくなった街を、青蓮は歩いていた。皇帝陛下のお膝元だけあって、玄京の治安は良好である。場所にもよるが、日暮れ時に女性一人で歩いていても危険ではない。

このままいったん家に帰るもよし。途中でどこかに寄って夕食を取るのもよし。小蘭たちの茶と、そして宿の案内と、二つも商いを成し遂げた。お祝いに、芳容楼で少しばかりご馳走を食べるのもいいだろう。

そこまで考えたところで、青蓮は足を止めた。行く手に、一人の男性が佇んでいる。外見からすると、富家の下人のようである。

ちらりと、男性が青蓮を見てくる。その目に、刃物の如き光が閃いた。下人のそれにしては、あまりに剣呑すぎる。

言葉は発さない。しかし、その意図は明瞭だ。男性は、青蓮を捕らえようとしている。

心臓が、嫌な感じに高鳴る。商いの場では、虎口なり死地なりをいくつも潜り抜けてきた。先ほどの鋪戸特区での出来事でもそうだが、度胸は人並み以上に据わっていると自負している。

しかし、この男性は違う。胆力や根性でどうにかなる相手ではない。

男性が、一歩踏み出した。勿論、青蓮に向かってである。不安が恐怖に姿を変え、青蓮の思考を恐慌へと蹴り込んでいく。

どうして、なぜ自分なんかを。いや、人違いかもしれない。あるいは、青蓮の勘違いかもしれない。でも、こうしている間にも青蓮に向かって近づいてくる――

――いけない。

咄嗟のところで、青蓮は決断を下した。

――とにかく、逃げないと！

左手を見ると、ちょうど胡同があった。建物と建物の間を通る、細い路地である。青蓮は、まるで導かれるかの如くそこに飛び込んだ。

後ろも振り向かず、でたらめに走る。胡同は複雑に入り組んでいて、都に生まれ育った人間でもその全容を把握してはいない。走り回れば迷子になること間違いなしだが、その分あの男性も青蓮を見つけられないはずだ。

必死で走る。転がっている古びた桶（おけ）を蹴飛ばし、自分も蹴躓（けつまず）きそうになりながら、なおも走る。

辺りはすっかり暗くなってきたところで、青蓮はようやく足を止めた。

足元が見えづらくて走るのは危ないし、体力も限界に近い。しかし、ここまで来れば大丈夫だろう。いったん休んで、それから改めてどうすべきか考えよう——

「えっ——」

青蓮は、凍りついた。行く手に、あの男性がいる。まるで青蓮の行く先が分かっていて、回り込んだかのようだ。息一つ切らすことなく、ぞっとするほどの冷静さで青蓮を見つめている。

胡同に入ったのは、失敗だったのではないか。そんな悔いが、湧き起こる。どっちみち追いつかれるのであれば、人目の多い方に向かうべきだった。そうすれば、あの男性もおいそれとは行動に移れなかっただろうに——

「もう少し、穏やかに伴ってくることはできなかったのか」

そんな声がした。女性のものだ。

「我々錦衣衛は、人を親切に出迎えるのではなく強引に連行するのが、温かくもてなすのではなく厳しく取り調べるのが、本来の務めにございますれば」

男性が答えた。丁寧な口調である。

「いかに剛く鋭いと言えども、槍で畑は耕せぬか」

声の主が、男性の後ろから現れる。

年の頃は、青蓮よりも上だろう。若いとは決して言えない青蓮よりも、さらに年上である。

しかし、女性の纏う空気に、老いだの衰えだのといった弱々しさは皆無だった。

ぴんと伸びた背筋、毅然とした足取り。眼光は怜悧な知性と高い見識を感じさせ、口元には強靱な意志と揺るぎない信念が漂う。

女性の面立ちは、美しい。しかしその美は、果実の如く甘さや柔らかさに頼った旬の短いものではない。風に耐え曲がらぬ幹、雪を受け止め折れぬ枝のような、歳月が磨き上げた人品の気高さを反映したものである。

「私は郭晶、字は端澄という者だ」

女性が名乗った。一瞬の間を空けて、相手がいったい何者なのかということを理解し、青蓮は弾かれたように動く。

「――これは、ご無礼をばいたしました！」

拱手しながら片膝を突き、然る後頭を下げる。半跪――最敬礼に近い所作である。だが、それも当然だ。

文華殿大学士、郭晶。先々代の咸正帝、先代の光寧帝、そして今代の統明帝の三代にわたって仕え、彝の国政に重きを為す人物である。

「礼を免じる。立つがよい」

女性――郭晶にそう命じられ、青蓮は立ち上がった。

「梁青蓮。今日一日、其の方の牙人としての仕事ぶりを吟味した。その言動、その為人に至るまで仔細に検分した。そして、皇帝陛下のお許しを頂戴して恥じるところのない者であると判じた」

郭晶が言う。

「勿体ない、お言葉に存じます」

礼を述べながらも、青蓮は言葉にできない不安を感じた。

いかに勅許を得ていると言っても、所詮青蓮は一人の商賈に過ぎない。その仕事ぶりを朝廷の中枢にある高官が自ら検分し、わざわざ胡同に呼び出して褒めるなどというのは、明らかに異常事態である。何か、とんでもないことが起きそうな気配がする。

「このような場所に迎えたのには、訳がある」

青蓮の直感は、速やかに裏付けられた。

「このような場所でないと、できぬ話がある」

緊張が、青蓮の喉元を押さえつける。政と財との関係、官と商との距離感には大変難しいものがある。そこに渡されているのは、一本の細い綱だ。軽い気持ちで行く者はいとも容易く奈落の底へと転がり落ち、二度と戻ってこられない。

「案ずるな。会わせたいお方がおられるだけだ」

青蓮の懸念を見抜いたかのように、郭晶はそうつけ加える。

「会わせたいお方、ですか？」

釣り込まれるように、青蓮はそう訊ねた。

「ああ」

のこのこ釣り込まれてきた青蓮に対して、郭晶は古今無双の衝撃でもって報いた。

「お前には、その御方に嫁いでもらいたい」

統明帝即位後小康を保っていた蕣に大きな変革が訪れるのは、統明四年のことである。そのきっかけがいったい何であったのかということについては諸説あり、史家の間でも見解の一致を見ない。

第二章

芳容楼は、三階建ての建物である。

「天下第一処」の額が掲げられた一階は、仕切りのない広い空間に多くの卓が並べられている。二階はいくつかの大きな部屋に仕切られ、一つ一つの部屋を団体で貸し切り、宴を催せるようになっている。三階はさらに小さな部屋に分けられ、少人数で親密な食事の席を設けることができる。

「よく来てくれた」

その三階の一室で、郭晶が労いの言葉を口にした。

「とんでもございません」

青蓮は、拱手し頭を下げる。

二人が座っているのは、円卓である。くるくる回転する仕掛けがあり、離れた場所にある料理も簡単に取ることができるものだ。

「郭学士とお食事をご一緒できること、真に光栄に存じます」

そんな青蓮の言葉は、へつらいではない。

齢二十四にして、郭晶は役人の採用試験である科挙に最優秀の成績で及第した。状元と呼ばれる、士大夫にとって最大級の栄誉である。その後地方官として実績を上げ頭角を現し、先々代の皇帝である咸正帝に抜擢されて政の檜舞台に躍り出た。

何度か政変に巻き込まれ左遷の憂き目に遭いつつも、そのたびに中央へと召し返され、先代の皇帝である光寧帝が即位すると文華殿大学士に任じられた。師として皇太子に教育を施し、皇帝の政を補佐する「内閣」の一員も務める重職だ。

蕣建国以来、女性の身で内閣の一員となったのは彼女が初めてである。己の才と努力と功績とをもって、その地位を得たのだ。蕣の女性で彼女を尊敬しない者はおらず、青蓮も同様だった。

「私と食事をするのではない。私はただの介添えに過ぎぬ。無用に心を労するな」

「は、はい」

しかし、郭晶の放つその圧倒的な威厳に、青蓮は憧れ気分を封じられていた。「私の扇に何か一筆」みたいな話は、とても口に出せない。

「――それでは、お言葉に甘えまして、一つ気がかりなことが」

青蓮は、慎重に話を進める。

「申してみよ」

そういうと、郭晶は出されていた食前茶に口をつけた。

「これからお会いするお方とは、どなたなのですか？」

言いきってから、青蓮は自分も食前茶を啜る。ほんの少し喋っただけで、口の中がからからに渇いてしまっている。何か水気を足したい。

「すぐに分かる」

郭晶の返答は、あっさりしたものだった。

「その、私は結婚のお話もまだお受けすると申し上げたわけではございません」

青蓮は粘った。このまま流されるわけにはいかない。

「お相手がどこのどなたかも知らずに、またなぜ私が選ばれたのかということもはっきりせずに、いきなり結婚というのは——」

「断ると申すか」

郭晶の視線も声も、今までと何ら変わるところはない。

「いえ、それは」

だというのに、青蓮は圧倒されてしまった。すっかり、しどろもどろになってしまう。

「それは、何だ」

筋で言えば青蓮の方に理があるのに、こちらが間違っていると思わされてしまう。彼女が士大夫で青蓮が商賈だからとか、そういう話ではない。格の違い、というものだ。

「お前を捕らえ、そのまま有無を言わさず話を進めることもできた。であるにもかかわらずこういう場を用意したのは、ひとえにそのお方のご慈悲によるものである」

押しつけがましい慈悲もあったものだが、郭晶にそう言われると感謝してむせび泣かねばいけないような気がしてくる。

「しかし、しかしでございます」

それでも、青蓮は勇気をふるって反論を試みた。ここで引いてしまっては、今までの積み重ねが台無しになってしまう。青蓮が牙人になったのは、ずっと頑張ってきたのは、見ず知らずの誰かに無理やり嫁がされるためではないのだ。

「ほう」

郭晶が、すっと目を細めた。威厳が、威圧へと姿を変える。呼吸することさえ、許しを乞わねばならないような気持ちになってくる。

郭晶は政敵に命を狙われたこともあれば、賊や異民族との戦いの場に身を置いたこともある。そして、そのいずれにおいても常に敵を退けてきた。潜り抜けてきた危地の数も、その質も違うのだ。青蓮の経験が、薄いものだとは思わない。相手の厚みが、圧倒的すぎるのだ――

「こんばんは」

突如、のほほんとした声が部屋に響いた。

「遅れてごめんね。途中で、綺麗な笛の音が聴こえてきて」

入ってきたのは、一人の青年だった。

朗らかで、屈託のない佇まい。つぶらな瞳は、好奇心できらきらと輝いている。年の頃は、多分青蓮より少し下程度だ。その割には無邪気すぎる感もあるが、そこで効いてくるのが整った目鼻立ちである。「子供っぽい」という印象に転がり落ちるぎりぎりのところで押しとどめ、「可愛い若者」として成立させているのだ。

「散じて春風に入る――まさにそんな響きでね。つい聞き入ってしまったんだ」

詩をさらりと引用しながら、青年は空いていた椅子に腰を掛ける。

その仕草には、気品があった。こんな時でなければ、ふむと目を惹かれもするだろう。色恋沙汰に現を抜かさず仕事に邁進する青蓮ではあるが、教養があり気品を備えていて面立ちもいい青年を前にして、悪い気持ちになったりはしない。むしろ、だいぶいい気分になっている。要するに結構好みなのだ。「笛を聴いていて約束に遅れた」などという、よく考えると大変ふざけた弁明も、何となく許してしまう。

「初めまして。君が梁東薫さんかい」

青年が、にこりと微笑む。

「会えて嬉しいよ。今日はゆっくり話をしたいな」

思わず、胸が高鳴った。高鳴ってしまった。

「勿体ない、お言葉です」

慌ててそのときめきを抑えつけながら、青蓮は青年を観察する。

強いて表現するなら、店持ち商賈の三代目と言ったところか。見た目はなかなかで、芸事にも秀でていて、町娘や芸妓たちには好かれている。一方商いの方はからきしで、店の台所は結構な火の車なのだが、危機感が薄くのんびりとしている。先々代や先代の作った人脈と、当人の人徳と、あと女性たちの有形無形の助力とで、毎年の支払いをどうにかこうにかしのいでいる――そんな感じである。

「本日は、お日柄もよく」

青蓮は、警戒の度合いを最大限に強める。商才はなく、浮気の心配はある。あるべきものがなく、あってはならないものがあるのだ。結婚相手としては、実に望ましくない。

「うん、うん」

青年は、青蓮の上っ面この上ない返答をにこにこと受け止めた。毒気を抜かれそうになり、慌てて気を引き締め直す。こういう相手にころりと引っかかって苦労している女性を、青蓮は何人も見てきた。自分では経験がないが、ないだけに余計危ない。

「失礼します」

青蓮が心の城壁の建設に勤しんでいると、給仕が現れた。手際よく三人前の料理を並べていく。青蓮は割と芳容楼に来ている方だが、知らない顔だ。規模の大きな店とはいえ、まったく知らない人がいるということは――

「すごい！」

青蓮の思考が、そこで中断された。

「美味しそうだね！」

青年が、飛び上がらんばかりに喜んだのだ。突然の反応にびっくりしてしまって、何を考えていたのかも忘れてしまう。

「ごゆっくりどうぞ」

並べ終わった給仕は、笑顔で会釈をすると部屋から出ていった。

「ごめん、ちょっと食べさせてもらうね」

青年は、近くの皿に取り箸を伸ばした。肉団子である。定番中の定番だ。

いくつか肉団子を小皿に取る。自分の箸で挟むと口元まで運び、そしてそっと食べる。目を閉じて、ゆっくりと嚙みしめる。

「――美味しい」

青年が、しみじみと呟いた。肉団子一個分の余韻を、何倍も引き延ばして浸っている。

何とも不思議なことである。肉団子など、誰でも口にしたことがある料理だ。いかに芳容楼の料理が天下一品であるとはいえ、感激の度が過ぎている。ついさっきまで地下牢に閉じ込められでもしていたのだろうか。

青蓮は、ちらりと郭晶を見た。郭晶は、数倍の余韻に浸る青年に複雑な視線を向けていた。その複雑さが何に由来するかは判然としないが、とりあえず地下牢から脱獄したての人を見る目ではない。

「あ、ごめん僕ばっかり。二人とも食べて。ほんと美味しいよ」

青年が言う。青蓮は、再び郭晶の様子を窺った。

「それでは、お言葉に甘えまして」

郭晶は会釈をすると、自らも取り箸を手にした。

「私も」

青蓮も、それに続く。

食べているうちに、次から次へと料理がやってきた。牛の肉を細く切って炒(いた)めた炒牛肉絲(ヂャオユウロウスー)、魚を瓦(かわら)の形に切ってから揚げて甘辛く調えた糖醋瓦塊(タンフーワークァイ)、あるいはじっくり蒸し上げられた蒸餃子(ジョンジャオズ)。いずれも玄京(げんきよう)人にとっては慣れ親しんだ味だ。

「これは凄い！」

だが、青年はいちいち感動する。

「美味しいですね」

つられたわけではないが、青蓮も顔がほころぶ。家では質素な食事をしている青蓮であるが、天下の名店の料理を食べて嫌な気分になったりはしない。むしろ、幸せになる。

「そうだな。餃子を口にするのも久しぶりだが、やはりうまい」

青蓮の感想に、郭晶も同意する。

「懐かしいな。若い頃は、これが何よりもの贅沢だったものだ」

「郭学士も、若い頃は苦労なさっていたのですか？」

「ああ。地元から玄京に出てきて学問に励んだ口だが、富裕の生まれではないから色々と大変だった。昼も夜も勉強したかったが、書灯の類を買う銭もなくてな。蛍を集めて、その光でどうにかできないか試したこともある。実際には明るさが足りず無理だった。蛍雪の功とは、あくまでたとえ話でしかないようだ」

思わずぶつけてしまった質問に、郭晶は気分を害した様子もなく答えてくれた。

「ほ、ほんとにやった人を初めて見ました。まさか雪明かりも？」

「私は幕州の生まれでな。玄京の寒さは堪える。冬は勉強どころではなかった」

「幕州って、中夏でも南の方ですもんね」

「そうだな。玄京に来るまで実際に雪を見たこともなかった。初めて雪を目の当たりにした時は、天変地異が起こったのかと狼狽えたものだ」

郭晶の話に、思わず青蓮は声に出して笑ってしまった。郭晶も、唇を緩める。場の空気がほぐれていく。

――いや、ほっこりしてはいけない。偉い人のちょっとしたこぼれ話を楽しく拝聴している場合ではない。心の壁を十重二十重に張り巡らせ、ぐうたら三男坊（仮）を撃退しなければいけないのだ。青蓮は決意を新たにする。

「玄京烤鴨にございます」

しかし美味しい料理を前にしては、新たにしたばかりの決意もついつい保留にされてしまうのだった。

「まあ！」

思わず声が裏返る。玄京烤鴨。都の名を冠した、まさしく名物料理である。

下準備をした鴨を吊るし炉に入れ、香り高い木を熱して丸ごと焼く。そしてぱりっと焼き上げた皮を、薄くのばした餅でタレや薬味と共に包んで食べるのだ。

「――美味しい」

一口頬張り、青蓮はうっとりする。じっくり焼き上げられたが故の食感、香ばしい風味。それを支え際立たせる、タレや餅の味わい。鴨丸々一羽を料理し、食べるのはその皮だけという後ろめたいほどの贅沢さ。それらが絡み合うことによって生じる幸福は、何物にも代えがたい。

「東薫さんは、よく芳容楼に来られるのですか」

ご馳走に酔い痴(し)れる青蓮に、青年が訊ねてくる。

「そうですね。美味しいものが食べたい時にはやっぱりここです。あと、昼下がりに友人とゆっくり点心をいただくこともありますね。準備中でなければですが」

ついつい口も滑らかになり、青蓮はあれこれ話してしまった。

「点心！」

興奮した青年がぐわっと身を乗り出す。仰天した青蓮はうわっと上体をのけぞらせる。

「後々点心も参りますので、どうぞご賞味くださいませ」

一人冷静な郭晶が、呆(あき)れ交じりの口調でそう説明した。

「ほんと？　嬉しいなあ。東薫さんは、どんな点心がお好きですか」

青年は、青蓮のことを字で呼ぶ。郭晶の態度からして、結構なご身分の人だろうに、名を呼び捨てずに字呼びで丁寧に接してくれる。実に好ましい振る舞いである――

「――はっ」

青蓮は我に返る。危ない。いつの間にか懐柔されてしまうところだった。やはり、十重二十重の心の城壁が今の青蓮には必要だ。

「好きな点心は、色々です」

青年に、青蓮は極めて不親切な返答を投げつける。郭晶の眉がぴくりと動いた。青蓮の態度を、無言のうちに咎（とが）めているようだ。

そのぴくりに対してぎくりとしつつも、青蓮は心の中で虚勢を張る。

なるほど郭晶は高官だが、青蓮に直接なんらかの法的な拘束力を行使できるわけではない。牙人を所管するのは戸部（こぶ）という役所だからだ。郭晶が戸部に「逆らえば貴様たちの命はないものと思え」といった感じの圧力をかけでもしない限り、青蓮の牙人人生を妨害することはできない。そして名臣の呼び声高い郭晶が、そんな無法な所行に及ぶとは考えられない。よって、突然の結婚の仲介に対して非協力的な態度をとり続けても、厳しい報復がもたらされる心配はないと推測されるわけだ。

「色々かあ。そうだよね」

身の安全を小難しく立証する青蓮とは対照的に、青年はのほほんとしていた。

「焼売（シューマイ）はどう？　僕、大好きなんだ」

青年が、質問を重ねてくる。

「好きです」

青蓮は、瞬時に防壁を再建して青年を迎え撃った。

「杏仁豆腐は？」

「好きですね」

「月餅も？」

「好きです」

「色々お好きなんですね。おうちでもよく点心を食べているとか？」

「いいえ。家での食事は質素です」

「そうなんだ。どうして？　商賈のお仕事で活躍しているのでしょう。何も食べ物を倹約することもないのでは。僕は、倹約しすぎってよくないと思うな」

「倹約のための倹約ではございません。美食は身体に毒です。如何なる美味でも、健康を害すればそれは損失。多額の銭貨を使って損失を生むのは、商賈として恥ずべき行いです」

「面白いね。東薫さん、格好いいな」

「商賈として本来当然のことです。鳥が空を飛ぶかの如く、魚が海を泳ぐかの如く、商賈は利を考えます。面白くも格好よくもございません」

　青年の侵攻を、青蓮の防壁は次々と跳ね返す。時に淡々と、時にくどく。時に無造作に、時にしつこく。まさに鉄壁の守りである。普段仕事で人と接する時に心がけている諸々の、その正反対をやっているのだ。

「なるほど、当然のことですか」

「――」

「だからこそ格好いいと思う。当然のこととしてできるのって、凄いと思いますよ」

「――」

ついには緘黙を決め込む。露骨に非好意的な態度だ。言うまでもなく、見合いの場において最低の悪手である。上手くいくものも上手くいかなくなるし、上手くいかないものは上手くいかないだけでは済まなくなる。

「そうか。商賈にとって、物事は得るものと失うものの差し引きとして見えるものなのか。文人が何でもないことに詩興を抱くのと、ある意味似てるね」

そのはずなのに、青年は一向に態度を変えない。青蓮のつっけんどんこの上ない物言いを穏やかに受け止め、真面目に検討している。

先ほどから、青年は青蓮の話に耳を傾けてくれる。青蓮に興味を持って質問し、青蓮のことを尊重して褒めてくれる。素敵な男の人の振る舞いと、言えるのではないか――

「おほん！」

派手な咳払いをして、気を取り直す。危ないところだった。堅固を誇ったはずの城壁が、一気に杏仁豆腐くらいの硬度まで低下してしまった。点心の話題をしていて、自分まで点心になっていたら世話はない。

目の前の青年も、青年の言動も、素敵と言えば素敵である。しかし、素敵だからこそ信用できない。青蓮を籠絡しようとしているのではないか。取り入って、自分の借財を肩代わりさせようとしているのではないか。あるいは、後ろ暗い取引に協力させようとしているのではないか。どちらも現実的ではない話だが、何しろ今の状況が非現実的なため一周回ってあり得るかもしれない。

「いかがですか」

青蓮が強引に青年への不信を募らせていると、郭晶が青年に訊ねた。

「そうだね。ぜひ僕のところに来て欲しくなった」

青年は、そんなことを言った。青蓮の頑張りは、まったく水泡に帰してしまったようだ。

しかし青蓮は挫けない。

「そもそも、どうして私などを娶ろうとなさるのですか」

青蓮は、真正面からそう訊ねた。無理やりの不信感で防備を固めたこともあり、もう躊躇いはない。

「ふふ。初めて、僕のことを聞いてくれたね」

青年が、嬉しそうに笑う。心の防備が、よく煮た筍くらいまで柔らかくなってしまう。

まったくずるい笑顔である。

「はぐらかさないでください」

よく煮た筍をどうにか石壁くらいまで戻しながら、青蓮はずるい笑顔に立ち向かう。

「申し上げておきますが、私はあなたの妻になる気は毛頭ございません」

郭晶の怒りを覚悟したが、彼女は一言も発さなかった。ただ、黙って青年のことを見やっている。

「すごく真っ直ぐな言葉だね。嬉しいな」

青年は、笑顔を崩さなかった。調子が狂う。故意にとげとげしく接したのに、まったく通じていない。

「それでは、そろそろ僕も腹蔵なく話すことにしよう」

当惑する青蓮の前で、青年の雰囲気が変わった。表情にも、声色にも変化はない。ただ、その身に纏う空気が別物になったのだ。虎や豹(ひょう)の毛が、短い夏毛から長く豊かな冬毛に美しく生え替わるかのような、そんな鮮やかさ。

「即位して四年になるけれど、僕はまだ正室を迎えていない」

美麗な毛並みの如き高貴さを漂わせながら、青年は言う。

「皇統を絶やさぬためにも速やかな立后を、という声はずっとあったが、うやむやにしてきた。だが今回、考えるところがあって迎えることに決めたんだ」

即位、正室。皇統、立后。庶人であるところの青蓮は、口にすることさえほとんどない言葉である。つまり、そんな言葉を用いる人は、庶人ではない。

「まさか」

――なぜ気づかなかったのだろう。

郭晶は、世が世なら宰相と呼ばれていたような立場の人間だ。位人臣を極めるという言葉は、今の彼女のためにある。

「まさか、貴方様は」

そんな彼女が、最大限の敬意でもって接する相手など、天下にただ一人しかない。

「今帝陛下で、あらせられますか」

大蕣帝国皇帝、その人だ。

「いかにも」

芝居がかった態度と大げさな声色でもって、青年は青蓮の問いに答える。

「朕(ちん)こそは、第八代蕣国皇帝統明帝(とうめいてい)である」

「礼を免じる」

弾かれたように椅子から立つ青蓮の面前に、郭晶の言葉が先回りしてきた。

「両跪はやめよ。陛下はお忍びで玉体をここにお運びなのだ」

「か——か、かしこまりまして、ございます」

両膝で跪(ひざまず)きかけた姿勢のまま、青蓮はどうにかそれだけ言った。

牙人を始めたその日以来、これほどまでに言葉に詰まったことはなかった。それもそのはずだ。牙人となって、間違いなく最大の危地に青蓮は陥っている。

たとえば先ほど頭の中で論証した通り、郭晶に青蓮を害することは難しい。だが、相手が皇帝なら話は別だ。「冷たくされて腹が立った。死刑に処する」と言われれば、それだけで青蓮は刑場の露と消えてしまう。法も理屈も関係ない。皇帝の感情(おぼしめし)はすなわち聖旨であり、すべてにおいて優先されるのである。

――悪戯か何かだったらいいのに。青蓮は、そんなことを夢見た。突然店主の譚陽やら小蘭やらが雪崩れ込んできて、「引っかかりましたね！」などと囃し立てるのだ。郭晶が「わはは。大成功だ」と高笑いし、一同をよくやったと労うのだ。

愚にもつかない空想である。皇帝やその権威を詐称することの罪の重さは、皇帝に冷淡な態度を取ることを遥かに上回る。当人だけではなく、親族に至るまで皆殺しにされても文句は言えないだろう。たかが青蓮をからかうためだけに、そこまでの危険に身を晒すというのは考えにくい。ではやはり、この青年は皇帝陛下なのだ。皇帝陛下なのだから、それにふさわしい礼を取らねば。

「両跪はやめよと言っている」

再び跪きかけた青蓮に、郭晶が同じ言葉を繰り返す。

「そんなにびっくりしないで。さっきみたいな感じで話してくれていいから」

「陛下。ご素性を隠しておいでとはいえ、あまりに気安すぎるというのもいかがかと」

郭晶がたしなめると、統明帝は不満そうにむくれた。

「なんだい、彼女には礼を取るなとうるさく言うのに、自分は僕のことを陛下呼ばわりするのかい」

「――これは失礼を」

統明帝が、青蓮を見てくる。得意満面である。言い負かしてやったぞ、と言わんばかりだ。

しかし何と反応すればいいのか。まさか「お見事でございます」と笑い返すわけにもいかない。かといって、「郭学士のおっしゃる通りです」と言うわけにもいかない。

「ねえ、僕のことどんなふうに見えてた？　正直に言ってくれていいから」

青蓮がおろおろしていると、統明帝がそう訊ねてきた。

「ええと、そうですね」

大変答えづらい。しかし、何せ皇帝陛下直々のご下命である。背くわけにはいかない。

「鋪戸の——店を持つ商賈の、三代目であるかのような、そんなふうに」

正直に答えながら、青蓮は打ちひしがれた。商賈のボンクラ三代目どころか、天下の第八代皇帝である。牙人はものの真価を正しくはかるのが仕事だ。ここまで派手に見立てを外してしまっては、廃業ものではないのか。

「それいいね。そういうことにしよう」

見立てを外された側である統明帝は、嬉しそうに笑った。

「私にとって『学恩のある人物の子なり孫なりである』という話にしたはずですが」

郭晶が言う。朝廷の重鎮である彼女が、彼に丁寧に接する理由付けだろう。

「大丈夫、大丈夫。僕の祖父や父が、書生だった頃の郭晶を見込んで焼売か何かを振る舞ったりしたんだよ。まあ実際のところもそう変わらないし」

「さしずめ、その三代目が幼少のみぎりに雇われ、学問を講じたといったところでしょうか。であれば、私は師として鼎の軽重を問われましょうが」

郭晶が、やれやれと言わんばかりに話を合わせる。

「えー、それどういうこと？　教育に失敗したみたいな言い方しないでよね」

「少なくとも、成功してはおりません。成功していれば、そのように子供じみた物言いをなさることはありません」

「むう。——まあ、それは置いておこうか」

郭晶が繰り出すなかなかの不敬発言に機嫌を損ねた様子もなく、統明帝は再び青蓮に向き直ってきた。

「さて、質問の件だけど。僕があなたを正室として迎えたいと思ったのはなぜ？　ってことだよね。それには、ちょっとした目的があるんだ」

統明帝が、さらりと衝撃的な話を始める。

「実のところ、今この国の政は相当大変なことになっている。そしてその影響が、多分よくない形であちこちに出始めている。僕は皇帝だしそれに対処しないといけないわけだけれども、所詮ただのいち皇帝に過ぎないからできることには限界がある。そこで、高い識見を持つ人の力を借りて、事に当たりたいわけだ」

統明帝の話は、分かりやすい。一方で、その内容は理解を超越している。

「高い識見、ですか？」

唖然（あぜん）としてしまう。青蓮は、講談に登場する野に隠れた神算鬼謀（しんさんきぼう）の軍師ではない。唐突に天下国家の話を切り出されても、百年の大計やらなんやらをさらりと提示したりはできない。

「そう、高い識見だね」

頷くと、統明帝は真剣な面持ちになった。真っ直ぐな視線が、青蓮を深いところまで射抜く。見つめられると、どきりとしてしまう。そんな場合ではないのに。

「話は、彼女から聞いた。東薫さん、君こそ僕が求める一代の人傑だ。ぜひとも、力を貸して欲しい」

「おそれながら、申し上げます。おおよそ物品銭貨の流れというものは、巨なるものと微なるものの二つに分かれます」

青蓮は、一気呵成にまくしたて始める。

「私がこれまで携わって参りました商いは、一人一人の商賈が行う微なるもの。一方、陛下が今おっしゃっているのはこの舜国の舵取り、巨なるものにございます」

先ほどのつっかえぶりが嘘のようだ。

「なるほど、私めは不才の身ながらも、微なる商いについては首尾よくこなせております。しかし、政についてはそうは参りません。さながら、田畑を潤さんとするに茶碗をもって水を汲むが如きものにございましょう」

極限の状況に追い込まれたことで、決死の勢いが出てしまっているらしい。

「茶碗で水まきかあ。それは大変だね」

統明帝は、おかしそうに笑った。

「じゃあ、こう考えてみてくれないかい」

そう言って、統明帝は青蓮へと身を乗り出す。再び胸が高まり、青蓮は身じろぎもできなくなる。

「命を天より受けた天子たる僕が、その権能を貸し与えようというわけだ。もう君は茶碗じゃない。天の代理だ」

統明帝の整った唇が、言葉を紡いでいく。

「この国に、天から恵みの雨を降らせたいとは思わないかい？」

頭がぼうっとなった。理由は分からない。至尊の座にある者から、面と向かって抜擢を蒙（こうむ）っているためか。あるいは、万民の上に君臨する存在が、青蓮だけのために語りかけているが故か。

「――私、は」

それでも、どうにか青蓮は我に返ることができた。

「私には、この蕣国の行く末を左右することなどあまりに荷が重うございます。私は、野に隠れた神算鬼謀の軍師ではないのです」

そして、さっきから頭の中にあった言い回しを振り回して懸命に断る。

「それでいいよ。僕は何も当代の初跋明（しょばつめい）や鳳瓏英（ほうろうえい）を探しにきたわけじゃない。僕が必要としているのは、『伏せる龍（りゅう）』や『鳳凰（ほうおう）の雛（ひな）』じゃない」

名だたる天才軍師たちを引き合いに出しつつ、統明帝は青蓮の言葉を否定する。

「様々な物事について、冷静にその得失を考えることができて。皇帝を前にしても、自分の考えをはっきりと述べられる。そんな人物、そんな商賈だ」

「しかし、しかし——」

「控えよ」

なおも言い募ろうとする青蓮を、郭晶が制した。

「聖旨である」

身体が震える。またしても最敬礼を施しそうになり、慌てて揖礼だけに留める。

「謹んで、承ります」

もう、こう答えるしかなかった。これ以上断り続ければ、皇帝の権威を真っ向から拒むことになる。そうすれば、舜にはいられない。叛徒として、死罪に服するか。あるいは北の長城や西の沙漠、東の大海や南の深山を越えて異郷の民となるか。そのいずれかしか道はない。

そっと、袖の陰から統明帝の顔を窺う。

統明帝は、複雑な表情をしていた。残念そうな、哀しそうな、そして——寂しそうな。そんな、面持ち。

青蓮は戸惑う。実のところ、青蓮に引き受けて欲しくなかったのだろうか。しかし、そういう感じもしない。何とも怪訝である。

俯いたまま、統明帝は何か言いかけた。しかし、言葉にならなかったのか黙り込む。

「いち商賈を親しく陛下のお側に迎えて、その考えを諮問するというわけにはいかない」

代わりに、郭晶が話し始めた。

「それ故、皇后という形で迎える。無論、玄京の牙人である梁青蓮を皇后とするのではない。然るべき家柄の架空の女性を作り出し、その女性を娶るという筋書きを用意する」

郭晶の言葉は淀みない。既に手筈が整えられていたことが、伝わってくる。

「常に後宮に住まえとは言わぬ。普段はこれまで通りに暮らしておればよい。元より皇后は軽々しく人前に姿を見せぬもの、姿が見えずとも怪しまれることもない。お前の意見が必要となった時に、この者に呼びに行かせる」

郭晶が見やると、部屋の扉が、開いた。

「点心をお持ちしました」

入ってきたのは、あの給仕だった。先ほどのにこやかさは、すっかり消えている。

「錦衣衛の者だ」

郭晶が言った。錦衣衛。皇帝に直属する機関の名だ。大逆の疑いある者を調査したり、陰謀を摘発したり、市井の人の間に紛れ込んで監視を行ったり。そういう後ろ暗い職分を遂行していると、一般には噂されている。

「桃包です」

𦵔国の闇にうごめく秘密の組織の人間が、桃の形をした可愛い饅頭を並べていく。何とも異様な光景だ。

青蓮は、最初に覚えた違和感の正体を理解した。顔を見たことがないのも当たり前だった。店で働く給仕ではなく、国に仕える間諜だったのだ。

「徐潜とはもう会ってるんだっけ？」

統明帝が言った。彼が口にした名に、覚えはない。しかし給仕の放つ空気には、青蓮の記憶を強く刺激するものがあった。

「——まさか、あの時の」

宵闇迫る街に現れた、不気味な男性。どんなに逃げても捲くことができなかったのは、彼が錦衣衛の者だったからだ。どんな小さな路地も、頭の中に入っているのだろう。

青蓮の言葉に、給仕は返事をしなかった。黙ったまま、青蓮の前に桃の饅頭の載った皿を置く。

「さあ、いただこうか」

全員の前に桃包が置かれたところで、統明帝は明るく言った。お待ちかねの点心がやってきて、ご機嫌麗しいようだ。

「——うん、美味しい。美味しいなあ。ほら、東薫さんも食べてみなよ」

統明帝が桃包を勧めてくる。

「いえ、その」

しかし、青蓮は躊躇った。闇の組織に属する人間が出した饅頭である。毒饅頭だったりしそうで怖い。

「皇帝陛下に毒味をさせるとは何事か」

郭晶が言った。自分も、早速食べている。

「そうだよそうだよ。蕣国始まって以来の椿事だよ」

皇帝が相好を崩す。

青蓮は、ちらりと男性——徐潜を見やった。徐潜は部屋の隅に控えている。持ってきた饅頭を毒扱いされているわけだが、特に反応はない。無表情を通り越して、顔面の部位がすべて静止している。瞬きさえしていないかもしれない。

桃包を手に取り、口にする。中には餡が入っているようだ。ようだと表現したのは、味がよく分からないからである。皇帝と重臣と間諜に囲まれた状態で点心を美味しく味わえるほど、青蓮の肝は太くない。

「さて、今後の日取りだが」

そう言ってから、郭晶が茶を一口啜る。つられて、青蓮も自分の茶碗を口元へと持っていく。

「婚礼は、庚寅に行う。ただし、夜伽はその日のうちには行わぬ」

「ぶふぉ」

青蓮は、口にした茶を噴き出した。

「行儀が悪いにも程があろう」

郭晶が眉をひそめる。

「いえ、しかし、夜伽とは」

「皇帝と皇后が一夜を過ごすのは当然のことだ。しかし、日を改める。呼ぶべき状況を調えてから呼ぶのだ。正体を知られぬようにな」

郭晶は、自分の茶碗に手を伸ばす。

「知られれば、どのような危害が身に及ぶとも知れん。お前も気をつけることだ」

中夏の地においても、古くから同業者組合——ギルドは存在していた。

中夏のギルドは、行（こう）と呼ばれる。茶の商賈が作る組合は、茶行。肉を売るなら、肉肆行（にくしこう）。仲介業者である牙人なら、牙行だ。

行は、国家から承認された公のものであり、それぞれが拠点となる会館を有する。彝史「地理志」などによると、彝代の牙行は玄京の章岩（しょうがん）大路に会館を構えていた。

「どうしたんだい、元気なさそうだけど」

青蓮が牙行会館の卓子に突っ伏していると、そんな声がかけられた。

「ええ。ちょっと、人生の荒波に飲まれていて」

青蓮は顔を上げる。

「そうだったのかい？」

驚きも露わに言ったのは、青蓮の同業者にして友人だ。

谷乙、字を平由。福々しい身体つきに、丸々とした顔、のんびりした声。あらゆる要素が、優しげな曲線で構成されているような男性である。名前などは本当に出色だ。谷という字は前から見た姿で、乙という字は横から見た姿というわけである。

「どうしたの？　商いで苦労することがあった？」

つけ加えると、性格も温和で思いやりがある。付いたあだ名が活仏乙である。

「力になれそうなことがあったら、教えてよ」

生き仏の乙、という意味だ。諱（他人が呼ぶと失礼にあたるものだ）をあだ名に入れられているわけだが、当人は気に入っていて嫌な顔一つしない。

「大丈夫。自分で乗り越えないといけないから」

さて青蓮は、仏の慈悲をありがたく遠慮した。皇后として国政に携わることになったなどと言ったら、本当に身を挺して助けてくれかねないからだ。

「そうかい。困った時はいつでも言ってね。──しかし暑いなあ」

そう言うと、谷乙は花柄の手巾を取り出して汗を拭き始めた。春も終わり、初夏といった季節である。玄京は犇の版図でも北に位置し、中夏としては大変寒い地域に入る。今はその寒さが緩む貴重な時期なのだが、谷乙くらいになると既に暑いらしい。

「なんやなんや、どないしたん」

可愛らしい谷乙の花柄手巾を眺めていると、再び声がかけられた。

「困った時はうちに言うてえな」

そう言いながら抱きついてきたのは、これまた青蓮の同業者にして友人だ。

アドリア・チェチーリア・カリニャーニ。遥か彼方の西国からやってきた、色目人の女性である。波打つ栗色(くりいろ)の髪、雪の如く白い肌。瞳は、中夏の者にはない黄金の輝きを放っている。その眩い煌めきには、すべてを焼き尽くすような烈(はげ)しさも揺らめいていた。

「うちの青蓮に手ぇ出すやつは、みいんなシバいたるさかい」

つけ加えると、性格も過激で戦闘的だ。付いたあだ名が金眼狼(きんがんろう)である。

「青蓮から手ぇ出そうとしたんやったら、それもイヤやなあ。うちが奪うしかないな、その時は」

金眼狼とは、そのまま金色の眼(め)をした狼(おおかみ)という意味だ。山賊みたいなあだ名だが、当人は気に入っていて自分で名乗ったりする。

「で、どうなん本当のところは」

彼女の首元で、十字の装飾品が揺れる。彼女が信仰する天主教の教えに由来するものらしい。

「大丈夫。色恋沙汰ってわけじゃないから」

さて青蓮は、アドリアの求愛を謹んで辞退した。国政に携わるべく強引に皇后にさせられたなどと言ったら、遥か異国へと青蓮を奪い去ろうとするかもしれないからだ。

とまあこんな感じで、三人はあれこれと雑談することになった。

「ねえ、そういえば」

青蓮は、二人の顔を等分に見た。聞いてみたいことがあったのだ。

「皇后の、じゃなかった皇后陛下の冊立(さくりゅう)の典でさ、二人はどうだった？　商いとか」

――皇帝の結婚の儀式である皇后冊立の典は、大々的に行われた。倹約を旨とする統明帝としては、異例のことである。

参加する側からすれば、もう目が回るような豪華さだった。唖然茫然(ぼうぜん)としているうちに終わったわけだが、後から大変な悔しさを味わった。またとない稼ぎ時だったに違いない。皇后などではなく牙人として参加したかった。

「どうだった？　って言われても」

「せやで。よう返事しいへんわ」

谷乙とアドリアは、何とも言えない表情で目を見合わせた。

「え？　なに？」

青蓮は戸惑う。何か、おかしな質問をしてしまったのだろうか。

「知らんの？　あれ、宝三店(ほうさんてん)が一手に引き受けよったで」

アドリアが、怪訝そうに言う。

「僕らに一切話はこなかったね」

谷乙が、そうつけ加える。

「あ、あー！　そうだった！」

青蓮は慌てて誤魔化した。まったく知らなかった。そんな事情があったとは。

「人足の食事の仕出しとか、儀仗の礼装とかまで用意したんだって。色々削減しているらしいけど、それでもやっぱり帝室が使うものって一流品ばかりだろうし、凄い儲けになったんじゃないかな。めでたいことではあるんだけど、それにしてもなんであそこだけが受けたんだろう」

谷乙が、首を傾げる。

「今の皇帝になってから、改革しようとか既得の権益を崩すとか言うやん。そない言うて新しくしたかて、また別のもんが独り占めしとったら意味あれへんのとちゃうの」

アドリアも、納得いかない様子だ。

確かに、二人の言う通りだ。弊害の大きい鋪戸特区を優先したと思ったら、今度は冊立の典に凄まじい大金を注ぎ込んだりと、統明帝の改革は何かがおかしい。どこかに、歪みが感じられる――

「おやおや、不敬の言があれこれ聞こえてきたような」

ねっとりした声が、青蓮の思考と三人の雑談を一度に妨害した。

「気のせいでしょうか。いやあ、そうあってほしいですね。さもなければ、錦衣衛か六扇門にご注進しないといけなくなるかもしれない」

まあびっくりするくらい感じの悪い物言いである。

「我々商賈は、市場を舞台に自由な競争を繰り広げるべき存在です。その競争に勝ち抜いた者がすべてを手にし、負けた者は潔く退場する。そうして商いはより栄えていくのです」

声の主は陸方臣。彼もまた牙人である。大体同じ年頃な青蓮たちよりだいぶ年上だが、牙人としては新参の部類に入る。

さほど大柄ではないが、腰回りには肉がついていて押し出しの強さは感じられる。ちょろりと生やしたどじょう髭と、へらへらした笑い方が目立つ。

「うわ。なんか変なん来たで」

アドリアが、陸方臣に確実に聞こえる大きさの声で陰口を言った。

「蒯侒朶さん」

陸方臣は、アドリアを中夏名で呼んだ。法的な必要性があって用意しているものだが、アドリアはあまり気に入っていない。それを知っていて、わざわざ用いたのだ。この二人、犬猿の仲なのである。

「いやはや。冊立の典におきてましては、我が宝三店が大いに稼がせていただきました。嫉妬を受けても致し方ありませんがね」

陸方臣は、何やら自慢を始めた。谷乙はやれやれと言いたそうな面持ちになり、アドリアは殺れ殺れと言って欲しそうな表情をする。

「最近は、鋪戸特区でも商機を見出しまして。もともと一等地ですし、その上税も安い」

青蓮の脳裏に、流言を元に荒稼ぎしようとしていた怪しげな商賈の顔が浮かんだ。何となく、この二人が繋がるような気がしなくもない。

だが、その二人と皇帝はさっぱり繋がらない。故に、違和感が強まる。先ほど感じた疑問が、再び頭をもたげてくる。改革なるものの、歪(いびつ)さ。

「まあそういうわけで、蒯侒朶さんも、宝三店に来れば下働きとしてお勉強させてあげてもいいですよ」

陸方臣が、露骨な挑発を投げかける。

「言うてくれるやん」

アドリアは、挑発を受けて立った。十字の飾りを揺らしながら陸方臣の前に立ち、ぎろりと見下ろす。

「聖書(ビッビア)には――天主教の聖典にはな、『驕傲(きょうごう)は滅亡にさきだち、誇る心は傾跌(けいてつ)にさきだつ』てあるねん。調子こいとったら滅ぶし、自慢ばっかりしとったら躓くっちゅう意味や」

「夷狄(いてき)の信じる邪教の言ですか。取るに足りませんな」

陸方臣は軽蔑も露わに鼻を鳴らした。

「ほんま大概にせえよ。神の怒りがどんなもんか見したってもええんやぞ」

アドリアの瞳に、危険な光が宿る。その殺気に呑まれたか、陸方臣が狼狽え始める。

「すみません、よろしいですか？」

ぴりぴりと張り詰め始めた空気に、まったく違う色合いが混ぜ込まれた。

「以前こちらでお世話になった者です。その節はどうも」

一人の男性が、会館に入ってきたのだ。年の頃は、初老といったところである。髪も、鼻の下に蓄えた髭も、灰色をしている。

「――さ、さて。私は忙しいので。今日も徹夜になりそうです」

陸方臣が、そそくさと逃げていく。忙しさを強調するところが、何とも格好悪い。

「お礼をお持ちしました」

男性は、大きな包みを両手で掲げて見せてきた。

「ああ、いえいえ。お気遣いありがとうございます」

面識のない相手なのだが、青蓮は、にこやかに会釈する。

よくあることなのだ。青蓮も谷乙もアドリアも、ついでに陸方臣も、同じ牙行の一員である。利用者からは、「牙行の人」とひとまとめにされがちなのだ。

「どうぞ」

男性は、青蓮に包みを差し出してきた。

「――桃包です」

はっ、と。青蓮は息を呑み、男性の目を見た。男性も青蓮の目を見返してくる。

顔立ちはまったく違う。けれど、間違いはない。錦衣衛の男性――徐潜だ。青蓮を、呼びに来たらしい。

「皆様で召し上がってください。それでは」

鋭い眼光を一瞬で消し去ると、徐潜は会館から出ていった。

「桃包かあ。いいね。早速いただこう」

谷乙は青蓮から包みをひょいと取ると、早速中身を一つ手に取る。甘い物が大好きなのだ。

「うちにもちょうだいんかー。――うわ、めっちゃおいしいやんこれ」

アドリアが、すっかり機嫌を直して食べ始めた。彼女も、甘い物に目がないのだ。

一方、青蓮は手を出さなかった。二人ほどではないが、甘い物は好きである。しかし、どうもそんな気になれないのだ。

「どないしたん？　食べへんの？」

二個目の桃包を手にしたアドリアが、不思議そうに聞いてきた。

「何だろう、錦衣衛謹製の毒饅頭とかかなって」

青蓮は適当な返事をする。まさか「これは、実を言うと皇帝陛下からの呼び出しの合図なのだ」と言うわけにもいかない。

「えらいこっちゃ！　暗殺されてまう！　お上のご政道を批判なんてするからや！」

アドリアが、手を叩いて喜んだ。青蓮が、少しばかり「毒」の効いた愉快な冗談を言ったと思ったらしい。

「ほんとほんと。帝国の闇って怖いよね」

そう言うと、青蓮は桃包に手を伸ばした。あまりに食べようとしないのも妙だろう。

ちなみに桃包は、毒など入っていない普通の桃饅頭だった。今度は味も分かった。錦衣衛謹製かもしれない桃饅頭は、とても美味しかった。

玄京の歴史は長く、都市としての始まりは神話の時代まで遡（さかのぼ）る。

中夏の中心たる帝都となったのは、草原の覇者が建国した最（てい）の時代である。太都（たいと）と名付けられたその都市は、草原の覇者から大陸の王者へと上り詰めた最の中心として、空前の繁栄を誇った。

最の皇族を元いた草原へと逐（お）い、代わって中夏の支配者となった蕣は、初め南方の地を都とした。しかし、初代皇帝である曠徳帝（こうとくてい）は遷都を決意。太都を玄京と改称した上で、蕣の都と定めた。曠徳十二年のことである。

曠徳帝は、戦で荒廃した太都の皇城の再建を始めた。その壮大な事業は曠徳帝の没後も引き継がれ、二代泰熙帝（たいきてい）の際に各政治機関の建物を擁する外城が完成。皇帝の私的空間である内城も、三代慧安帝（けいあんてい）の治世の後半に至ってついに完成し、合わせて白皇城（はくこうじょう）と命名されたのである。

「到着いたしました」

そう言うと、徐潜は青蓮にしていた目隠しを外した。

「やっとですか」

青蓮は皮肉を言う。帝国の闇に対して怖い物知らずな物言いだが、ついそんな口を利いてしまうほどに青蓮はくたびれていた。

会館を出て少し行ったところで、青蓮は目隠しされた上で馬車に乗せられた。その状態であちらに行きこちらに行き、馬車から降ろされたかと思うと今度は樽か何かに入れられたり、その状態で船らしきものに乗せられ川か何かの上をしばらく移動したり、その後しばらく放置されたりした。人というより貨物のような扱いだった。

「足がつかぬようにするため、錦衣衛だけが知る抜け道を辿りました」

青蓮の嫌味にも眉一つ動かさず、徐潜は答えた。

「なるほどね。じゃあ、これも錦衣衛の変装術?」

青蓮は、両手を広げてみせる。途中、どこかの小屋で待ち受けていた男女に服を着替えさせられ、顔にも化粧を施された。靴まで替えられるという念の入れ方である。

「いかにも。お気に召しませんでしたか」

「そういうことはないけど。私としては、すごく素敵って感じ」

服はなかなか高価なもので、化粧も結構華やかな感じだ。豪華絢爛に着飾りたいわけでもないし、これくらいが理想といえば理想である。

「でも、大彝帝国の皇后陛下としてはどうなの」

しかし、青蓮の思い描く理想と彝の皇后に必要な美装との間には、随分と距離があるはずだ。

徐潜は返事をしなかった。少し待ってみたが、やはり何も言わない。沈黙が答えらしい。つまり、何も答えないということだ。

青蓮は彼から目を離し、傍らにそびえているものを見上げた。

それは、城門である。門口の高さは、青蓮を縦に何人も並べても届かないほどに高い。両脇には、やや小さい門口が一つずつある。

門の上部は、屋敷の上層階にも似た楼閣が備えつけられており、淳正門と記された扁額が掲げられていた。

淳正門。それは、白皇城の内城の門である。

左右を見れば、高い城壁が伸びている。その色は、白皇城という名前通りに真っ白である。純白の磚を積み上げて築かれているのだ。

秘密の製法でもって作られた磚は、風雨に晒されても色褪せることがなく、完成時そのままの優美な姿で皇帝の公私の境を分かっている。

門の両脇には、同じく白い石柱が立っている。柱には龍や瑞雲が彫り込まれ、天辺には龍の顔をした犬とでも言うべき外見の動物が鎮座していた。一匹は外を向き、もう一匹は内を向いている。名前は知らないが、ありがたい霊獣か何かだろう。

青蓮の胸に、色々な感情が湧き起こる。子供の頃から、内城には憧れを抱いていた。と言っても、キラキラ後宮生活に興味があるわけではない。他に理由があるのだ。

——まるで、天上の国のようなところだそうだ。いつも隅々まで清められていて、夏は氷室から運んできたたくさんの氷で涼しく、冬は最高級の油を燃やして暖かいらしいよ。

青蓮に、父はそう教えてくれた。

——代々の皇帝陛下の雅趣が表れた、素敵な場所なんですって。建物は豪華で、お抱えの工匠が作った調度品でいっぱいという話も聞いたことがあるわ。

青蓮の母も、そう話してくれた。

大好きな両親が褒めちぎった、地上の楽園。一度でいいから、それを見てみたい。ささやかで、しかし叶うことは決してないだろう夢だった。

それが実現するかに思えた瞬間が、つい最近あった。皇后冊立の典だ。形式上とはいえ皇帝の家族になるわけだから、内城にも入れるかもしれないと青蓮は考えたのだ。

しかし、そうもいなかった。儀式は外城にある太和殿で行われ、その後極めて華やかな行列を組んで街の中を練り歩き、最後は玄京から離れた山に移動した。そこにある歴代皇帝の墓で皇后の冊立を報告し、儀式は終了した。

そこからはさらに大変だった。行きは皇后として玉体を運ばれた青蓮だったが、帰りは諸々の荷物の中に詰め込まれて運搬されたのだ。そして玄京各所を転々とした挙げ句、家の前で置き去りにされた。

今回も経緯は似たようなものだ。違いがあるとすれば、到着地点が青蓮の家の玄関先ではなく、皇帝の宮城の門前なところくらいだろう。

「で、ここから入るの？　大丈夫なの？」

青蓮はそう訊ねた。憧れの内城だが、慎重を期す必要がある。何しろ、天と地の間に君臨する皇帝陛下のお住まいである。迂闊に侵入したら、どんな危険が待ち受けているか分かったものではない。

「罠が作動して大きい岩が転がってきてぺしゃんこになるとか、番兵代わりに猛獣が飼われていて餌にされるとか、そういうのは困るんだけど」

「陛下の元までお連れするための手筈は、しっかり整えてございます」

罠や猛獣の存在の有無については言及せず、徐潜は門を見やる。

「そちらのお輿へ」

三つある門口のうち、左の小さめのものから、輿が出てきた。輿は四人の男性によって担がれている。四人とも、表情の方向性が徐潜と同じだ。錦衣衛の者だろう。

四人は無駄口も叩かず輿を運び、青蓮の前で下ろした。輿はあれこれと意匠が凝らされているが、若干古びた感じもある。

「ありがとう」

何にせよ、内城に入れるようだ。胸が高鳴るのを感じつつ、青蓮は輿に乗り込んだ。輿は音もなく担ぎ上げられ、内城へと向かって動き出す。

輿の四方の側面には、長方形の穴が開いている。そこから外を覗くためのものだろう。

早速かぶりつきになる。

心の中で、青蓮は両親に報告する。何だかよく分からないけど、とにかく内城に入ることができました。叶うはずのない夢が、叶ってしまいました――

「――あれ？」

穴の外に広がっている光景に、青蓮は思わず素っ頓狂な声を上げてしまった。

地面には、灰色の磚が敷き詰められている。磚は、決して安い建材ではない。重要な城市の城壁や南北の長城を修築するならいざ知らず、地面を舗装する用途で使うことは滅多にない。さすがは皇帝陛下のお住まいだ、と言える。問題は、その舗装の状態である。

至る所の隙間から、雑草が生えている。磚は総じてくすんでいて、ところどころ剝がれているところさえある。心なしか、いや間違いなく、手入れが行き届いていない。

城の中は、ひっそりしていた。つい先日皇帝が結婚したばかりだとは、とても思えない。むしろ、明日葬式が執り行われますとでも言わんばかりの空気だ。

人が行き交う様子もない。そもそも、誰かがいる気配さえしない。たまに動く影があっても、鳥くらいなものだ。というか、その鳥がやたらと多い。おそらく、あちこちに巣をかけられているに違いない。

青蓮は混乱する。淳正門や城壁は、中夏の皇帝の居城にふさわしい偉容を誇っていた。しかしその内側は、あからさまに荒れている。徐潜は顔色一つ変えることなく道に迷って、全然違うところに青蓮を連れてきたのではないか。

「ここはどこですか?」

耐えきれず、青蓮は輿を担いでいる人たちに向かって訊ねた。

「白皇城の内城にございます」

その中の一人が、答えてくれた。

「では、どうして誰もいないんですか?」

「宮女や宦官には、皇帝陛下が暇を出されましたので」

その話は知っている。後宮に仕える者たちの全員が辞めさせられて、しばらく玄京は混乱した。仕事を紹介するのが専門の牙人など、長いことてんやわんやだった記憶がある。

しかし、まさかこんなことになっているとは思っていなかった。皇帝が倹約家だという話は聞いてるが、そんな程度の話ではないような気がする。

「着きましてございます」

低い声と共に、輿が下ろされた。礼を言って、青蓮は磚の上に下り立つ。

担ぎ手たちは、皆地面に片膝を突いた片跪の姿勢を取っていた。高貴な生まれでも何でもない青蓮にとって、ここまで慇懃(いんぎん)に接されると居心地が悪い。

「そちらの乾健宮(けんけんきゅう)で、陛下は起居されております」

担ぎ手の一人が顔を上げ、視線で一方を示した。そちらを見やり、青蓮は息を呑む。

実に立派な建物だ。大きく、力強い外見。真っ赤に塗られた柱がずらりといくつも建ち並び、庇をしっかり支えている。

高々と掲げられている扁額には、「乾健宮」と記されていた。名のある書家の筆によるものなのだろう、その筆致は実に雄渾である。

庇と屋根とは、黄色の釉薬で彩色された瓦が並べられている。黄色と言えば、帝室以外にはその使用が許されていない色である。瓦は陽光を受け、眩く輝いている。

屋根の端には、何かの像が並べて取りつけられている。大きなものが一つと、小さなものがたくさん。縁起のいい神獣だろう。瓦と似た色合いだが、その煌めきにはさらなる鮮やかさがある。おそらくは、黄金に違いない。

雄大にして精細。相反する要素を兼ね備えたその様子は、皇帝の住まいにふさわしい豪華さを誇っている。——といえる、はずなのだが。

「これ、は」

青蓮は後退る。乾健宮の偉容には、はっきりとしたほころびが見られた。

復習すると、柱は真っ赤に塗られている。だがよく見ると、その一方で汚れあるいはくすんでいる。色遣いが豪華なだけに、なおのことそれが目立つ。

屋根や庇にも、汚れと傷みが散見された。強風に飛ばされでもしたのか、何箇所か剝がれてしまっているところもある。小さい神獣の間隔は、ところどころ不揃いである。察するに、瓦同様何体か飛ばされてしまったに違いない。

——立派な建造物は、その姿のみで人間を圧倒する。皇帝の権力、神の威光、仏の慈悲。

建物が表しているものを、見る者の心に否応なく植えつける。

ただしそれは、あるべき姿を保ち守ることができている場合の話だ。できていなければ、印象はまったく反転する。

「これは」

要するに、立派な建物がくたびれていると、すごく残念な雰囲気が醸し出されるのだ。

子供時代の夢が叶った。しかし現実は思い描いていたものとは随分と違っていて、何ともほろ苦かった――などという呑気なものではない。葬国そのものの屋台骨が揺らいでいるかのようにさえ、思えてしまう。ほろ苦いどころか、滅びそうだというわけだ。

「陛下は中でお待ちです」

これはこれはとばかり繰り返す青蓮に、担ぎ手の一人がそう言った。早く行けということなのだろう。

「は、はい」

青蓮は、おずおずと歩き出した。一つだけ開いている入り口から、中に入る。

入った途端、青蓮は再び後退った。その空間に、圧倒されたのだ。

正確に言うと、その空間の広さだ。広い、広すぎる。これが、一国の皇帝の宮殿というものなのか。

空間には一定の間隔に柱が立ち、天井を支えている。柱の一本一本は、見たことがないほど立派で太い。それでもなお、この空間を埋めるには至ってない。

乾健宮は皇帝が起居する場所だ、と担ぎ手は教えてくれた。起居とは、すなわち公務ではない日々の生活だ。こんなだだっ広いところで、どう生活するというのだろう。ただ何かしようと思っただけで、滅茶苦茶歩く羽目になりそうな気がする。皇帝が早死にすると朝政が乱れがちだから、養生のために馬鹿でかい建物に住まわせて歩かせまくるという狙いでもあるのだろうか。

入ったばかりの青蓮の位置からは、真正面の突き当たりに玉座が見える。奥が一段高くなっていて、そこに玉座が置かれているという按配だ。玉座の主は腰掛けておらず、その形がよく見える。

玉座も、建築同様大きい。背もたれには、遠目にも分かるほどに複雑な模様が彫り込まれている。その中央を貫いているのは、中夏皇帝の象徴たる龍だろう。

この大きさはあの皇帝の寸法には合っていない気がするが、広い空間に普通の椅子がぽつんと置かれているとしまらないことこの上ない。釣り合いを保つためにも、必要なことなのかもしれない。

それはさておき、青蓮は溜め息をつく。その名の通り玉で作られているとしたら、凄まじく高価なものに違いない。大きさといい意匠の複雑さといい、まさしく桁違いの逸品である。

「――参ったなあ」

口の中で、青蓮は呟いた。自分は今、この莽国の行く末を預かっているのである。言ってみれば、あの玉座も帳簿に載っているというわけだ。怖くなってきて、青蓮は玉座から目を逸らす。

玉座の上を見ると、「敬天法祖」と書かれた額が掲げられていた。書には詳しくないが、おそらく入口の扁額と同じ人物によるものだろう。気迫が弾けるような生き生きとした筆遣いに、相通じるものが感じられる。

玉座の両脇には、対聯が掲げられている。対聯とは、対になっている名言なり名文なりを、揃いの掛け軸としたものだ。長めの文章だが、要するに政を頑張ろうとか民を気遣おうとかそういうことが書かれている。

その文字はやはり達筆であるが、一方でやや丸みを帯びている。額が迫力満点だとしたら、こちらは愛嬌いっぱいという感じだ。額とは別の人の筆によるものだと思われる。

などと観察していたところ、青蓮は鳩尾辺りから咳がこみ上げてくるのを感じた。辺りが埃っぽいのだ。雨風に晒される外ほどではないにせよ、中も大概手入れが行き届いていないらしい。

「こほ――っ!」

咳をして、同時に青蓮は首をすくめる。とんでもなく声が響いたのだ。

何とも言えない不安が、青蓮を捉える。この広さには、寂寥たるものがある。それはおそらく、文武の百官が居並んでいないからでも、玉座に皇帝がいないからでもない。もっと本質的な、芯の部分での心細さがある。

皇帝はどこにいるのか。青蓮は辺りを見回す。皇帝の宮殿だけに、隠し部屋でもあるのか。玉座の手すりを握ると床に穴が開いて、秘密の階段が姿を現す仕組みにでもなっているのか。

やがて、青蓮はある発見をした。秘密の階段を見つけた——というわけではない。入り口の反対側、即ち玉座の奥の壁に、扉らしきものがあるのだ。壁には派手な模様が描かれていて、一目では気づかなかった。

もしかしたら、あの向こうにいるのかもしれない。青蓮は向かって左奥の壁へと歩き出す。

とことことひたすら歩いて、青蓮はようやく扉の前まで来た。少し躊躇ってから、意を決して開けてみる。

そっと覗くと、そこは通路になっていた。ここまできたら行くしかない。青蓮はえいやっと扉の向こう側へ進む。

通路は少し行くと右に折れ、そこから先は真っ直ぐ伸びていた。通路の左側は、いくつもの部屋になっている。

なるほど、と青蓮は納得した。あちらは儀式なり何なりのための空間で、こちらが生活空間ということらしい。さすがに、あそこで夜具を敷いて寝たり玉座でご飯を食べたりすることはないようだ。

一つ一つの部屋を、覗いて回る。物騒な武器が並んでいる部屋もあれば、宮女なり宦官なりが詰めるためのものと思しき部屋もある。皇帝が上申書に目を通すためだろう大きな書卓を備えた部屋もあれば、牀榻の置かれた寝室もあった。湯殿らしき部屋まである。

しかし、そのいずれにも皇帝の姿はない。ついには、真っ直ぐ伸びた通路の端まで来てしまった。先は、右に曲がる形になっている。入ったのとは反対側の扉に繋がっているのだろう。

部屋は、あと一つしかない。やはり隠し通路を探すしかないのかと考えながら扉を開けたところで、青蓮ははっと固まる。――統明帝が、いたのだ。

今までとは、雰囲気の違う部屋だった。今までの部屋も、あの大広間同様あまり手入れは行き届いていなかったが、この部屋はまったく違う。手入れされていないのではなく、長きにわたって使われていない。

壁面に大きな窓があった。窓には複雑な模様の格子が取りつけられ、格子の隙間は半透明の素材がはめ込まれている。

かつては、芸術的な意匠の格子や採り入れられる陽光を楽しむことができたのかもしれない。しかし今は、往事の姿を思い浮かべるのがやっとといったところだ。半透明の素材は至るところでひび割れ、あるいは穴が開いている。格子も同様に折れ、本来の模様がどうだったかもよく分からない。

少し離れたところには、二脚の椅子が向かい合わせで置かれていた。作りは控えめで、そこに腰掛けていただろう誰かの繊細な為人を感じさせる。

椅子は、窓よりもなお古びていた。ずっと前から誰も座っていないことが、そしてこれから先も誰も座らないだろうことが、その佇まいからは伝わってきた。

統明帝は、窓の前に立っていた。こちらに背を向けて、窓の外を見やっている。言葉も発さず、身じろぎもせず、静けさに身を浸している。

絵になる、と青蓮は思った。窓と椅子と統明帝は、この眺めにおいて同じ位置を占めていた。それぞれがそれぞれに、物悲しい。胸に迫るのは、しみじみとしたやるせない情趣。ここには、詩がある。

一方で、不安も湧き上がってくる。要するに、その詩が表現しているのは滅びの美しさである。一国の皇帝が醸し出していい情感ではない。蕣の未来は大丈夫なのか。

「――あ」

そんな声を漏らして、統明帝は青蓮の方を振り返った。その表情に、驚きが弾ける。本当に、青蓮の存在に気づいていなかったらしい。

「申し訳ございません」

謝罪の言葉を、青蓮は思わず口にしていた。統明帝が作り上げていた世界に、青蓮は踏み込んでしまった。誰も触れてはならない彼だけの時間を、邪魔してしまった。そのことに気づいたのだ。

「僕こそごめん」

統明帝が、へにゃりと笑った。

「ぼんやりしてて。気づかなかったよ」

威厳とか神聖さとかいったものとは無縁の、気さくかつ呑気な態度である。青蓮の罪悪感が、何となく薄まっていく。ボンクラ三代目と見誤ったのは、青蓮の落ち度ではないかもしれない。この皇帝、そもそも皇帝らしさが希薄なのだ。

「形有るものはいつか壊れる。それは、今僕たちが過ごすこの瞬間も同様だ。しっかりと捕まえたいのだけれど、それを成し遂げるには僕の腕は短すぎるらしい」

椅子に視線を投げ、統明帝が呟く。

「別るる時は容易く、見(まみ)ゆる時は難し。流るる水、散りゆく花、春は去りぬ——か」

愁いを帯びた眼差(まなざ)しと、音楽的に響く声。再び、彼の周りに詩情が香り立つ。

正直、素敵だと思ってしまう。思ってしまうが、一方でこういうところも実にボンクラ三代目なのである。

立派な商賈の三代目ともなれば、その裕福さ故に一流の詩文書画に触れられる。そうして感性が磨かれ、玄人(くろうと)はだしの風流人に育つ。一方商賈として必要なあれこれはさっぱり身についておらず、道楽の世界に耽溺(たんでき)するばかりで、ついには受け継いできた身代を傾けてしまうのである。

「お心を驚かせ申し上げましたこと、重ねてお詫び申し上げます」

以上の手厳しい批評は胸にしまって、青蓮は地面に両膝を突いた。続いて揖礼を施しながら頭を下げる。両跪——蕣国において、最も貴い存在に対して施される礼である。

「いいよいいよ、そういう作法は。服が汚れちゃうでしょう。ほら立って立って」

言いながら、統明帝が歩み寄ってくる。ますます皇帝らしくない。

「それでは、おそれながら」

皇帝直々に立てと言われたなら、立たねばならない。青蓮は両跪を解き立ち上がった。

「来てくれてありがとう。一度改めて話をしたかったんだ」

皇帝は、にこにこ笑顔で青蓮の前に立つ。

「忝(かたじけな)くも聖仁洪大なる仰せを蒙りまして、恐懼(きょうく)措(お)く所を知りません」

「話し方も普通でいいんだけどなあ。——こんなところに呼び出してごめんね。びっくりしたよね？　ぼろっとしてて」

「ああ、いいえ」

青蓮は困り果てた。実際ぼろっとしているのだが、中夏の皇帝を前にして「お前の家は手入れ不足だ」と指摘することは憚(はばか)られる。

「はは。気を遣わなくていいよ。何たって君は皇后なんだし」

そう言って、統明帝は笑う。

「せめて補修くらいはした方がいいとは思うんだ。ところが、なかなか上手くいかなくてね」

「どうしてですか？」

「それはね、話をしたかったってことにも関わってくるんだけど——」

何事か言いかけてから、統明帝は表情を変えた。

「――うーん。来ちゃったか。呼んだ覚えはないんだけどな」

そして、そう呟く。

どうにも表現しづらい表情だ。ただ、一つ言えることがある。青蓮は統明帝がこんな表情をするのは初めて見た。何やら、今までにないことが起きるようだ。

「恐れ多きことながら、皇帝陛下に言上いたしたき儀がございます」

どこからか、そんな声が響いてきた。ふう、と溜め息をつくと、統明帝は歩き出す。

「あ、そうだ。折角だから君もついてきてほしいな」

入り口まで行ったところで、統明帝が振り返ってきた。

「へ？　ついてくるって、どういう――」

「さあ、行こう行こう」

青蓮の疑問はほったらかしで、皇帝はすたすた部屋を出る。青蓮は、慌ててそれについていった。

二人は、青蓮が入ったのとは反対側の扉から外に出る。

大広間では、何人もの男性が両跪の礼をとって頭を下げていた。

統明帝は玉座に着くと姿勢を正した。さすがと言うべきか、ただそれだけで皇帝と呼ぶにふさわしい威儀が備わる。

青蓮は高くなっている部分には登らず、その下で立ち止まった。どうすればいいか分からないが、とりあえずこの辺りにいれば間違いはないだろう。

「さて。何の用事だい」

統明帝が口を開いた。

「はっ」

男性たちが顔を上げる。

年は様々だが、共通している点がある。それはたとえば口元に漂う自負であり、あるいは堂々とした立ち姿である。高い能力を持ち、よい環境に恵まれ、妨害にも遭わず、人生の最適解を選び続けてここまで来た。そんなことが、如実に伝わってくる。

「皇后様。再びお目にかかれて光栄です」

男性の一人が言って片膝を突き、他の面々がそれに従う。青蓮はおろおろしつつ、とりあえず揖礼を返す。礼儀に適(かな)っているのかどうか分からない。皇后をやれと言うなら言うで、もう少し立ち居振る舞いについて手解(てほど)きしてほしかった。

「陛下にご報告がございまして、参上しました次第です」

「お邪魔して真に恐縮です」

「いいよ。細かいことは気にしないでくれ」

男性たちが、口々に言う。

統明帝の答えに、男性たちは再び両跪の礼を取った。そして、ちらちらと青蓮の方を見てくる。

なぜいるのか、と言わんばかりの視線だ。しかしそんな目で見られても困る。なぜいるのかと聞かれても、青蓮にも分からないのだ。

「皇后は一人でいるのが怖いらしい。何せ、乾健宮には今や宮女も宦官もいないからね」

皇帝が言う。突然新たな設定が加えられた。慌てて、青蓮は袖を合わせそこに顔を埋めてみせる。設定に合わせて、怖がってみせねばならない。

「なるほど。確かに、広うございますからな」

「深窓の女性には、恐ろしく感じられることもおありでしょう」

「陛下の思し召しならば、我々は従い申し上げるのみです」

かなり適当な仕草だったが、男性たちは納得した様子らしい。

「皇后は、そこに」

ひたすら怖がる振りをしている青蓮に、皇帝は玉座の斜め後ろを指した。

講談だと、色香で皇帝を誑かした妖艶な側室がこの辺りに立っているものだ。身を乗り出して皇帝の耳元で囁き、口やかましく諫言する老大臣を処刑させたりする、あの感じである。

「仰せのままに」

青蓮はそこに立ってみた。色香もなければ妖艶でもなく皇帝を誑かしてもいない青蓮が立ったところで、どうということもない。ただ、何やら立っているだけである。

「陛下は肥え太っていた莽国の仕組みを整理し、効率の悪い部分を改めよとおっしゃいました」

男性の一人が、前口上を述べ始める。

「卑しい宦官や宮女のような者どもに暇を出され、また時間の無駄になるばかりの儀礼も廃されました。ご明察、ご英断にございます。未だ改革は道半ばですが、徹底して成し遂げられるよう、我ら粉骨砕身することも厭いませぬ」

卑しい、という言葉を耳にした瞬間、統明帝の表情に何か苦いものが一瞬走ったように青蓮は感じた。

「まあ、そんなに力まなくてもいいよ。用事というのは？」

皇帝は、にこやかな雰囲気に戻って訊ねる。

「はい。冊立の典に関して申し上げる儀がございます。費用について、戸部より概ねの額が算定されたとの報せが参りました。また細部につきましては、改めて補い正すとのことにございます」

戸部とは、国の財務を管掌する役所だ。引っかかるのが、「概ねの額が算定された」という部分だ。最初に必要な額を概算しておらず、前もって上限を定めてさえもいなかったらしい。相当大まかに銭貨が使われたと受け取れる。

牙人が戸部の管轄下にある関係で、青蓮は戸部の人間をよく知っている。皆良くも悪くも真面目で、頭が固ければ財布の紐も堅い。そんな雑な使い方をするとは思えない。

「御自らのめでたい節目を、国中の民草と共に祝おうという陛下のお心遣い、感泣を留めることもできません。身を切るかの如く倹約され、その富を民に惜しげなく下げ渡される。まさに明主聖君の政と申せましょう」

　男性の中から、そんな言葉が出る。宮女や宦官は不要な存在としていたのに、冊立の典の出費については褒め称える。いずれも帝室に関わりあることという点では同じなのに、違いはどこにあるのか。

「その陛下のお志を奉じ、大学士たる我々も俸給の一部を返上しようと話し合っております。公から民へと、富を分かち与える所存にございます」

　大学士、という言葉に青蓮は息を呑む。彼らは、内閣の一員——即ち国政の中心にある者たちらしい。

「そんなに無理をしなくてもいいのに」

　苦笑交じりに、統明帝が言う。男性たちほど声を張っているわけではないが、はっきりと響いている。この空間で声が響くのは、皇帝と臣下が離れて話していてもよく聞こえるためにそう作られているのだろう。咳一つがえらく反響するのも納得である。

「勿体ないお言葉です。しかし、陛下が御自ら範を示されたのです。それに倣わずして、何を忠義と申しましょう」

　男性の中でも年若い一人が、目を爛々と輝かせて弁じる。

「帝室のご威光は、あまねく天下を照らし出されます。しかしその輝かしさ故、真に遺憾ながら、宜しからざる者たちの姿を隠してしまうところもありました。それは何者か？」

若さ故のことか、その言葉には陶酔の響きがある。

「既に得ている権益に腰掛けている者たち、己の力で生きようとせぬ者たちです。そういう者たちの甘えを許さず、自身の足で立たせる。怠けることを許さず、競い争わせる。その競争の結果、一人一人が己の才覚器量にふさわしいものを得ることとなる。その時、最も無駄のない完(まった)き世が到来するのです」

「競争、うーん。競争かあ」

統明帝が渋い顔をする。

「ええ、そうです」

それにも気づかないのか、年若い男性は言葉に力を込める。

「競うこと、争うことこそ天下の理(ことわり)なのです。人も獣も、草木でさえもそうです。弱き者を糧として、強き者が生きる。それが自然の法(のり)にして、最も効率よい仕組みなのです」

流麗な弁舌で思わず頷かされそうなところだが、この理屈には問題がある。過剰な競争への信奉、これはまあいい。青蓮の信条とは正反対だが、青蓮と正反対だからといって否定されるべきものではない。

問題は、効率を云々(うんぬん)しているところである。それを言うなら、冊立の典に関する金の使い方は大いに問題があるとしなければならないはずだ。

また、アドリアや谷乙の話からすれば、それを取り次ぐ牙人の選定に競争らしきものは行われていなかった。男性の言葉は正しく事実を言い表せていない。

青蓮は考えを巡らせる。商賈を抜擢する人事。ぼろぼろに荒れている内城。浮世離れした皇帝。今ひとつ筋の通らない改革論を並べる重臣たち。そして、計画性や一貫性に欠ける様々な施策。それらを混ぜ合わせたものに筆を浸し、絵を描いてみれば、表れる風景はいったいどんなものか。

「――それでは、そろそろ失礼いたします。人手を減らした分、一人一人が仕事で生み出す力を高めねばなりません。かつての官吏や宮人らの如く、宮仕えの安定の上にあぐらをかいていてはいけないのです。民と同じ感覚で、競い合わねばなりません」

そこで話は終わったらしい。男性たちは両跪を施した上で去っていった。

「――ふう」

自信たっぷりの背中が乾健宮から出ていったところで、統明帝は溜め息をつく。その重さは、聞いているだけで気の毒になる。彼らとの会話は、とてもくたびれるのだろう。

「真に恐縮ではございますが、お訊ねしたき儀が」

だが、今は統明帝を思いやっている場合ではない。はっきりさせておくべきことがある。

「なんだい？」

統明帝は、にこにこと聞き返してくる。

「そもそも私を皇后に抜擢された理由です」

「皇后に抜擢」という言い回しは何とも妙だが、致し方ない。青蓮は、宰相に取り立てられたわけでもなければ将軍に任じられたわけでもなく、皇后に選ばれたのだ。そう表現するほかない。

「私の商賈としての力を必要とされている、と陛下は仰せになりました。商賈は品を商う者、国を治めるものではありません。それでもあえて用いるのは、尋常ならざることが起こっているからでありましょう」

青蓮は先ほど得た結論をぶつける。

「たとえば、皇帝陛下が握っておられるべき何かが、お手元にないとか。あくまで仮定の話にございますが、先ほどの方々なり、他の権臣なりに奪われているというような」

青蓮は、少しだけ歴史を学んだことがある。だから、皇帝が実権を失った例がたくさんあるということは知っている。それが、国の滅亡の端緒であることも。

「ああ、傀儡（かいらい）になってるってこと？」

青蓮が濁した言葉を、統明帝は明瞭すぎる形で言い換えた。

「うーん、そうだったら分かりやすくていいんだ。操られていれば楽だし」

そう言って、統明帝はおかしそうに笑う。

「笑い事ではございません。皇帝が臣下の意のままになるというのは、国として大変よろしくない有り様ではございませんか」

「病膏肓（やまいこうこう）に入るというやつだね。危急存亡の秋（とき）、の方がいいかな」

「病も危急も遠ざけてくださいませ。私は亡国の皇后にはなりたくありません。そもそも皇后からして望んでなったわけでもないですし」

言葉がどんどん強くなる。

「お教えください。この白皇城は何故かくも荒れ果てているのですか？『富を民と分かち合う』という話と、この荒れ方に関係はあるのですか？　民の目線からするとしばしばご政道に不明不審な点がございましたが、そことも繋がりがあるのですか？」

「うーん」

統明帝は、苦笑しつつ目を逸らした。その曖昧な態度が、青蓮の不安をさらに強める。

統明帝が纏っていた、穏やかならざる美しさが蘇る。風流を突き詰めた者は、己の求める美をなによりも優先する。「滅び」を好むのであれば、己の破滅でさえ味わい楽しんでしまう。もし皇帝が「滅び」に溺れれば、帝国さえその生贄に差し出しかねない。

「今日はその辺を話そうと思って来てもらったんだ。ごめんね、心配させてしまって」

そう詫びる統明帝に、不健全さはあまりない。滅びの美学に巻き込まれる心配はないと見てよさそうだ。

「――もう、四年だか五年だか前になるのかな。即位した僕は、まず様々な旧弊を一掃したいなと考えた。色々面倒だったし、楽にできるならそれに越したことはない」

青蓮の眉間に刻み目が生じる。不健全ではないが、何だか不真面目である。

「先代も先々代も割と柔軟な人だったんだけど、この国には物凄く強いしきたりがある」

言って、統明帝は掲げられている額を振り返る。

「初代が決めた決まり事だね。まあ細かくて数も多い。人柄が偲ばれるね」

「敬天法祖」。額には、そう記されている。しかし、統明帝の態度には敬意は感じられない。実に不遜である。

「とはいえそここそ真っ当ではあるんだけど、晩年のものは正直まずい。ちょっとばかり頭が緩んでたのかもしれないね」

不謹慎でもある。皇帝以外の言なら死罪ではないのか。

「でも、もう一つこの国において重視されるものがある。皇帝の意思だ。皇帝の考えは、法を超えた法、理の上にある理として作用するからね。僕は面倒事は避けたいという意思を示してみた。早速僕の意思は政に反映され、色々なことを変え始めた。初めのうちはよかったんだけど、すぐ困ったことになり始めた」

統明帝が目を伏せた。そこに、今までと違う色合いが浮かぶ。

「僕の言葉が、一人歩きしだしたんだ」

はっきりとした――後悔だ。

「あれよあれよという間に、僕が思っていた以上の度合いで『改革』が進んだ。みんなが改革しようと思っているのか、便乗して誰かが何か悪さでもしようとしているのか、それさえもはっきりしないほどに目まぐるしかった。君の目から見て政策について『分からない点があった』くらいの感じで収まっているのは、ひとえに郭晶のお陰だよ」

その後悔の上に、統明帝は苦笑を乗せる。

「急流に乗った筏（いかだ）のようなものだと思ってほしい。いったん流れに乗ってしまえば、もう上流まで戻ることはできない。ただただ、その流れの中で最善を尽くすしかない」

話を聞きながら、大学士たちの様子を思い出す。改革の意義を絶対視する話しぶり。自分の正しさを信じて疑わない姿勢。ああいう感じで押し寄せられたら、なるほど御することは難しいかもしれない。

「せめて櫂(かい)やら何やらを使って、上手に方向を転換していくしかないんだ。さもないと、ついにはとんでもないことになってしまう。たとえば岩にぶつかって筏が壊れてしまったり、たとえば滝に行き当たって落ちてしまったり。あるいは――」

日に雲がかかったように、統明帝の顔に翳(かげ)りが差す。

「――あるいは、僕が筏から突き落とされたりね」

翳りは、一瞬にして消えた。統明帝の表情に変わりはない。彼が口にしたのは、文人にありがちな言葉遊びなのか。あるいは、もっと不吉な何かだったのか。

「気がつくと、食事なんかも随分地味になっていた。禁軍の兵士と同じものらしい。健康にはいいけど、食べてて楽しいものではない。僕は美食にはあまり興味ないけど、やっぱりたまには美味しいものが食べたくて。あの日は郭晶に頼んで、奮発してもらったんだ」

初対面の時、統明帝は食事にがっついていた。庶民のご馳走が珍しいのかと思っていたのだが、本当のところは日頃の食事が庶民のご馳走以下の水準だったということらしい。

色々なことが、腑(ふ)に落ちた。疑問の霧は、すっかり晴れた。

「つまり」

青蓮は、呟くように言う。それ以上に大きい声が出せない。霧が晴れたからといって、そこに青空が広がっているとは限らない。霧が晴れたのは猛烈な嵐に吹き飛ばされただけであり、本当の災いはここからということだってあるのだ。

——初め青蓮は、統明帝が醸し出すのほほんとした雰囲気に、お坊ちゃんが作った借財の肩代わりでもさせられるのかと思ったものだ。

今思えば、それくらいならまだよかった。いや、よくはないが、青蓮の懐から出せる分で解決することが可能だ。現実は、もっともっとひどいものだったのだ。

「つまり、皇帝陛下におかれましては、すっかり困窮なされ、それをどうにかなさりたいとの思し召しで、勿体なくも私めにお声掛けを?」

「そういうことだね」

統明帝は、屈託なく頷く。

「様々な経費を切り詰める一方で、実はそうして浮いた以上の銭貨が『民のため』という名目で流出している。冊立の典然り、鋪戸特区然り。他にもたくさんある」

その屈託なさで、統明帝は洒落にならない話をする。

「しかも大幅に税を減らしているからね。蕣の財政は火の車だ。何か大きな災害に見舞われたり、反乱が起こったりすれば、たちまち倒れてしまうだろうなあ」

まず青蓮が考えたのは、筏から脱出することだった。どうにか岸に上がれないか。別のもっと安全な乗り物に乗り移れないか。

しかし、早い段階で諦めざるを得なくなった。青蓮は、既に櫂を渡されている。放り投げた瞬間、桃饅頭を持った刺客に始末されてしまうだろう。

友人や、仕事を斡旋(あっせん)した人たちの顔が思い浮かんでもくる。今ここで青蓮が筏の安全を保たねば、みんなまとめて流れに呑まれてしまうかもしれない。

青蓮は瞑目(めいもく)した。これは、引き受ける他ない。否、引き受けて結果を出す他ない。

「おそれながら」

ただし。

交渉は、させてもらう。

「承るにあたり、お願いがございます」

蕣国が置かれている状況は把握した。青蓮が必要とされている理由も理解した。

だが、だからといって。無償で奉仕するつもりはない。青蓮は、商賈として求められてここへ来た。ならば商賈らしく、しっかり取引するまでだ。

「言ってごらん。何でもいいよ。畏(かしこ)まらなくていい」

統明帝が、そう答えてきた。随分と大きく出られたが、どうも真意は測りづらい。

「忝いお言葉を——いえ、それではお言葉に甘えてご無礼仕(つかまつ)ります」

青蓮は腹をくくり直した。手がかりがないなら、突き進むしかない。

「皇后の件、期を区切らせてください」

躊躇わず、条件を突きつける。

「私の商賈としての知見をお貸ししましょう。手は抜きません。全力でお手伝いします。陛下は、そこから商賈の流儀を学んでください。そして、一通り身についたというところで、私をお役ご免にしてください」

きっぱりと、そう申し渡す。

「金銀財宝はいりません。土地や官爵の類も不要です。ない袖を振れとは申しません。――ただ、私を再び牙人に戻してください。そして、牙人の仕事に集中していられる奔国を、お願いします」

「分かった」

統明帝は、青蓮の言葉を正面から受け止めた。しかし、まだ足りない。

「陛下のご名誉にかけて、誓っていただけますか」

まったくもってとんでもない事態だ、と青蓮は思う。今自分は、神聖不可侵であるはずの皇帝に対して、対等の立場から要求を突きつけている。

「いいだろう」

統明帝が、にこりと微笑む。

「あなたは、期間限定の皇后だ」

そう言うと、統明帝は玉座から立ち上がり歩き出した。

「いずこへ？」

慌てて、青蓮はその後を追う。

統明帝は向かったのは、執務を行うためのものらしき部屋だった。

部屋に入ってまず目につくのは、大きな書卓である。上には、筆記のための道具が並んでいる。

筆、墨、硯（すずり）、紙――文房四友と呼ばれる四つの道具をはじめ、水差しや筆掛（ふでか）け、文鎮など一通り揃っている。いずれも、皇帝という肩書きにふさわしいものとは言えない。街の子供が手習いに使うような、普通極まりない品々である。

「少し待ってね」

書卓に向かって座ると、統明帝は墨を摺（す）り始めた。

思わず、青蓮は見とれてしまう。その所作には、優雅さと気品がある。普通だったはずの道具が、天下に並びなき逸品の如く思えてくる。

摺り終えると、統明帝は筆を執った。その表情が、凛々（りり）しく引き締まる。

奉天承運皇帝詔曰――統明帝はそう書き出した。天を奉じ運を承（う）くる皇帝　詔（みことのり）して曰（いわ）く。これは、詔書の形式である。詔書とは、皇帝の名において発布される公の文書だ。どうやら、書面でもって青蓮の願いを保証してくれるらしい。

統明帝は文章を認（したた）めていく。梁青蓮は我が意を受けて務めを果たす。その務めが果たされれば、元の暮らしへと戻すことを約束する――

それを見ながら、小さく青蓮は溜め息を漏らした。さほど書の素養があるわけでもない青蓮でも分かる。統明帝の文字は、美しい。

線はほっそりとしているが、同時に勢いがあり力強い。彼独自の書体、と言っていいだろう。高名な能書家たちの如く、彼の書は後々まで伝えられるかもしれない。

布告天下、咸使聞知。天下に布告する、咸聞き知らせしめよ。詔書の型を遵守して締めくくると、帝は筆を置いた。

「普段は自分で起草することはないんだけどね。専門の臣下がいるし」

笑ってそう言うと、統明帝は懐から一つの印章を取り出す。そして置いてあった朱肉に押しつけてから、紙に捺印する。

印章には、ある種の呪いめいた効果がある。書いた者の身分を証する即物的な機能に留まらず、書そのものを引き締め完成させるのだ。

印影が象るのは、八つの文字である。受命于天既壽永昌。命を天より受け、既に寿く永に昌えん。

「これ、は」

青蓮は、息を呑んだ。

皇帝の用いる御璽には、いくつもの種類がある。今捺されたものは、その御璽の中でも最も重みと価値を有する。

他の御璽は、言わば『権威を示すもの』である。署名の代わりといってもいい。青蓮が持つ牙人としての身分証――牙帖に捺されているのも、その中の一つだ。

今彼が使ったものは、『権威そのもの』といえる。皇帝が手にした物、ではない。手にする者が、皇帝なのだ。

――遥か遠い昔。中夏の歴史において初めて皇帝の位についた者が、己の威光を永遠に後世に伝えるべく、一つの印章を彫らせた。彼の建てた国はわずか二代で滅びたが、印章は残り受け継がれた。

時は流れ、いくつもの王朝が現れては消えていった。束の間の平和と、長きにわたる戦乱とが、潮の満ち引きの如く繰り返された。

数百年もの間、群雄が覇を競ったこともあった。皇帝と皇太子が、骨肉の争いを繰り広げたこともあった。三人の女帝が天下を三分したこともあれば、草原からやってきた風雲児が皇帝となったこともあった。

そんな中でも、印章が失われることはなかった。千年以上の時を経て、受け継がれ続けた。まるで彫らせた者の執念が宿ったかの如く、常にその時々の皇帝と共にあり続けた。

「そう。玉璽だ」

統明帝が、印章の名を呼んだ。中夏の歴史が大河となって、部屋の中で逆巻く――そんな錯覚を、青蓮は覚える。

「名誉だけじゃない。僕の皇帝としての存在すべてをかけて誓おう」

統明帝は、青蓮の瞳を見つめる。

「君との約束を、必ず守ると」

――心の奥底の、何かを揺さぶられたような感じがした。

考えてみれば、そんな反応をする必要などどこにもない。今のは要するに、「貧乏脱出したいのでお金の稼ぎ方を教えてください」というお願いを、物凄く格好良い形でやってのけただけのことなのだ。

「はい」

だというのに、青蓮はしおらしい声で返事などして、差し出された詔書を受け取った。

理由は多分、この詔書に統明帝の真心が籠もっていると感じられたからだった。

第三章

飲茶。茶を喫しながら、点心を食することを指す。もともとは中夏でも南の地方の習慣である。舜国初代皇帝の曠徳帝は南方の出身で、飲茶を殊の外愛した。天下統一のために転戦する中でも欠かすことはなく、毎日陣中で楽しんだ。それを知った敵軍が、飲茶の時間帯に合わせて本陣の襲撃を試みたこともあったという。

「うーん」

青蓮にとって、芳容楼での飲茶は自分へのご褒美ともいうべきものだった。

しかし今は違う。苦悩を紛らわせるための、薬として用いる羽目になっている。

――統明帝に頼まれてから後。青蓮は、妙計を案じるべく悪戦苦闘していた。

初めは自分の家で考えていた。しかしまったく思いつかず、牙行の会館に行ってみた。

しかし、アドリアが抱きついてきたり陸方臣が嫌味を言ってきたりでさっぱり集中できず、今度は芳容楼に来てみたのだった。

目の前には、紙やら筆やらが置いてある。考えあぐねている時には、手を動かすとよい案が浮かぶこともあるからだ。

しかし、紙は真っ白のままである。筆は青蓮の手の中で、墨のついた棒と化している。文房四友たちは、文人ならざる青蓮とは友達付き合いをしてくれないようだ。

筆を筆掛けに置くと、月餅を一つ食べる。美味しいけれど、気持ちが盛り上がらない。ただ美味しいだけで、食べ終われば消えてなくなる。

これは、良くない。青蓮は危機感を覚える。この記憶が心に刻みつけられてしまい、そのうち芳容楼で飲茶を頼むと苦痛を感じるようになってしまうかもしれない。

青蓮は、思いつきでいいから何でも書き出してみることにした。帝室の収支。それを改善するにあたって、どんな手が考えられるだろうか。

最も手っ取り早い方法は、増税である。単純に、税を増やせば国の収入は増える。しかし、そう簡単にはいかない。大学士たちの言葉にもあったが、姦は今租税を減らす方向で政策を進めている。増税はそれと真っ向から矛盾しており、民の間に混乱を引き起こすだろう。

増税に伴う問題はまだある。確たる理由があってもなお、税の積み増しは民の不満を招く。式典や新しい政策に使いすぎたから、とか税を軽くしすぎて足りなくなったから、といった理由で増税しては、混乱どころか反乱が起きかねない。

次に考えられるのは、様々な歳費——たとえば軍事費用などを削ることだ。しかし、それも難しい。たとえば蕣の北の草原には遊牧民族である獦犴(かつがん)が跳梁(ちょうりょう)し、南の海では海賊である羅寇(らこう)が跋扈(ばっこ)している。各地からの書牘(しょとく)には賊の発生がしばしば記されている。戦備えの出費を削るには、これらの脅威を軽減する必要がある。簡単なことではないだろう。

改革を元に戻す、のも困難だと思われる。それができるなら、既にやっているはずである。神聖不可侵の皇帝陛下があぁ言うのだから、激流の向きを反対にすることはできないと見るべきだ。

「うーん、うーん」

頭を抱えたくなる。人は、歴史の書を読んで「この大臣たちは何をしているのだ。無能だなあ」とか何とか気軽に言う。しかし実際のところは、様々な困難に直面しつつ全力を尽くし、それでも駄目だったということがたくさんあるのだろう。

などと歴史の真実について思いを馳(は)せている場合ではない。むしろ、歴史から学ばねばならない局面だ。

「歴史から、学ぶかあ」

商い一直線の人生を送ってきた青蓮だが、かつて少しだけ学問に親しんだこともある。その中には、史学もあった。年号やら人物の名前からを逐一覚えているわけではないが、ある程度の流れは頭に入っている。

そこから導き出せる教訓は色々あるが、一番手っ取り早く世を変える要素は「上に立つ者」だ。様々な君主が、中夏に変革をもたらしてきた。停滞を破り、新しい時代を切り拓(ひら)

いてきた。ここは一つ、統明帝にも歴史に残る大活躍を期待してみるというのはどうだろうか。

「──難しいな」

なるほど、文人としては優れている。文化を大いに奨励し、その水準を引き上げることもできるだろう。自ら見事な作品を生み出し、後世に遺すことも不可能ではないはずだ。しかし、皇帝として強力な指導力を発揮するという感じではない。過去の文人皇帝のように浪費に明け暮れて国を傾けたり、お気に入りの側近に好き勝手をさせて朝政を乱したりしなさそうなだけマシだろうが──

「──ん？」

好き勝手をする側近。要するに、青蓮は今その立場にあるのではないか。歴史から学ぶどころの話ではない。青蓮の匙加減一つで、歴史が変わってしまうかもしれない。彝の命運は、今や己の双肩にかかっているのだ。

「こちらをどうぞ」

重すぎる使命に青蓮が項垂れていると、給仕がやってきた。ややおどおどした、大人しそうな雰囲気の給仕である。

「新作のお茶と、それに合わせた同じく新作の饅頭です」

おずおずと、給仕は青蓮の卓にお茶とお菓子を置く。

「──あ」

茶が立てる香りで、すぐに分かった。小蘭のものだ。飲茶に組み込む形で、提供されているらしい。

筆も文具もどける。折角の新献立である。歴史は、少しばかり脇に置く。中夏の歴史は雄大である。お茶と饅頭を楽しむ間くらいは、待たせておいても問題ないだろう。

青蓮は、まず茶碗を手に取った。香りを楽しむ。胸に爽やかな風が吹き込んで、悩んでいた感覚がすっきりと晴れるようだ。

一口含む。やはり見事な味わいである。苦労に苦労を重ねて作られたものだろうに、その大変さを一切感じさせない。

続いて、饅頭を食べる。瞬間、青蓮は目を見開いた。

「え、すごい」

これ単体でも、きっととても美味しいだろう。しかし、茶と合わさることで、それぞれの魅力が一気に引き出される。最高の組み合わせである。

さすがの一言だ。評判は、あっという間に玄京中に広まることだろう。何しろ、芳容楼の献立である。玄京の人々にとって、それは何よりもの保証となるのだ——

「——ん？」

微かに、しかしはっきりと。何かが、青蓮に呼びかけた。浮かんでは消える他愛ない考えの中に、青蓮にとってとても重要なものがあったらしい。

お茶とお菓子をどけて、筆と紙を戻す。筆を紙に下ろすと、すらすらと動いた。

「そうか、そうなんだ」

紙と頭の中が、直接繫がっているような感じ。ぼんやりしているものが、手と筆を通じて形になっていく。

――色々削減しているらしいけど、それでもやっぱり帝室が使うものって一流品ばかりだろうし、凄い儲けになったんじゃないかな。

谷乙(こくいつ)は、そういう話をしていた。

――建物は豪華で、お抱えの工匠が作った調度品でいっぱい。

かつて、母はそう話していた。

目の前のお茶を見る。これを玄京の人々に伝えていくだろう、芳容楼という看板の重みに思いを巡らせる。

横に添えられている、新作のお菓子にも目を向ける。新しいものが新しく生み出した存在を、注視する。

友人の言葉、母の話、行きつけの店の新献立。ばらばらなものが、一つに繫がっていく。困難な状況を打破するための方策として、形作られていく。

青蓮は周囲を見回した。昼下がりの芳容楼は、賑わっている。お喋りに興じる若い女性たち、一人で詩を推敲(すいこう)している老人、愛を語らう恋人たち、忙しく歩き回る給仕たち。

給仕の一人と、目が合った。先ほど、お菓子とお茶を持ってきてくれた男性だ。

「桃包(タオパオ)をいただけますか？」

そう声をかけてみる。おどおどしていた給仕の目に、鋭い光が瞬いた。

皇帝を補佐する機関である内閣は、複数の大学士からなる。それぞれ白皇城の外城に専用の役所が与えられ、朝政に事案が生じた時には東閣と呼ばれる建物で合議する。

今日も、大学士たちは東閣に集まっていた。票擬と呼ばれるこの合議は、蕣の政において大きな意味合いを持つ。

「なるほど、重い税はよろしくありません。苛政は虎よりも猛し。厳しすぎる政は、民にとって虎よりも恐ろしいものです」

口を開いたのは、文華殿大学士の郭晶である。

「しかし、ひたすら税を減らし続ければよい、というものではありません。我々の仕事は、税を適切に集め、それを元手に政にまつわる様々な事柄を決し営んでいくことです」

集まっている大学士たちに、諄々と己の見解を説いていく。

「国としての規模で営むものなのですから、それに見合った額を集める必要があります。小臣としましては、現在のように富める者も貧しき者も一律に減らすのではなく、改めて個々の稼ぎと財力に応じた仕組みを作り直すべきだと考えます。富裕なる者は、それだけ余力があり、負担を大きくできます。その納めた税で国の基盤が固まれば、彼らにとっても益となる。決して一方的に搾り取ることにはなりません」

内容としては、政においては基本中の基本である。本来改めて言うまでもない部分だ。なぜ、わざわざそこから始めるのか。この票擬に参加する者の大多数が、基本を無視して話を進めるからだ。

「陛下はおっしゃりました。旧弊を改めよと」

大学士の一人が反論してきた。

「ならば、我々はそれを実現するのが務め。彝の建国以来、税の重いことは指摘されてきました。今こそ、大鉈(おおなた)を振るうべきなのです」

頭を抱えたくなる。なるほど、歴代の王朝と比較して彝の税率は高めだった。しかしそれは、国として対応すべきことが歴代王朝よりも多いからだ。郭晶とて、理由なく富める者の拠出を求めているわけではない。

「そして改革の俎上(そじょう)に載せるべきは、旧態依然たる仕組みです。我々の俸禄(ほうろく)を返上する、多すぎる官吏を減らす。やることはたくさんありましょう」

若い大学士が教条的な主張を言い立ててきた。

「よいですか。切られているのは我々の身ではない。彝という国の肉となり骨となる部分です」

うんざりしながらも、郭晶は懇切に説く。

「俸禄の返上や人員の整理程度で捻出(ねんしゅつ)できる分など、たかが知れています。民衆には分かりやすく、支持も得られましょう。しかし、実質が伴わぬ分かりやすさだけの対策は

「――」

「まあまあ」

低く深い声が、郭晶の話を遮った。

「彼らの言葉には、一理あると思うね」

郭晶は内心で舌打ちと溜め息と唸り声を同時に発する。

「改革は効果を発揮している。戸部の調べでは、鋪戸特区の取引は日々成長している」

声の主は、華蓋殿大学士の常焉である。郭晶とは、年誼の間柄だ。年誼とは、同じ年に科挙に及第した、同期の人間のことをさす。

同期だけに、郭晶は彼について色々知っている。様々な分野に広く深い知識を持つとか。名家の人間であることを生かし、広い人脈を築いているとか。

「だというのに、君は改革を受け入れない。君は持論にこだわるね。昔からそうだ。僕と君との距離が――もっとずっと近かった頃から」

真剣に討議すべき票擬の場で、色男ぶってこういう話をする愚か者であるとか。

「考えてもみたまえ。人が努力するのは、さらなる成果を得られると信じるからだ。成果を出した人間に重税を課しては、そのやる気を大いに削いでしまうじゃないか」

改革に対する姿勢は、中立的である。こうして改革を持ち上げることもあれば、逆に歯止めをかけることもある。

「人間関係と同じさ。つれなくされるばかりでは、胸が痛くなってしまう。僕があの時過ちを犯したのも、故あってのことだったんだ」

おまけに、くだらないことも言う。

「その分に応じて、負担を求めるだけのこと。このまま多い者が支払う量を減らし続ければ、最低限必要な銭貨さえ集められなくなる」

常焉の話におけるくだらない部分を完全に無視した上で、郭晶は反論を加える。

「民に任せればいいんだ。官吏は、仕事に対して安閑と向き合う。競う相手がいないからだ。民に任せ、競い合わせる。そうすることで、無駄な部分が削り取られ、より効率のよい仕組みへと変わっていく。女性だってそうじゃないか。魔性の微笑みで男たちを玩(もてあそ)び、自分のために争わせ、より強いものを択(えら)び取るだろう？」

郭晶は、常焉をじろりと見る。二重の瞼(まぶた)に彫りの深い顔立ち。顎周りに生やした髭は程よく剃られ、男性的な空気を発散している。自分がどう見えるかしっかり把握して、最適な形に整えた外見だ。ご婦人方からは、圧倒的な人気を誇っているという。

郭晶の視線を感じたか、常焉は熱を帯びた瞳で向き直ってくる。郭晶は冷然と鼻を鳴らしてみせた。常焉が、ご婦人方の人気に「丁寧に」応えていることは、公然の秘密だ。真面目に相手するだけ、馬鹿馬鹿しい。

「国がやるべきことは、本来そう多くありません。治安を保ち、外の脅威を防ぐ。それだけでよいのです。民のやることには干渉せず、あるがままに放任しておけばよいのです。そうすれば、先ほど常学士のおっしゃった如く、より良い形に改められていくのです」

大学士の一人が、常焉の言葉に乗った。こうなると、味方のいない郭晶は不利な立場に置かれ、無難な着地点を探すところまで後退しがちだ。

「国庫の不足と税のあり方については、陛下にもお考えがおありとのことだ」

しかし、今回は違う。少しばかり新しい手を、用意することができた。

「ほう、陛下が」

驚いたように、常焉が目を見開いてくる。

「いかにして実現すべきか、今はゆっくりお考えを巡らせたいと宣うた」

実のところは、既に動いている。しかし、それを知られるわけにはいかない。

「陛下のお邪魔をせぬよう、内城には不用意に近づかぬよう」

顔色一つ変えず、郭晶はそう言ってのけた。これが、郭晶が今日果たすべき役割だ。

一同が、揃って口をつぐんだ。常焉も、考え込むような顔で黙っている。

——皇帝。すべての民の上に君臨する、唯一にして絶対の存在。堯における実質的な最高機関である内閣も、この通り皇帝には無条件で従う。

それ故に、皇帝の意思を表すことは難しい。与える影響が大きすぎて、予想だにしない事態を引き起こすこともしばしばなのだ。今回動くのも、半ば賭けに近い。絶対の存在を動かしていながら、実のところ自信は絶対とは程遠い。

「各々方の考えは、陛下の上聞に達している。心を平らかにして、聖慮を待つべし」

そんな内心を隠して、郭晶は話を締めくくった。どうにか、乗り切れたか——

「ほう、ほう」

——しかし、そうもいかないようだ。

「陛下が、御自ら政の手綱を握られるか」

しゃがれた声が、合議の場に響いた。今まで聞こえなかったものだ。

「いかにも」

郭晶は、声の主を見る。内心は、常焉が喋り出した時ほど明確に色づけされていない。

「なるほど、なるほど」

慎翻、字を陽允。東閣大学士にして、内閣における最年長最古参の存在だ。

外見は、老人そのものである。白い眉毛はふさふさと目にかかり、同じく白い髭は胸まで垂れ下がっている。見た感じは、朝政に携わる士大夫というより俗世を捨てた仙人のようである。郭晶が入閣したのも随分前のことだが、その時からまったく変化がない。してみると、実質的には仙人なのかもしれない。

「慎学士は、どのようにお考えですか？」

郭晶は慇懃に接する。仙人扱いしているのではなく、彼が内閣の序列において筆頭を占めているが故だ。内閣の序列は、形式の上では入閣した順番で決まる。そして最も古株の人間が、長として東閣大学士を務めるのが慣例である。

「わしの考えか。そうじゃのう、若い者たちが恐れず改革に取り組む姿が眩いのう」

慎翻は、ずれた返答をよこしてきた。彼の発言は、大抵こんな感じである。話を聞いているのかいないのか、中身を理解しているのかいないのか、判然としない。耄碌していると陰口を叩かれることも、しばしばだ。そこも、郭晶が入閣した時から変わりがない。

「後生畏るべし、とはよう言うたものじゃ。大いに励めばええ」

いつまでも指導的な地位に居座っている老人というのは、真っ先に改革の槍玉に挙げられがちだ。しかし、慎翻に限ってはそれがない。特に衝突したり邪魔になったりしないので、害なしとして放置されているのだ。

そもそも慎翻は、その長い官歴において政争に関わったことがない。能動的に意見を表明することさえ、極めて希だ。大きな失策を犯さず、深刻な問題に連座せず、ただただ生き残っているうちに、いつの間にか最高位にまで昇ったのである。「昼間の蠟燭のようなもの」という見解は、彼を知る者の間でほぼ一致している。

「後生畏るべし。後に生まれた人間に対しては、畏敬の念を持って接するべきだ。将来、現在の我々よりも優れた存在にならないとどうして言えようか。聖人の言葉ですな」

あえて指摘してから、郭晶は言葉に微妙な意味合いを含ませる。

「慎学士が仰せになると、より深い響きを帯びて聞こえてくるかのようです」

郭晶は、「昼間の蠟燭」という見解に異議がある。朝廷における権力闘争は、離れているだけでは避けられない。役人を続けているだけでは、内閣の長の椅子には座れない。それを成し遂げた者は、成し遂げただけの何かを持っているはずだ。

「いかにも、いかにも」

シミの目立つ頬に笑みを浮かべながら、慎翻は言う。

「陛下もさようにあらせられる。わしからすれば、その大胆さは真に震え上がるほどじゃ。――陛下が過たれることがあれば、その責は陛下お一人に帰すこととなるからのう」

鳩尾に、冷たいものを差し込まれたような感覚に襲われる。まさしくそれこそ、郭晶が恐れていることだからだ。

――皇帝の権威は絶対である。一方、無謬(むびゅう)ではない。誤ることもあるし、不善をなすこともある。その時、絶対であるはずの権威は、あえなく失墜する。

「帝室が寿(いのちなが)く栄える所以は、天より命を受けているから」

慎翻の口調は、のんびりとしている。

「その天命に背かば、来たるべきは改革ではない。革命じゃ」

だが言葉の内容は不穏だ。

「まあ、心配は要らぬじゃろうがな。陛下は慈悲深き仁君にあらせられる。天もきっとご照覧あるじゃろう」

からからと笑う慎翻を、郭晶は油断なく観察したのだった。

光寧五彩(こうねいごさい)とは、光寧年間に作り始められた磁器である。その染付の技術の高さは、中夏の陶磁器としての一つの完成形だと称えられている。

光寧帝の治世は、必ずしも長いものではなかった。しかしその名を冠した逸品を生んだが故に、人々の間で永く記憶されることとなったのである。

「どうして、御自ら足を運ばれるのですか？」

道すがら何度となく繰り返した問いを、改めて青蓮はぶつけた。

「そうだなあ」

言いながら、統明帝は彼方をうっとりと見つめている。疑う余地のない生返事だ。

彼の視線の先には、夏の山々がそびえている。強い日差しを受けたその姿は、悠然としながらも活力も感じさせる。

「実にいい眺めだ。官を辞して故郷に帰った古（いにしえ）の文人は、詩に『随分長く籠の中にいたが、ようやく自然に返ることができた』と謳（うた）った。その心境が、よく分かる気がするよ」

今の統明帝は、官吏の格好をしている。祖父も父も高官だが、自分はどうしても科挙に及第できず、仕方なしに地方で官途に就いたボンクラ三代目といった雰囲気だ。官吏であっても、ボンクラで三代目なのはどうにも変わらない。

青蓮も、下級官吏の服装をしている。そんな格好は初めてしたわけだが、まあまあ様になっているようにも思える。ボンクラ三代目官吏のお目付役くらいには見えるだろう。

「久しく樊籠（はんろう）の裏に在りしも、また自然に返るを得たり――」

「李主簿。どうして、ご自身でいらっしゃるんですか？」

何やら詩を詠じ始めた統明帝の前に回り込み、青蓮はその視界で手をぱたぱた振った。

「おっと。どうしたんだい、張副主簿？」

統明帝が、驚いたように立ち止まる。やっぱり、まったく聞いてなかったようだ。

「どうして、ご自身で、いらっしゃるのですか？」

ぷんすか怒りつつ、一つ一つ言葉を区切って話す。

「自分で来た理由？　そんなものは決まっている」

統明帝は、にこりと微笑んだ。

「君一人を行かせるわけにはいかないからさ」

どきり、とする。何だか、意味深にも聞こえる言い回しだ。

「君以外に動けるのは、徐潜たちと僕と郭晶くらいだ。郭晶は仕事が忙しい。徐潜たち錦衣衛は僕から離れられない。となると、僕が動けばいい」

ぽかん、となる。何だか、意味不明にしか聞こえない理屈だ。

「別に、私一人でもいいじゃないですか」

「何を言ってるんだい。より計画を確実にするためには、人手は多い方がいい」

皇帝が、自分を計画実行の頭数に入れている。何とも困ってしまう。皇帝に活躍してほしいと考えはしたが、こういう形で行動力を発揮してほしいわけではなかった。

二人は今、玄京郊外の道を並んで歩いていた。見渡すばかりの高粱畑が続いている。

高粱は乾燥に強い。雨があまり降らない玄京周辺では、最も栽培に適した作物だと言える。

「しかし、郭学士がよくお許しになられましたね」

青蓮は呆れてしまう。あの郭晶が、というか郭晶に限らず、そんな無茶を認めるとは到底思えなかった。

「本当だね。駄目だと言われたら、詔勅を起草しないといけないところだった。『郭学士、しばし帝の行いに否と言うべからず』みたいな感じで」

「そんなことでいちいち帝権を振りかざさないでください」

「李主簿、張副主簿」

青蓮が呆れの度合いを増していると、行く手から男性が歩いてきた。徐潜である。その出で立ちは、役所の下働きといった感じだ。年の頃は、初老に見える。会うたびにまったく別人の年格好をしていて、様々な人物が入れ替わり立ち替わり徐潜として振る舞っているのではないかとさえ思えてくる。

「かの者は、ちょうど在宅しております。来客中のようですが、いかがなさいますか？」

「ありがとう。じゃあ、待たせてもらおう。僕たちも同じ客だからね」

統明帝がそう言うと、徐潜は黙って頷いた。

「空振りじゃなくてよかった。三顧の礼をつくす、というのも趣深いけどね」

笑顔でそう言うと、統明帝は歩き出した。

「無理でしょう。郭学士は三度も許してくれませんよ。一度目の時点で仏の顔ではなかったです」

青蓮も歩き出す。徐潜が、黙って後ろからついてくる。

三人が到着したのは、沙発という名の村だった。玄京の近くによくある、何の変哲もない農村である。

「こんにちは。いい天気ですね」

物珍しげな目を向けてくる村人たちに、統明帝はにこやかに挨拶した。村人たちは、釣られて会釈を返す。まさか、このほほんとした男性が皇帝だとは思いも寄らないのだろう。青蓮もそうだったからよく分かる。

「あちらです」

徐潜が前に出て、先導してくれる。

ついて歩きながら、青蓮は村の様子を観察してみた。家の外観は小綺麗で、村人たちは痩せ細っておらず健康そうである。殺伐とした雰囲気はなく、よそ者を過剰に警戒する様子もない。まず平和な村落と言っていいだろう。この様子からすれば、青蓮たちが会いに来た相手も最低限安定した暮らしを送っているはずだ。

「あちらです」

村の端の方まで来たところで、徐潜が一軒の家を指し示した。目立って新しい家である。最近建てたばかりのもののようだ。

家の前には、二人の男女がいた。男性は手ぶらで、女性は皿を持っている。

「素敵なものをありがとう。あたしゃ、こんな綺麗な皿を使うのは初めてだよ」

皿を撫でながら、女性が言った。素朴で飾らない百姓言葉で話している。

「気に入ってくれたんなら何よりさぁ」

男性が、百姓言葉で返す。こちらは少々板に付いていない。際だっておかしいわけでもないが、どこか意識して喋ろうとしている感じが漂っている。

男性の年の頃は、四十代後半ほど。さほど日焼けはしていない。かと言ってひょろひょろでひ弱そうだということもなく、身体つきはがっしりとしている。重いものを運び続けて鍛えられたのだろう、厚みのある逞しさが感じられる。

帰っていく女性を送り出すと、男性は青蓮たちに気づいた。

「なんだ、見ない顔だな。あんたらも何か注文しに来たのかい」

男性――帝室お抱えの匠としてその名を知られた蔣続は、気さくに笑ったのだった。


家の中は、質素な造りをしていた。四角い卓が一つ、椅子が四つ。他にはこれと言ってない。一間ではなく入り口の反対に扉があり、そこから奥に通じているようだ。

「わざわざ玄京からお役人がおいでなすって、何のご用だい？」

青蓮たちを家の中に招くと、蔣続は椅子を勧めてきた。青蓮と統明帝は、並んで椅子に腰を下ろす。徐潜は外で立っている。護衛するには、その方がやりやすいのだろう。

「私は貴殿の作品を愛好しておりまして。濃い藍と紅の対比がお見事です」

統明帝がなにやら呪文のようなことを言った途端、蔣続は目を輝かせた。

「お、分かるねえ」

そして、統明帝の向かいに座る。

「となると、細かい模様がお好みかい」

「はい。濁った緑を添えたものも素晴らしかったです。重い色のようですが、光寧五彩の赤と比べるなら――」

二人が、何やら専門的な話で盛り上がる。さすがは統明帝、陶磁器についても造詣が深いらしい。当代随一の工匠と言われる蔣続についていけるのだから、大したものだ。

「いやあ、嬉しいもんだなあ」

蔣続がにこにこと笑う。

「よし、どうせなら窯を借りて久々に上物を――」

「ちょっとあんた」

二人の会話に水を差すように、奥から一人の女性が出てきた。蔣続と同じくらいの年格好だ。年季の入った算盤(そろばん)を手にしている。

「な、んだい。母ちゃん」

実に不自然な返事をしながら、蔣続が振り返る。

蔣続の妻らしい女性は、黙って机の上に算盤を置いた。そしてぱちぱちと弾き始める。

その指さばきに無駄はなく、算盤に負けぬ年季を感じさせる。

「材料費の計算でしょうか」

青蓮は呟く。計算なら、しかもそれが商いに関わるものとなればお手の物である。珠の動きを見ているだけでも、やっていることはそれなりに分かる。

「そうなんですか？」

統明帝が、驚いた様子で目をぱちくりさせる。

「はい。出入りを差し引きしてて——ああ、うん。ちょっと、ぎりぎりな気配が」

青蓮が言った途端、蔣続の妻は目を輝かせた。

「お、分かるねえ」

そして、青蓮の向かいに座る。

「ちょっとあんた、困った連れと一緒に来てくれたもんだな」

蔣続が、顔をしかめて統明帝に言った。妻に頭が上がらないらしい。

「いやはや、これはこれは。恐縮です」

くすくす笑うと、統明帝は姿勢を改めた。

「このたびは、蔣卓山殿に折り入ってお願いがあって参りました」

蔣続を字で呼び、本題に入る。

「私は主簿の李範、彼女は副主簿の張玉。戸部という役所から来ました。実は、お力をお貸し願いたく思いまして」

「現在、帝室は改革について新しく見直しを始めています。皇帝陛下は、帝室のためにものを作ってきた工匠の皆様に一度は暇を出されました。しかし、改めて力を借りたいと考え直しておいでなのです」

青蓮は、統明帝の言葉を引き継いで話す。

「あなた方が腕によりをかけて作った品々を、帝室御用達の品として商います。帝室のご威光でもって、その品の価値を保証するのです」

――これが、青蓮が得た閃きである。

かつて、皇帝は大勢の工匠を抱えていた。彼らが御器廠（ごきしょう）と呼ばれる官営の施設で生み出した品々は、すべてが内城でのみ使われていた。その品質の高さ、優れた芸術的価値が、噂として語られるばかりだった。

今代に至って、工匠たちは皆暇を出された。改革の一環として、帝室はその暮らしを質素にすることと決まった。帝室専用の高級品を献上する御器廠の工匠たちは、真っ先に人員削減の対象となったのだ。

かくして、工匠たちは内城から姿を消した。しかし、彼らの生んだ評判は今も現役である。帝室が使っているものはいいものだ、という認識は今も広く浸透したままなのだ。そこを利用し、市場での価値を高めるのである。

「調べましたが、御器廠の工匠の方々は皆様苦労していらっしゃいます。その力に見合った収入を得ておいでの方は、皆無です。だからこそ、力添えをさせてください」

暇を出された工匠たちは、この世から消滅したわけではない。今でも各地で仕事をしている。しかし、大々的に商いを行っているものは一人としていなかった。世の風潮として、かつてお抱えだったことを表に出しづらく、細々と生計を立てている者ばかりだった。

たとえ実績を明らかにできなくても、その実力は変わりない。なのに、稼ぎが良くないのはなぜか。工匠が本質的に商いが苦手、というのも勿論ある。だがそれ以上に、今ひとつ作品が手に取られないのだろうと青蓮は分析した。

ものだけでは、やはり分かりづらいのだ。誰もが、物品の価値を己の感性で判断できるわけではない。「これは良いものだ」と「信頼できる何か」に保証されないことには、自信を持って購入することができないのである。

銭貨というものは、数字で示される。銭貨を用いて行われる品物の売買も、やはり数字で表される。しかし、ものが欲しい、これを買いたいという気持ちは数字では測れない。気持ちを摑む何かを用意することで、初めて数字へと繋がるのである。

「商いは、店を出して行うことを計画しています。店員の役割は、ひとまず胥吏に任せます。彼らは世事に長けていますから」

胥吏とは、官僚の仕事を手伝う民間人である。もともとが民なので、官の側にいても民の機微に通じている。かつて何かと関係があったので、青蓮はそのことをよく知っている。

「あんた、引き受けるべきだよ」

蔣続の妻が味方となった。青蓮は内心でわーいと両手を上げる。一方で表面では冷静さを保って、次の手をばしりと打ち込む。

「使っていらした御器廠の窯などは、元のまま残されています。材料費については、心配なさらなくて結構です」

本当のところは結構ではない。前提として、帝室にお金はない。ではどうするのかというと、仁英店——すなわち青蓮の店が立て替えるのである。皇帝に直接銭を貸し付ける日が来るとは、思いもよらなかった。

「乗るしかないって！」

蔣続の妻は今や仲間だ。青蓮は内心でやったーと踊る。一方で表面では冷静さを保って、最後の一手をびしりと叩き込む。

「まずは改心の一作とでもいうべきものをお願いします。光寧五彩の三大家の筆頭に数えられたあなたの代表作を、生み出してください」

「帰ってくんな」

蔣続は、淡々とした口ぶりでそう答えてきた。

「えっ？」

予想だにしない反応に、青蓮は戸惑う。

「悪い話ではないはずです。あなたも、もう一度全力で作品と向き合いたいでしょう？」

先ほどの、統明帝との会話が蘇る。蔣続は、真の意味での工匠だ。俳優が華々しい舞台に立つことを望むように、武将が天下分け目の戦場で戦うことを願うように、工匠は己の腕を存分に振るって作品を生み出したいと欲する。これは理屈ではない。生まれ持った性のようなものだ。

「できないな」

蔣続は首を横に振る。その瞳に、できないという言葉が含み持つ意味合いの重さが揺らめいている。青蓮の見立ては、間違っていない。それでもなお、「できない」のだ。

「陛下から暇を頂戴した時に、誰だったかに言われたんだ」

工匠としての思いを滲ませた視線を、蔣続は青蓮に向ける。

「これからは、皇帝陛下や国に守ってもらって安穏と暮らすことは許されない。甘えるな、自分の力で競争しろってな。まるで、特権を持ってる卑怯なやつみたいに言われたんだ」

統明帝が、ぴくりと身じろぎする。微かに、しかしはっきりと。

「工匠になってから、あんなにも屈辱を感じたことはなかった。俺は、一作一作に命をかけて作ってきたんだ。——大きな声では言えないが、先帝の光寧帝陛下はさほど美への感覚が鋭い方ではいらっしゃらなかった」

目の前にその息子がいるとも知らず、蔣続は言う。

「それでも、よいだろうものならばよいとなさる広い度量をお持ちだった。俺たち工匠風情を、大切にしてくださった。それに応えるべく俺たちは血の滲むような努力を重ねて、磁器を次の段階へ進ませることができたんだ。それを、守られてぬくぬくと過ごしてるだって？　ふざけるんじゃないよ」

青蓮は何も言えなくなった。彼は、陶磁器を作るという営みそのものについて語っている。商賈である青蓮には、立ち入れない領域の話だ。

「高官方の依頼も断ってる。俺はもう、お上と関わるつもりはない」

蔣続が、明確に拒絶の意を示した。こうもきっぱりされると、なかなか交渉に持っていきづらい。

「意地になってる場合じゃないだろ！」

黙り込んでいると、蔣続の妻が強力な支援をもたらしてくれた。なるほど彼女は工匠ではない。しかし、妻として生活を共にし、彼の仕事を全面的に支えている。彼女には、立ち入る権利がある。

「お前は黙ってろ」

それでも、蔣続は撥ねつけた。

「――」

妻が、下を向く。強く言われて、萎縮してしまったのだろうか。

「――何なのよその口の利き方は！」

と思いきや、猛然と反論を始めた。

「な、なにい？」

蔣続が怯む。

「誰のお陰で、今も工匠を続けてられてると思ってるのよ。あたしが計算しなきゃ、あんたは茶碗一つ分もまともに儲けを出せないじゃないか！」

「そ、そんなことは」

蔣続が赤くなる。

「そもそも、皇帝陛下のご意向に逆らい申し上げて、どうやってこれから彝でやっていくつもりなんだい。さっきも先帝陛下に不遜の言辞を奉るし。目の前にいるのがお役人だってことを忘れてんじゃないのかい」

「で、出ていってやらあ」

蔣続がようやく反論する。

「工匠はな、腕一本ありゃあ食っていけるんだ。沙漠の国だろうが、長城の向こう側だろうが、上手くやっていけるよ」

「よく言うよ！　言葉の通じない国で、どう生きていくんだよ！　玄京育ちで百姓言葉も怪しいくせに！」

「どうしたものだろう」

統明帝が、困った顔で聞いてくる。これは、青蓮が場を収めるしかないようだ。

「静まれい！　こちらにおわすお方をどなたと心得る！　恐れ多くも彝国をしろしめす統明帝にあらせられるぞ！　頭が高い！　控えおろう！」

などと言うわけにもいかない。その後の展開が大変すぎる。皇帝の威光で場を収めるのは想像の中だけにして、青蓮は二人の間に入って懸命になだめることにした。

「お悩みをお察しできず、ご無礼を申しました。何卒お許しください」

「なんであんたが謝るんだ！　俺が勝手なことを言っているだけだろう！」

蔣続が怒鳴る。

「勝手って分かってるならやめたらいいじゃないか！」

妻も怒鳴る。

「それとこれとは話が別だ！」

「どこが別なんだい！」

「うーん」

青蓮は途方に暮れた。多少は人の心の機微に通じているつもりだったが、夫婦の間のことは本当に難しい。

「お聞き願いたい」

その時。声の姿をした威風が部屋を払った。青蓮は固まり、蔣続と妻は口をつぐんで顔を見合わせる。

「皇帝は──皇帝陛下は、己の判断を悔いておいでです」

統明帝は、穏やかにかつはっきりと話し始めた。

「戸部の小役人が、皇帝陛下のお言葉を語るってのかい」

蔣続が、そっぽを向いて言った。本来彼は、相手の仕事に大小の字をつけて測るような人間ではないはずだ。よほど動揺しているのだろう。

まあ、それも無理ないことだ。今、一瞬統明帝は人君としての威を放った。それと知らぬ相手をも圧倒するあたり、さすがは大蕣帝国に君臨する皇帝といったところだろう。

「ええ。お言葉をお預かりして参っております。大学士であろうと、我々のような小身の者であろうと、陛下にお仕えする者であることには変わりありません。陛下は、一人一人が等しく重要であると思っておいでです」

そう言うと、統明帝は蔣続を見つめた。

「彼は愛しておられます。素晴らしい品を。それを生み出す工匠を。そして、生み出すという営みそれ自体を。故に、自らの過ちを悔いておられるのです。目の前の分かりやすい数字に飛びついて、もっと大事にすべき何かを手放してしまった浅慮を」

蔣続が、黙って耳を傾ける。統明帝の言葉には、真剣さが宿っている。思いはどうあれ、耳を傾けざるを得ないのだろう。

「皇帝陛下に代わり申し上げて、お願いいたします。何卒、お力をお貸し願いたい」

統明帝は片膝を突いた。そして、揖礼（ゆうれい）と共に深々と頭を下げる。片跪だ。

「待ってくれよ」

「恐縮にございます。どうかお頭をお上げあそばせ」

蔣続も妻も狼狽える。身分で様々なものを決定する世の中を、目の前の彼が崩しているからだ。たとえ高位の役人でなくとも、政に携わる士大夫であることには変わりない。士と、農と、工と、商と。その区分けを、破壊する行いなのだ。

「お聞き入れくださいますか？」

蔣続は黙り込んだ。その日には、真剣な葛藤があった。

妻は何も言わず、蔣続を見つめる。繰り返しになるが、彼女には本来判断に立ち入るだけの権利がある。しかし今は、蔣続のことを見守るのに留（とど）めている。それは、普段あれこれ言っていても、本当は彼の才能を尊敬し彼の気持ちを尊重しているからなのだろう。

青蓮は、蔣続を見守る。商いにはこういう瞬間がある。商いは、相手がいて初めてできることである。それはとりもなおさず、しばしば結論を相手に委ねる場面があるということなのだ。

蔣続は唇を引き結び、俯き加減で中空を見つめる。その瞳に映っているのは、何だろうか。過去の記憶か、今の思いか、あるいは未来の姿か。

「——分かった」

考えに考えた末、ついに蔣続はそう答えた。

「あんたに、そして皇帝陛下に免じて。俺の腕を、俺の光寧五彩を、帝室にお返しする」

そして膝を突き、統明帝に片跪を返した。

蔣続の妻が、柔らかな微笑みと共に続く。所作は、夫のやや武骨なそれよりも、ずっと洗練されていた。

「ありがとうございます」

ぱあっと、統明帝が顔を輝かせる。そして、そのまま青蓮の方を見てくる。

青蓮は、ただ黙って頷いた。鏡を見たわけではないけれど、今の自分は何となく蔣続の妻と似た表情をしているかもしれない。そんなことを、思ったりした。

「預かった書面は、ちゃんとしまっておいたよ。一筆書いて皇帝陛下の御璽まで捺してくださって。しかもあれ、文字からしたら玉璽だよ多分。あたし初めて見たよ」

蔣続の妻・蔣芳は、そう言うと書面をしまった場所を拝むようにした。

「なに、あれはそうだったのか。やたらと立派な作りをしているとは思ったが」

蔣続が一生懸命玉璽の姿を思い出そうとしていると、蔣芳が笑った。

「今のあんたは、あたしの惚れたあんたの顔だよ。自分の腕に誇りを持って、最高のものを作ってやろうっていう、天下第一の工匠の顔だよ」

彼女の父は武官であり、昭勇将軍の地位まで昇っていた。相当な高位であり、その娘である彼女が一介の工匠に嫁ぐことは、激しい反発を買った。

陰に日向に、妨害が行われた。彼女の父から、蔣続に刺客を送られたことさえあった。彼女は父譲りの武芸で刺客を撃退し、内城に矢文で上書を射込み先帝を味方につけまでして、見事蔣続と結ばれることとなった。

「何言ってやがる」

照れも露わに、蔣続は顔を背ける。自分よりも自分の芸術を尊重するような人間である彼だが、彼女の言うことは聞く。彼にとって、命をかけて自分のところに押しかけてきた相手とは、自分の芸術と同じ場所に置かれるべき存在なのである。

「しかし、なんだな、えーとあれだな。——そうそう」

話題を探すように視線を彷徨わせながら、蔣続は話し始めた。

「考えてみれば、今の皇帝陛下は文物と風流を愛されるお方だしな。書きなすった文字を拝見したこともあるが、そりゃあ達者なもんだった」

「なるほどね。字と言えば、さっきのお兄さんの字も素敵だったねえ。ほっそりしてて、でも力強くて。顔も良ければ字も綺麗。一緒の女の人が羨ましいったらありゃしない」

蔣芳が、頰に手を当てて言う。蔣続は、腰に手を当てて睨む。

「なんだよ、ちょっと若くて見てくれのがいいのが来たら、すぐデレデレしやがって」

「あら？　妬いてるの？　困ったもんねえ」

蔣芳は、ふふと笑った。若い頃から変わらない、内から輝くような魅力が放たれる。蔣続は目を細めて彼女に見とれ、少ししてから目を見開いた。

「——待て、今何て？」

「あら？　妬いてるの？　困ったもんねえ」

「そこじゃないよ。何度も言う必要ないだろ」

「あたしは何度も言いたいけど」

「字の話だよ、字の話。ちょっと見せてくれ」

「もう、しまったばかりなのに」

「いいからいいから」

「仕方ないねえ」

蔣続の剣幕に押され、蔣芳は不承不承ながらも紙を出してきた。蔣続は、その紙を食い入るように読む。

「そうか――そうか」

読み終わると、出し抜けに家から飛び出した。そして先ほど来た人たちが帰った方に向かって、両跪を行う。

「ちょっと、ちょっと。何やってんの。皇帝陛下がいらしたわけでもあるまいに」

後から出てきた蔣芳が、当惑しながら訊ねる。

「いらしたんだよ」

蔣続が答えた。

「――そんな、そんな」

慌てふためきつつも、蔣芳は流れるような動きで両跪を行った。蔣芳は、父譲りの武芸に加えて明敏な知性も持っている。文字の話、相手の年格好、そして普通見るはずのない玉璽と並べば、蔣続の行き着いた答えに速やかに追いつける。

「やるぞ」

やがて、蔣続が言った。

「やってみせる」

ひどく、単純な言葉だった。

「楽しみにしてるよ」

それに対する蔣芳の言葉も、やはり単純だった。

二人には、それだけで十分だった。

光寧五彩は、光寧帝の死後一時的に衰退する。後を継いだ統明帝が、統明の改革の一環として工匠たちを解雇したためだ。

そして、蘇らせたのもまた統明帝だった。帝室の財政改善を眼目とした「帝賞法」により、工匠の再雇用を実施したのだ。

芸術と商品経済を組み合わせるという、時代を考えれば奇抜の極みとさえいえる発想は、見事に功を奏した。帝室には大きな収入をもたらし、工匠たちには思う存分腕を振るう機会を与えた。蔣続・拓跋麗（たくばつれい）・全雄（ぜんゆう）の三大家が統明期に産んだ作品は、いずれも中夏の文化の遺産に数えられるべき逸品揃いである。中でも、蔣続が己の妻の姿を描いたと言われる一作は、彼の工匠人生と光寧五彩の歴史の両方における最高傑作として名高い。

第四章

林応(りんおう)は女性の高級衣料を扱う商賈である。大官貴顕の子女が多く彼の店を贔屓(ひいき)にしており、その売り上げは玄京の同業者の中でも一、二を争う。改革で税が低くなってからは、さらに莫大な富を築いている。

そんな彼の住む家は、住人の稼ぎを反映して大変豪華だ。用いられている建材は高級を極め、調度品もまた同様である。特に客間には古今の珍品が飾られ、さながら宝物殿の如き趣がある。

その客間には、何人もの男性が集まっていた。年頃は様々だが、服装や振る舞いには富者ならではの余裕がある。皆、林応の友人なのだ。

「皆さん、お待たせしました」

奥の扉が開き、林応が姿を現した。年の頃は四十半ば。高価な服を扱う商賈だけあり、洒落(しゃれ)た服の着こなしが目を惹く。

「本日は、お集まりいただきありがとうございます」

林応は、勿体ぶった素振りで友人一同を見回す。

「本日は、ぜひとも皆様のご覧に入れたいものがございまして」

そう言うと、彼は手を叩いた。使用人たちが、林応の後ろから現れる。何やら大きなものを手押し車に載せて運んでいる。

腰ぐらいの高さの、木製の台である。台とは言っても、実に立派だ。浮かんだ木目の鮮やかさ、質感、光沢。いずれをとっても、味わい深い。

台の上には、何かが載せられている。他の調度品類と異なり、布が掛けられている。布には彩り豊かな刺繍が施され、きめの細かい光沢を放っている。

「その刺繍――もしや、祺州の絹か」

布をじっと眺めていた一人が、驚いたように言った。

「祺州の絹だと？」

「それを、たかが覆いに使うとは」

人々の間で、驚愕の声が漏れる。祺州の絹といえば、屈指の高級品である。それを覆い布にするというのは、贅沢なことこの上ない使い方なのだ。

ざわめきを満足げに受け止めると、林応は台に近づいた。

普通なら、再び手を叩いて使用人に外させるところだ。しかし林応は、自ら恭しい仕草で布に手をかける。

「まさか、それは」

その仕草の意味するところに気づいた友人の一人が、息を呑んだ。

「ええ。その通り」

芝居気たっぷりに、林応は布を外してみせた。

「皇帝陛下が鑑賞なされた逸品です」

現れたのは、大きな壺だった。

磁器である。白い表面は、様々な模様で繊細に彩られている。まさに、光寧五彩の精粋と言ってよい逸品だ。

「あの帝賞法で売り出された品か」

「いかにも。様々な幸運が重なり、こうして迎えることができました」

誰ともなく漏れた呟きに、林応は頷く。

一同は愕然とし、それから我先にと壺へ詰め寄った。

「これは蔣続――いや、拓跋麗の作か」

「素晴らしい。何と見事な出来だ」

「眼福であるなあ」

壺を取り囲んで、わいわいと騒ぐ。

「いやあ、羨ましいことですな」

その中の一人が、林応に話しかけた。

「ええ。何かと物入りで大変ですが」

林応は苦笑した。

「『帝賞法の品は仲間を呼ぶ』と噂されていますが、それは本当のことでした」


「ほら、手を止めるなよ」

平統は、徒弟たちを叱咤した。

「今日もまた、新しく棚の依頼がきた。期間は急ぎだが、こっちの言い値で買うって話だ。せいぜいいいものを作って、手間賃をたんまり乗せて買い取ってもらうぞ」

「そうは言われても、親方。ちょっと忙しすぎますよ」

徒弟の一人が、作業の手を止めて言ってきた。何を言いやがるバカヤロウと怒鳴りつけかけて、平統はふと考え込む。徒弟が何を言いやがったのかというと、正論を言いやがったのである。

ここしばらく、高級な台や棚などの注文が相次いでいる。平統は木工たちが助け合うために作られた木匠行に属しているが、そこで話を聞くとどこも同じらしい。最近、高価な調度品が出回るようになった。その調度品を入手した金持ちは、調度品にふさわしい質のものを揃えたがっているのだ。

「今は稼ぎ時だ。何とか踏ん張ってもらわにゃあならん」

そう言ってみるが、徒弟たちの表情は変わらない。反論してきた者も、他の者も、はっきりと不満を表情に表している。

——こういう場合、まず懸念すべきは「手抜き」だ。平統もかつては徒弟だったから分かる。不満が溜まれば、それは仕事に反映される。バレない程度に、一人一人が各々の工程で少しずつ手を抜くのである。

普段なら、ほうっておくというのも手だ。だが、今は高級なものが要求されている。当然、品を見る客の目も厳しい。多少なりとも見る目がある相手なら、手を抜かれたと気づかれてしまう。さて、どうすべきか。

「仕方ねえな」

しぶしぶだが、平統は譲歩することにした。

「とりあえず、臨時でいくらか手当を出す。働きぶりによっては上積みしてもいい」

徒弟たちの表情から、不満が消える。

「さあ、働け働け。行じゃ基本の賃銭を引き上げるって話も出てる。稼ぎ次第じゃ俺もやぶさかじゃない」

平統は、餌をぶら下げることも忘れなかった。実際、今の稼ぎが安定して続くならその必要も出てくるだろう。

「へい！」

威勢良く返事をして、徒弟たちは仕事に取りかかる。平統もかつて徒弟だったから分かる。自分の仕事が評価されるのは嬉しい。それが賃銭という形でなら、なおのことだ。

玄京で一番の食事処は、芳容楼である。しかし、玄京で外食するにあたって唯一の選択肢というわけではない。人それぞれ、場合場合によって行きたい店というのは異なる。

「全州炒飯を人数分大盛り、それと炸子鶏もだ」

たとえば、身体を使う仕事をしている人間は、ただ美味しいだけの料理では物足りない。明日もまた全力で働けるように、たらふく食う必要がある。そういう人間を引き受ける店の一つが、田典の営む宝寿苑だった。

「あと酒だ。がつんと酔えるやつを頼む」

徒弟の一人がそう付け足し、仲間たちが大笑する。

「へい、承りました」

注文を取りながら、田典は考える。ここのところ、景気がよい。客が、よりたくさん金を使うようになったのだ。今来ているのは木匠の平統のところで働いている徒弟たちだが、他の職種でも似た傾向が見られる。

明かりで照らされた店内は、賑やかとごった返すとの中くらいまできている。客そのものの数も増えているのだ。田典の店は大通りから少し離れたところにあり、ここまで客が入ることは滅多になかった。

「お、空きがあるな」

「助かった。大通りの方じゃ、どこの店もいっぱいだったからな」

一団の男が入ってくる。体格がいいのは勿論のこと、よく日に焼けている。船荷の上げ下ろしをする扛肩たちだ。これで満員御礼である。

「いらっしゃいませ！」

店員の一人が、注文を取りに駆けつける。

「全州炒飯と炸子鶏を、一人につき二人前ずつ。酒もだ」

扛肩が、豪快に注文する。彼らも最近金離れがいい。日雇いに近い仕事なので、その収入は世の中の状況に大きく左右される。漕運――船を用いた運搬に携わる彼らの稼ぎがよいということは、それだけ玄京に様々なものが運び込まれているということだ。

そんなこんなで、宝寿苑の夜は今日もてんやわんやだった。材料をほとんど使い切り、酒樽を空にし、互いに酔っ払った徒弟と扛肩が喧嘩になりかけたのをなだめて追い出し、店を掃除し、帳簿をつけて、やっと一息ついた頃にはもう東の空が白んでいた。

「お疲れさんです」

くたびれた表情で、店員たちが帰っていく。それは田典も同様だ。正直なところ、人手が足りていない。やはり、雇う人間を増やした方がいいかもしれない。

悩ましいところである。田典の店は、利を薄くし多く売ることで商いを成り立たせている。そこまで利ざやが大きいわけではないので、下手に大勢雇うと後々困ったことになりかねない。昨今の改革で税が軽くなったが、田典のようにつつましい商いをする者にとっては恩恵が小さい。もともとがぎりぎりなので、返ってきてもたかが知れているのだ。

しかし、扛肩たちの話に気になる点があった。「大通りの店はどこもいっぱい」というものだ。それはつまり、大通りの店で客が吸収しきれず、溢れた人間が宝寿苑まで流れてきているということだ。

となると、他の店でも人手を増やすことを考えている可能性が高い。早めに募集をかけないと、優秀な人間が他店に取られてしまうのではないか。

しばらく迷ってから、田典は腹を決めた。紙や筆を用意するのだ。早速募集の紙を張り出そう。

「言も無く独り西楼に上れば——月は鉤の如し——」

何事か口ずさみながら、統明帝は自ら壺を磨いていた。彼が過ごすあの古びた部屋に、調度品としてやってきたものだ。

壺には、一人の女性の姿がさりげなく描かれている。生き生きとした、内から光を放つような姿は、一目見ただけで誰が誰を描いたものか分かる。

もう一つ目につくのは、「統明鑑賞」という文字だ。御璽を模した形で記されている。この品が、皇室御用達であるものを証明するためのものだ。

「いやあ、素晴らしい」

その文字通り、皇帝は壺を鑑賞している。

夏も盛りを過ぎ、涼しい風が部屋に吹き込んでいる。心地よいが、冬になったらどうなるのだろうと心配にもなる。玄京の冬は、長くつらい。南の生まれの郭晶が、若い頃は大変だったと振り返っていたことが思い出される。

「実に素晴らしい」

統明帝は、先の心配など何もないかの様子で壺を磨き続ける。

「すっかりお気に入りですね」

それを眺めながら、青蓮は呆れと微笑ましさを織り込んだ声を投げかけた。

「勿論さ。これは至宝だよ。僕にはこれを後世に残す責務が生まれてしまった」

蔣続は、戻ってきて最初の作品を統明帝に献呈した。青蓮の閃き——帝賞法の最初の成果は帝室に納められることとなった。青蓮としては市場で売ってほしかったのだが、無邪気に喜ぶ統明帝を見てまあいいかと折り合いをつけたのだ。

「先代の審美眼は確かに今ひとつだったけれど、これの良さはさすがに分かっただろうなあ」

壺を磨く手を止めて、統明帝が遠い目をする。

「先代だなんて、もう」

青蓮の声色が、呆れそのものに変わる。統明帝は、歴代の蕣国皇帝を初代だの先代だのと呼ぶ。そういうところが店持ち商賈の以下省略なのだ、と思わずにはいられない。

「光寧五彩の持つ魅力を最高の水準で達成しつつ、大胆に新たな要素を加えている。居合わせた他の工匠たちがこれを見た時の表情を、覚えているだろう？　一つの達成点なんだ。断言するけど、光寧五彩の歴史はこれ以前とこれ以後に分かれることになるよ。いいかい皇后、おおよそ磁器というのは——」

「陛下、陛下！」

「至急申し上げたき議が！」

統明帝の壺講釈は、響いてきた声に阻まれた。

「やれやれ。おちおち壺を磨いている時間もないようだ」

統明帝が、溜息交じりに言う。

「壺を磨く時間がたっぷりある皇帝というのは、あまりいい皇帝ではないと思います」

青蓮がさらりと諫（いさ）めると、統明帝は不満げにむくれた。

「そうかなあ。皇帝なんていうものは、ただ君臨してありがたられてるだけで、実際に統治はしなくていいと思うんだよね。誰にとっても、その方がいいんじゃないかなあ」

そんなことを言う統明帝の口ぶりは、割合真剣なものだった。

「陛下、恐れ多きことながら面を冒して申し上げます」

大学士の一人が、決死の面持ちでそう話し始めた。

「何だい？」

玉座に座った統明帝が、お気楽に答える。青蓮はというと、変わらずその傍らで立っていた。前回報告を聞いた時と同じ位置関係だ。

前と違うのは、両跪している大学士の数だろう。この前よりも大勢いる。それだけ、深刻な話をしにきたということらしい。

「それでは、僭越ながら。――皇帝陛下の御権威。それは国の基、政の本にございます。その尊さをあたかも売り物の如く扱われることは、おやめくださいませ」

やはりか、と青蓮は思う。帝賞法を批判しにきたものらしい。

「曠徳帝がこのことを知りなされば、なんとおっしゃることでしょうか」

「怒るだろうね。彼は農民出身で商賈嫌いだし。――まあ、墓の下から出てきでもしない限り気にしなくていい。それよりも、商賈を軽んじてはいけないよ。銭貨は言わば国の血のようなものなんだよ。『気』と言ってもいいかな」

統明帝が淀みなく話す。前もって入れ知恵しておいたものだ。帝賞法が統明帝の発案という建前であるからには、それらしい理屈を自分の口から説明できる必要がある。

「血なり気なりが流れず滞れば、人は病を得てしまう。国も同様だ。銭貨が上手く流れなければ、様々な問題が起こってしまう。それを滞らないようにし、不足や調和の乱れを上手く整えてくれるのが、商賈なんだよ」

しかし、青蓮はここまで表現に工夫してはいなかった。壺だけではなく、言葉を磨くことにも余念がないようだ。

「商賈は商賈。物を売り富を蓄えることしか能のない、蒙にして俗なる輩にございます。天命を受けたる皇帝陛下と比べ申し上げることとさえ、本来不遜の極みなのです」

統明帝の指摘を、大学士は慈悲の一言で片付ける。ついでに、商賈への侮辱もおまけしてくる。腹立つなあという感じだが、今の青蓮は商賈ではなく皇后なので反論するわけにもいかない。

「経典にはこうあります。君は君たり、臣は臣たり。父は父たり、子は子たり。それぞれに、それぞれの役割があるのです。もし君が君たらず、臣が臣たらず——」

「まあ、まあ」

統明帝は、手を上げて大学士の言葉を遮った。

「詳しい話は、郭晶がしてくれるから。今日も東閣で話し合うだろう？　その時に報告させるよ」

これも青蓮の入れ知恵だ。面倒になったら、そう言って逃げればいいと切り札を与えたのである。それにしても、切るのがちょっと早すぎる。さっさと終わらせて、壺を磨きたいだけなのではないかと邪推してしまう。

「ほう、ほう」

一人の大学士が、そう声を上げた。眉も髭も白い老人である。前のときはいなかった人物だ。

「郭学士が、でございますか。如何なる報告を拝聴できるのでしょうかな」

青蓮は、思わず統明帝の方を見た。こういう反応は予想していなかった。つられておかしなことを言い出しはしないだろうか。

「それは後のお楽しみだよ。僕が彼女の仕事を奪うわけにはいかない。君は君たり、臣は臣たり、だろう?」

統明帝は、先ほど他の大学士が引用した経典の言葉を適当に再引用して誤魔化した。事実上、郭晶に丸投げする形である。

ひどいなあ、と思うが、実のところ割と正解かもしれない。郭晶にも、青蓮はあれこれ教えてある。皇帝が壺を磨き出すその前に、徐潜も交えて打ち合わせをしておいたのだ。

「ほう、ほう」

老大学士は、愉快そうに頷いた。

「その報告を、楽しみにするといたしましょう」


「帝賞法について、皆様にご報告いたします」

居並ぶ大学士たちを前に、郭晶は口火を切った。

「様々な工匠を呼び戻し、品々を作らせて売ることにより、帝室の財政を欠乏から救う。そんな目的の元に実施された帝賞法は、見事結果を出しました。成功です」

初手から、結論を叩きつける。

「成功とおっしゃいますが、果たしてそうでしょうか」

早速、一人の大学士が反論を加えてきた。

「帝室が、そのご威光で民の生業を圧迫するかの如き行いです。それは宜しからざるものにございましょう。改革の目的は、民を競わせ成果を出させることにあります」

「なるほど。御説しかと拝聴いたしました」

ひとまず相槌を打ってから、すかさず郭晶は反撃に移った。

「お言葉ですが、それは誤りです」

「誤りですと」

相手の表情に、動揺が浮かぶ。その隙を逃さず、郭晶は一気に畳みかける。

「まず、民の生業を圧迫する。この前提からして間違っております。私は錦衣衛の密偵を市場に放ち、市中の銭貨の動きを徹底的に調べました。密偵たちはよく働き、これまで磁器を作っていた者たち、あるいは購入していた者たちの動向について、しっかりと知ることができました」

都合のいい話を選ぶのではなく、ただ客観的に事実を集めるよう郭晶は命じた。徐潜をはじめとした錦衣衛の者たちはよく働き、郭晶の指示通りに情報を集めてきた。

「これまでの民が行っていた取引に、帝賞法は一切悪影響を与えておりません」

郭晶がこう断言するに足るだけの証拠を、揃えてきたのだ。

「へえ、それはどうして？」

馴れ馴れしい口調で訊ねてきた者がいる。常焉だ。

「質で言うと、まったく比べものにならないよね。民が作ったものを、全部蹴散らしてしまいそうなものだけど」

「質のみならず、その値もまた民の売るものとは比べものにならないが故です」

常焉が馴れ馴れしさに忍ばせているのであろう何かを黙殺し、郭晶は質問にのみ答える。

「市場における最も高い品より、さらに高価に設定されています。そのため、既にあるものとは初めから競争にならなかったのです」


「なぜだ？」

競争にならない、と断言する青蓮に、郭晶はそう訊ねた。

「仮にこれまで取引されていた最も高い磁器が、銀一両だとしましょう。そこに帝室が、とても質の高い磁器を同じ一両で売り出したとしたら、民の仕事を奪うことになります」

そこで青蓮は言葉を切り、生き生きとした瞳で郭晶の目を見つめる。

「なので、思いきって百両くらいの値段をつけるのです」

そして、驚くような要点をぶつけてくる。彼女は話が上手い。さすがは優れた牙人である。郭晶はすっかり釣り込まれてしまう。

「こうすれば、民のものとぶつかることはありません。銀一両の品は、これまで通り銀一両の品に求められていた役割を果たします。銀百両のものは、銀一両のものとはまったく異なる役割を果たします」

「極上の絹と手頃な木綿が、客を取り合うことがないようなものだね」

横で聞いていた統明帝が、分かりやすい形で言い換える。彼はたとえが上手い。さすがは優れた文人である。郭晶はすっかり納得させられてしまう。

「しかし、そのように高価なものを売り出すのは、民の欲を煽って出費を強いるような行いでは？　積もり積もれば、民力を疲弊させることにも繋がりかねないように思えます」

だが、釣り込まれたり納得させられてばかりではいけない。郭晶はあえて疑問を提示した。今こうして話し合っているのは、何か問題がないか洗い出すという意味もある。

「素晴らしい。大変重要なご指摘です。さすがは優れた朝臣でいらっしゃる」

嬉しそうにぱちんと手を合わせると、青蓮は答える。

「極めて高価なものを購うことができるのは、極めて多量の財貨を蓄えた者のみ。苦しむことを心配する必要はありません」

「使ってなくなる程度の財産しかない者を、富豪とは呼ばないもんね」

統明帝が、すぐさま補足する。打てば響くかのようだ。この二人の相性は、思っていたよりもずっとよいのかもしれない。

「そう、使いきれないほどの富を蓄えていて、欲しいものが何でも買える人。それが富豪です。――しかし、そんな人たちにも買えないものがあります」

「永遠の命？」

統明帝が口を挟み、青蓮は目をぱちくりさせる。郭晶は苦笑しそうになった。相性はよいが、拠って立つところは違う。なので、こういう行き違いも起こるようだ。

「そういうふんわりとしたものの話ではありません。もっと形のあるものでしょう」

そこで、郭晶はさらりと軌道の修正を施した。

「帝室という存在だな？」

「はい、その通りです」

郭晶の補足にほっとした様子で、青蓮が頷く。

「富豪たちにとって、帝室は絶対に手が届かない憧れなんです。仮に娘を皇帝に入内させようと、公主を自分の妻として降嫁させようと、やっぱりちょっと違います。『帝室と繋がりを持った人』になっただけで、帝室そのものになったわけではない。帝室とそれ以外の者には、どうしても越えられない壁があるんです」

「なるほどね。富で皇帝の椅子は購えないってことか」

青蓮の説明に、統明帝が微笑んだ。

「どうしてもなりたければ、僕を倒して自分が皇帝になるしかない」

その頬に、闇に近い何かが差し込む。

「物騒なことをおっしゃいますな」

思わず、郭晶はたしなめてしまった。青蓮も、心配そうな顔をしている。彼が纏う陰鬱を、感じ取ったのだろう。

「ごめん、ごめん。——でも、分かったよ」

暗いものを追いやると、統明帝が言う。

「皇帝や帝室への憧れを満たすために、『帝室御用達』を買うはずだ、ということだね」

「そういうことです。自分は、帝室と同じものを使っている。そう思うことで、少しだけ距離が近づきます。少なくとも、そんな気持ちになれるんです」

統明帝の言葉に頷きながら、青蓮が言った。

「気持ち、か」

郭晶の呟きに、青蓮はもう一度頷く。

「水とか食べ物とか塩とか、そういう生きるために必要なものは別として。人がものを買う時、きっかけになるのは気持ちなんです。気持ちのために、人は買い物をするんです」

青蓮の説明を、ほぼその通り郭晶は話した。起こったことも、ほぼその通りだったからだ。

帝室御用達の品は飛ぶように売れた。富豪たちは皇帝という存在への憧れを、帝室御用達の品を買うことで表現した。そして他の磁器は変わりなく売れ続け、帝賞法が市場に混乱をもたらすようなことはなかった。

「それでは、民の富を帝室に吸い上げるようなものではありませんか」

すぐさま、そんな反論が飛んでくる。

「なるほど。ごもっともですな」

郭晶の言葉は、口先だけのものではない。実際、よいところを突いている。

「しかし、実際には異なります。民の富を吸い上げるどころか、まったく逆の出来事が起こったのです」

しかし、青蓮はこの問題について既に考えていた。

「新たな富が生まれたのです」

さらに、それが簡単に解決されるであろうことも。


「高価な磁器は、ただ高価な磁器として存在しているわけではありません。様々なものを必要とします」

郭晶が大学士と同じ問いをぶつけると、青蓮はそう答えた。

「それはたとえば、料理店が新しいお茶を仕入れた時のようなものです。新しいお茶には、それを引き立たせるために新しいお菓子が必要になる。新しいものが、さらに新しいものを呼ぶのです」

「ああ、なるほどね！」

統明帝が、ぽんと膝を叩く。

「食器であれば、それにふさわしい立派な料理が必要になる。花瓶であれば、それにふさわしい美しい花が必要になる。手入れするための道具や、飾るための棚なども必要になる。――そう、そうなんだ。ただ置いてるだけじゃ駄目なんだ」

そして、献上された壺を見ながらぶつぶつ言い始める。彼の頭の中では、壺にとって理想の環境が描き出され始めているに違いない。

「帝室が豊かになってからになさいませ」

郭晶は、遠慮なく冷や水を浴びせた。現実に引き戻された統明帝が、しゅんとなる。

「頑張りましょうね」

そんな皇帝に笑顔を向けると、青蓮は再び話し始める。

「さて。陛下のご指摘の通り、それら『高価な磁器に必要なもの』は新たに買い求められます。美味しい料理、美しい花、手入れの道具、置くための棚。それは、料理人や、花屋や、道具屋や、工匠の収入となります。今までになかった新しい収入を、民の間に生み出します」

「その『今までになかった新しい収入』も、さらに新たな収入に繫がるわけですか」

そう訊ねたのは、徐潜だった。入り口辺りに無言で控えていた彼が、初めて口を開いたのである。

郭晶は驚く。統明帝も同じ様子だ。彼の属する錦衣衛とは、まさしく影のような存在である。本来、影が口を利くことはない。普段の彼らは、黙って控えているのみなのだ。

「はい、その通りです。そうして得られた収入のうち、ある程度は蓄えに回され、ある程度は使われます」

そうとは知らない青蓮は、にこやかに説明する。

「雇っている人間の賃銭を引き上げる。引き上げられた分の賃銭を、雇われている者が使う。使われた店は儲かり、雇う者を増やす。新たに雇われた者は、収入を得られる」

徐潜が、物事を整理し直すように言った。

「素晴らしい。その通りです。——元を辿れば、それは本来死蔵されていた富です。それが民の間で流れはじめ、活気を生み出すのですね。誰も損していません。素敵な壺を買った人から、新しい仕事を見つけた人まで、みんな笑顔です」

全員を見回すと、青蓮は少しだけ照れくさそうに言った。

「戦いには勝ち負けがある。しかし商いはみんなが笑顔になれる。誰もが損をしない道がある。それを探すのが、私の牙人としての信条です」

「誰もが、ね」

郭晶が引用した青蓮の言葉に、常焉は感心したように眉を上げ下げした。

「何やら手品のようだなあ」

そして、そう漏らす。彼の言葉に同意するというのは本当に久しぶりのことだ。郭晶自体、未だにどこか信じられない心持ちである。

「間違いないのですか？」

大学士の一人が、負け惜しみのような質問をする。

「はい。こちらも錦衣衛に総力を挙げて調査させました」

結果の報告を終えた徐潜は、「信じられないほどです」とつけ加えた。彼が報告に私見を挟むのは、会話に加わることよりもさらに珍しいことである。それだけ、帝賞法の効果に驚かされたのだろう。

「民は——否、この玄京は豊かさを増しています。そしていずれは都のみならず、周辺にもそれが押し広げられましょう。小臣は、そう愚考しております」

場に沈黙が訪れる。誰もが、圧倒されてしまったようだ。

「ふむ、ふむ」

上手く行ったかと安堵しかけたところで、しわがれた声が発された。

「なるほど興味深いですな」

声の主が、ゆっくりと二度頷く。慎翻（しんほん）である。

「このまま進めるべきかもしれませんなあ」

慎翻は、髭を揺するようにしてそう言った。何気ない一言だ。しかし、この場においては千鈞（せんきん）の重みを持っている。

慎翻は、基本的に自分の意見を明確な形で表さない。だからこそ、今のようにはっきり話した場合には、影響力がある。何のかんのと言われるが、内閣の長は彼なのである。帝賞法に対する批判は、退けられたと言っていい。郭晶の勝利だ。

——いや、「私の勝利」ではないな。

苦笑しそうになる。彼女の言葉、計画あっての勝利である。傍らに、常に青蓮がいてくれたようなものだ。

「常学士。いかがお考えか」

郭晶は、常焉に訊ねた。彼と話をしたいわけではないし、せずに済むのならそれに越したことはない。しかし、後から何か言われても困る。この場で、明確な合意が——帝賞法は成功であるという合意が大学士の間で為されたと、確実にしておきたい。それには、あと一人は有力な者の言葉を引き出しておきたいのだ。

「僕からは特に言うことはない。陛下のお考えが図に当たったのであれば、本当に素晴らしいことだ。大蕣帝国の安泰を寿ぎたい気分だよ」

常焉は、じっと郭晶のことを見つめてきた。

「そして、その結果を正しく見通していた君の慧眼には感服させられてしまう。惚れ惚れさせられるよ」

「惚れ惚れ」という部分を過剰に強調した言葉も、熱っぽさを無用に表現した視線も、郭晶は等しく無視した。

玄京の北には、慶山という山がある。玄京の城壁、その一番外側を囲む堀を作る際に出た大量の土を積み上げた、人工の山だ。

慶山のさらに向こう側には、大きな湖がある。風杜湖と呼ばれるその湖は、もともと内城の水源として作られた湖である。今は景色の良さから、もっぱら富裕な者たちの別荘地としてその名を知られていた。

立ち並ぶ数々の別荘は、別荘だけあってそれぞれに個性的だった。庵と言えそうなほどにこぢんまりとしたものから、邸宅と呼べそうなほどに豪壮なものまで幅広い。持ち主の個性や感性が、そこには表れている。

その内の一つに、ひどく派手な建物があった。色合いも作りもけばけばしく、かかった費用を必要以上に誇示している。これは、持ち主の人品をよく反映していると言えよう。

既に日が暮れ、辺りは夜闇が包んでいる。空気はひんやりとし、秋の訪れを感じさせる。派手な建物からは、光が漏れていた。灯りの油を贅沢に使用しているのだ。

「もともとの市場が、再び活気づいている。おそらくは帝賞法の影響だろう。改めて奪い取る手立てを講じねばならん」

その一室で、持ち主である陸方臣が忌々しそうに唸った。着ている服も、手にしている盃も、実に豪奢である。

「俺たちの役目は、ただ改革に乗じて銭を稼ぐことではない。帝室から富を奪わねばならんのだ」

部屋の中には、様々な調度品が並んでいる。あまり統一感はない。強いて言うなら、どれもこれも高価そうな見た目をしていた。質が高い、というよりは、派手で目立つという方向性でまとまっている。集めた人間の虚栄心が、そこには滲んでいる。

「まったくですな」

「陸大哥（あにき）のおっしゃる通りで」

陸方臣の前には、何人もの男たちが居並んでいた。いずれも、人相や表情にあくどさが浮き出ている。太陽の下を堂々と歩けるような生き方をしてきたわけではないことが、またそれを隠そうともしていないことが、よく分かる。

第三者が見れば、違和感を覚えるに違いない光景である。男たちのいずれも、加えて言うなら陸方臣自身も、豪華な調度品には到底ふさわしくないのだ。富というものが持つ歪な側面が、そこには表れているかのようだった。

「大哥なら大丈夫でしょう」

その中の一人が、内容の薄い追従（おべつか）を述べた。割れた薬缶を叩いたような声である。

「なに？」

陸方臣は、不快も露わにその男を睨みつける。

「お前が、梁（りょう）青蓮のような小娘にやり込められたのも原因の一つだぞ。『賊が暴れているのを理由に安物の値段を釣り上げるのはいいが、目立たない程度にしろ』とあれほど言ったではないか」

陸方臣に叱責され、男はふて腐れたようにそっぽを向く。

「まあ、次の手は用意してあるがな」

盃の酒を飲み干すと、陸方臣はそう豪語した。

「さすがでいらっしゃる」

「早速動きますかい」

男たちの言葉を満足げに受け止めると、陸方臣は答える。

「まだだ。『あのお方』が、いずれ下知をくださる。それまでは普段通りにしておれ」

『あのお方』という言葉が出た途端、男たちの間に緊張と畏怖が小波（さざなみ）の如く走った。それは陸方臣に対しては見られないものだったが、陸方臣自身は気づくこともなく言葉を続ける。

「相手は――皇帝なり皇帝の後ろにいる者なりは、必ず動く。その時が、狙い目なのだ」

その言葉は「あのお方」が彼に言ったものそのままであり、「次の手」というのも「あのお方」がすべて用意している。

「帝賞法は、必ずしも誰もが笑顔になるものではない。あちらがそのことに気づいた時に、次の手を打つ好機が生まれるのだ」

他人の言葉や行動を自分のものであるかのように装い、裏付けにしようとする。「虎の威を借る狐」の故事そのもののやり方が彼の常套手段であり、また限界でもあった。

彼の言葉が終わったところで、扉がこつこつと敲かれた。男たちが、物騒な反応を見せる。中には、懐から短刀を取り出す者さえいる。

「入れ」

唇を歪めながら、陸方臣が扉の向こうに声をかけた。

「お邪魔いたします」

入ってきたのは、一人の女性だった。

薄く肌が透けるような衣服、そしてその服装にふさわしく蠱惑的な立ち居振る舞い。一同の視線が、否応なく彼女に集まる。

「へえ」

男たちの間からは、歓声にも似た声が上がった。栗色の髪に、黄金の瞳、すらりと高い背丈。女性は、西方の色目人だったのだ。

野卑そのものな男たちの視線を、女性はさらりと受け流した。その面立ちは、陸方臣と同じ牙行にいる色目人の女性と、どこか似ている。

「さあ、出ていけ」

物欲しげな男たちに、陸方臣は居丈高に命じた。男たちを部屋から追い出すと、欲望と優越感に塗れた視線で女性を撫で回す。

「いずれすべてを手に入れる。すべて、をな」

舌なめずりを声に変えたような言葉が、陸方臣の口から零れた。

「えらいご機嫌やなあ。どないしたん？」

向かいに座ったアドリアが、青蓮にそう訊ねてきた。

「んー？　一国の危機を救った？　みたいな？」

青蓮は、にまにましながらそう答えた。

ここは、昼下がりの芳容楼。お昼時が過ぎ、客足は一息ついている。入り口から入ってくる初秋の風が、少し静かになった店内を柔らかく撫でていく。

「つまり、これは救国の英雄への褒美なのかい」

アドリアの隣に座った谷乙が、卓の上を見やった。そこには、様々な点心がずらりと並んでいる。すべて青蓮が頼んだものだ。

「そういうこと。おごりだからぱーっといこう」

普段から、物事が上手くいった時に青蓮は芳容楼の点心を嗜むことを習慣としていた。今回は、その規模を最大級のところまで拡大したのである。何しろ、国家規模の成功なのだ。褒美もそれに見合うだけの盛大さが必要になるというものだろう。

「で、具体的にはどういうことなんよ」

アドリアが、身を乗り出して聞いてくる。首から提げた十字の飾りが、彼女の動きに合わせて揺れる。

「それは秘密だね」

自慢したいところだが、こればかりは言うに言えない。何しろ、国家規模の秘密なのだ。

「むー。何なん、青蓮がうちに隠し事するやなんて」

アドリアが、不満そうにむくれた。

「ちょっと寂しいよね」

谷乙も、アドリアの意見に同意する。

二人の言葉は、故なきものではない。二人とは、牙人を始めた頃からの付き合いだ。多くの危地を潜り抜け、固い絆（きずな）を作り上げてきた古くからの親友――老朋友（ラオパンヤオ）なのである。互いにとって、互いが大切な存在なのだ。たとえば、青蓮のことを諱で呼び捨てるのは、アドリアだけである。多忙な谷乙を飲茶なんぞに連れ回すのは、青蓮だけである。

「二人だからこそ言えないことっていうのもある、みたいな」

そう言ったところで、青蓮は慌てた。

「というかちょっと待って。二人とも、ぱくぱく平らげすぎじゃない？」

みるみるうちに点心がなくなっていく。おごるとは言ったが、自分の口に何も入らないのは勘弁してほしい。

「自分も食うたらよろしいがな。――そういや、あれやな。皇帝お墨付きのナントカゆうやつ、また値上がりしよったな」

食べる勢いはそのままに、アドリアが雑談を始める。

「もう、言い方気をつけなよ」

青蓮はアドリアをたしなめる。皇帝に尊称をつけないこと、皇帝が関わるものを軽く扱うこと。そういった行いは、初代の曠徳帝が制定した祖法において禁じられている。

厳密に言うと、今のアドリアの発言は罪に問われるものなのである。ここ数代の皇帝が大らかなため適用されていないだけで、本来なら突如錦衣衛が手枷足枷を持って現れてもおかしくないのだ。

「知らん知らん。うちは蕣の皇帝サマの臣民やない。『晴朗極まる地』からやってきた自由の民や。捕まえられるもんなら捕まえてみいっちゅう話やで」

へへんと笑うと、アドリアは桃包に手をつけた。まあ、彼女なら錦衣衛に取り囲まれても血路を開いて脱出できそうである。

「それにしても、高くなったとは思うなあ。初めの倍とは言わないけど、大分近づいてきてるんじゃないかい」

谷乙が言う。彼の勢いもまったく落ちない。点心がみるみるうちに消滅していく。

「それはそうだね」

手近にあった杏仁豆腐を食べ始めつつ、青蓮は頷いた。

「まあ、いずれ安定するでしょう。高くなりすぎたら誰も買わなくなるし、そうなったらまた下がるし。下がりすぎたらみんなが買ってまた上がって、そのうちあるべきところに落ち着くでしょ」

ものの値段には買い手と売り手の都合が釣り合う点というものがあり、最終的にはそこに着地する。商賈にとって、基本的な考え方の一つである。

「まあなー。このまま今のやり方を続けるんやったら、そうなるんやろけど――」

「あ、こんにちは！」

いきなり挨拶をされて、青蓮は振り向いた。

「あら、こんにちは」

見知った顔に、挨拶を返す。小蘭（しょうらん）だ。何やら、大きな箱を背負っている。

「誰なん誰なん。可愛い子やね。えらい仲ええやん」

わざわざ青蓮の側に寄りながら、アドリアが訊ねてくる。

「仁英店（じんえいてん）のお客さんよ」

「ほー」

わざわざ青蓮の首に手を回してひっつきながら、アドリアが言った。アドリアは、男女の別なく青蓮に近づくかに見える相手にヤキモチを焼くのである。

「玄京にはもう慣れましたか？」

青蓮はそう訊ねた。商いを終えた小蘭だが、未だに玄京に残っている。滅多に来る機会もないので、満喫したいらしい。故郷には手紙を送って首尾を伝え、滞在する旨も伝えたのだそうだ。

「はい！　ほんと楽しいです！」

小蘭が、元気いっぱい答えてくる。アドリアが、力いっぱいしがみついてくる。

「もう、くっつきすぎだから。どうしたの？　その荷物は？」

アドリアに抗議しつつ、青蓮は小蘭の背中の箱を見る。

「仕出しのお手伝いみたいな感じです。町の人とか宿に泊まっている人にお店の料理を運んで、手間賃をもらうんです。荷物を背負って運ぶのは、すっかり得意になったので」

小蘭はへへ、と笑う。その笑顔には、何かを成し遂げたことで育んだ自信が宿っている。

「なるほど、それはいいね」

谷乙が、うんうんと頷く。

「お客さんは、家に居ながらにしてお店の料理が食べられる。お店は、運ぶための人手を雇わずに済む」

「あー、ほんまやな。芳容楼（ここ）みたいな人気の店は、どうしてもいっぱいになるさかいな」

アドリアも同意する。

「いっぱいになってしもたら、それ以上稼がれへん。せやけど仕出ししてもらえたら、厨房が回るギリギリまで伸ばせるやん。青蓮の好きなやっちゃね」

「うん。誰も損しないで、みんなが勝てるやつ」

青蓮は、思わず笑顔になってしまう。

「頑張って稼ぎまくります。折角だからお土産（みやげ）を買って帰ろうと思って」

「あ、たとえば皇帝鑑賞の品とか？」

「あー、あれはちょっと」

青蓮の言葉に、小蘭が困ったような顔をする。

しまった、と青蓮は後悔する。あれは、富豪と言えるような人々向けの値付けがされている。庶民である小蘭が精を出して働いても、手が届く品ではない。無神経なことを言ってしまったものだ。

「まあ、初めっからわたしには手が出る品じゃないっぽいですし。――っとと、急がないと冷めちゃう。それじゃ！」

はっと我に返ると、小蘭は軽快な足取りで店を去っていった。

「可愛い子やったねえ？　仲も良かったねえ？」

青蓮にくっついたまま、アドリアが言う。ヤキモチ全開のようだ。

「うん」

生返事をしながら、青蓮は考え込む。このまま皇帝鑑賞の品を売り続けても、問題はない。調整次第で、帝室の重要な収入源にも育てられるだろう。

しかし、青蓮はそれでいいのか。命じられたことを、その期待を超えて実現している。与えられた仕事は、しっかりこなしている。しかし、それだけでいいのか。

売る側も、買う側も笑顔になれるのは事実だ。しかし、そもそも買えない者がいる。そういう人たちは、ずっと輪の外だ。牙人として、そのままにしていていいのか――

「——あっ」

青蓮は、再び目を見開いた。閃きが、訪れたのだ。

「なに、どうしたの？」

谷乙が聞いてくる。余程驚いたのか、点心を食べる手が止まっている。

「ええと、それは、その」

説明するにできず、青蓮は言い淀むばかりだ。

「ほーら、また内緒やわ」

殊更すねたような口ぶりでそう言うと、アドリアは青蓮から離れたのだった。

「陛下、お話が」

部屋に入るなり、青蓮は統明帝に話しかけた。

「奇遇だな。僕もだよ」

青蓮の顔を見るなり、統明帝も話しかけてくる。

「見ておくれよ、これを」

彼が示したのは、一本の真新しい筆だった。

「あら。結構な品ですね」

一目見て分かる。これまで使っていたものより、随分とよい筆だ。

「ちょっと失礼してもよろしいですか？」

品を確かめたくなり、青蓮は統明帝の側に歩み寄る。用事があるのは事実なのだが、ついつい後回しにしてしまう。商賈としての性である。

「勿論さ」

皇帝は、にこにこ笑顔で筆を渡してくる。

「失礼します」

筆を受け取ると、青蓮はじっくり鑑定する。

筆の四徳、という言葉がある。「尖」、穂先が鋭く尖っているか。「斉」、不純な毛がなくまとまりがよいか。「円」、穂先が歪まず形を保っているか。「健」、毛に弾力性があり滑らかに筆を運べるか。見たところ、いずれも高い水準で達成している。

「なるほど。やはり、これまでお使いだったものよりは随分とよいものですね。とはいえ、市場で売っているような品では？」

そう言ってから、青蓮は首を傾げる。

「陛下がおっしゃれば、工匠が精魂込めて作ったものを献じてくれましょうに」

「それはしたくなかったんだ。どう説明すればいいだろう」

統明帝が、首を傾げ返してくる。

「――そうだなあ、自分で稼いだお金で買い物をするという経験をしたかった、のかな」

そう言ってから、帝は苦笑した。

「稼いだと言っても、本当に動いているのは貴女や工匠たち、それに郭晶たちだ。僕は特に何をしたということもない」

筆を筆掛けに戻すと、統明帝は真面目な顔をする。

「でもね。少しでも、民と同じ苦労をしてみたい。民からすれば、何と気楽なことだと思うだろう。それでも、できる限りどういうものなのか知りたいんだ」

民のことを考える。民の気持ちを思いやる。それこそが、名君の務めである。この中夏(ちゅうか)において、千年以上の長きにわたって受け継がれてきた考え方だ。ともすれば形ばかりのものになりそうな理想と、彼は自分なりのやり方で向き合っているらしい。

「どうしたんだい？」

青蓮がじっと見つめていると、統明帝は戸惑った様子をみせた。

「いえ。この梁青蓮、陛下のお志に感服仕りました」

そんな統明帝に、青蓮は揖礼(ゆうれい)をする。

「やめてくれよ、堅苦しい。——ああ、そうだ。ところで、今日はどうしたんだい？　君にも用事があったとか？」

照れ隠しだろうか、統明帝がそんなことを聞いてくる。

「はい、そうですね。おそらくは、陛下のお心に適うことと存じます」

ふふ、と笑うと、青蓮は話し始めた。

　帝賞法でもたらされる品には、やがて新しい種類のものが加わった。品質は高いが、当初のものよりもずっと手頃な値段で取引されていたことが史料から読み取れる。「帝室重宝」と統明帝が賞賛したとされることから、こちらは一般的に「重宝」と呼称される。「民間の品々と競合しない一方、最初の『鑑賞品』よりは安い」という絶妙な価格設定がなされたこともあり、滑り出しは大変よいものだった。「鑑賞品」よりも高い利潤を帝室にもたらした、という研究もある。

　ただし、順調なのは初めのうちだけだった。思わぬ妨害が生じたのである。

　牙人が集まる会館に、青蓮は顔を出した。

「やあ、こんにちは」

　青蓮を出迎えたのは、にやにや笑う陸方臣だった。青蓮は早速帰りたくなった。

「最近はさらに稼ぎを増やしておりましてね。儲かって儲かって仕方ありません」

　陸方臣は、聞いてもいない自慢を繰り出してくる。

「こらおっさん。うちの青蓮に話しかけんなや」

　青蓮が本当に帰ろうとしたところで、アドリアが現れた。

「おやおや。これはこれは」

陸方臣の笑顔が、ますますいやらしいものになる。向けられているわけではない青蓮まで、生理的な嫌悪感を覚えてしまう。

「おら、ちゃっちゃ去ねやアホンダラ」

アドリアが、巻き舌気味に言った。

「色目人は訛りが激しくて、何を言っているか分かりにくいですなあ。最近他のところで色目人と話すことがありますが、本当に喋り方が拙い」

「消えろぉ言うてんねん」

挑発を繰り返す陸方臣を、アドリアは睨みつける。金色の瞳が放つ光に、危険な色合いが混じり始める。

「おお、怖い怖い」

陸方臣は、わざとらしい素振りで怖がってみせた。

「まあ、今はそのようにおっしゃっていても、いつかは跪いて『稼ぎ方を教えてほしい』とお願いするかもしれませんね」

「はあ?」

アドリアが、頬を歪めて目を剝く。色目人は概して中夏の人間より表情が豊かだが、アドリアは特にそうである。よくもまあそんな器用に、と言いたくなるほどあちこちの部位が動く。

「誰が跪くかボケ。ワレにそんなことするくらいやったら、悪魔の僕になった方がマシじゃ」

「ふふ。『その気』になったら、いつでもどうぞ」

ねっとりした声を残して、陸方臣は去っていった。

「ホンマきっしょいな。はよ死なへんかな」

憎々しげにそう言うと、アドリアは青蓮に向き直る。

「ところで、どないしたん？　最近あんま顔見いへんけど」

それまでの怒気が嘘のように、にこにこしている。釣られて青蓮も笑顔になってしまう。

「色々忙しくってさ。もうてんてこ舞い」

帝賞法が改正されてからこの方、あれこれの調整で乾健宮（けんけんきゅう）に行くことが多い。勿論毎度樽に詰められたり川だか運河だかに浮かんだりする必要があり、時間も大いにかかる。

「世の中についていけてないの。最近変わったことある？」

最近青蓮は、朝の書牘（しょとく）の確認さえろくにできていない。牙人として大問題である。

徐潜ら錦衣衛の手を借りることも考えたが、結局やめた。国の施策に関してならまだしも、青蓮個人のために彼らの情報網を使うのはよくない。それは、官と民との癒着だ。

しかし、信頼できる友人の協力を仰ぐなら問題ない。そこで、会館に来たわけだ。

「うーん、そやなあ。色々あるで」

アドリアは、近くにあった卓の椅子に座る。青蓮も、向かい側に腰掛けた。

「北の獦犴（かつがん）の動きがなんや怪しいとか、男前の大学士がまた人妻に手え出したとか」

アドリアが、すらすらと情報を教えてくれる。国家規模の出来事から、巷の艶聞じみたものまで幅広い。ありがたいことである。

「後は、そうやなあ。さっき聞いたばっかりの話でまだ自分では確認してへんけど」

あれこれと話してくれてから、最後にアドリアはもう一つ情報をつけ加えた。

「帝賞法で、お手頃な値段のんが新しく出たやろ？　あれの偽物が出回ってるらしいで」

「偽物ですって？」

青蓮は目を見開き、アドリアに詰め寄った。

「何やのんいきなり。びっくりするやん」

アドリアが、目を白黒させる。

「あ、偽物の話？」

そんなことを言いながら、谷乙が現れた。出先から戻ってきたらしい。

「ちょいちょい、微妙に安い値段で特区で売ってるらしいね。割としっかり模倣してて、買った方もなかなか気づかないらしいよ」

「しっかりした、模倣」

衝撃が薄れない。まさか、そんなことが起こるとは思いもよらなかった。

「皇帝サマの品のパチモンとか危なないんって思てんけど、お上が取り締まれへんねやったら黙認なんかなあって——青蓮？」

アドリアの表情に、戸惑いが浮かぶ。それを見て、青蓮も我に返った。

「あ、ああ。そうだよね。なんか真っ二つにされた上で市場に晒されたりしそうだよね、皇帝陛下のお名前を騙るとか」

「それは謀反人か何かの刑やろ。知らんけど」

とりあえず突っ込みを入れてから、アドリアは目を細める。

「まーた何や気にしとんな。理由をうちらに言われへんやつ」

「ソンナコトナイヨ？」

「絵ぇに描いたような反応やな。嘘つくんが下手な商賈って、馬によう乗らん武人みたいなもんちゃうのん」

眉尻を下げて呆れて見せてから、アドリアは机に頬杖を突いた。

「一つだけ言うとく」

「はい」

青蓮は、神妙に居住まいを正す。

「ホンマに困った時は、うちらを頼ること」

そんな青蓮の目を、アドリアが真っ直ぐ見つめてきた。

「うちは金貸しやない。約束事に証文とって、判官の前に引きずり出してあーだこーだいちゃもんつけたりはせえへん」

彼女の黄金の瞳は、彼女の心を表す。その強さも、烈しさも。

「うちは青蓮の味方やで」

そして、温かさも。

「そう。前も言ったと思うけど、いつでも頼ってくれたらいいよ」

谷乙はもっと分かりやすい。ふくよかな彼の身体は、そのまま彼の大らかさの表れなのだ。

「うん。ありがとう」

青蓮は、心から感謝した。商賈にとって最も貴重なもの。それは、無償の厚意である。どんなに銭貨を積んでも、損得勘定抜きの気持ちを買うことはできない。

「二人の力が必要になったら、絶対相談するから」

「約束やで」

頰杖を突いたまま、アドリアは唇の端をにいっと吊り上げ、谷乙もうんうんと頷いたのだった。

会館を後にして、青蓮は街を歩く。徐潜を探すのだ。

武器を持った兵士の行き来が、普段よりも多い。そういえば、アドリアの話の中に北の獦豻が蠢動しているというものがあった。

獦豻。それは、草原に生きる民だ。天は蒼蒼、野は茫茫、風吹き草は低く垂れる――そんな地で羊を追って暮らし、時に周辺の民を襲い略奪を行う。

獨豻を防ぐべく、中夏の民は長城を築いた。そして、不断の努力で修築を重ねた。時に越えられることもあったが、最終的には押し返し、長城は両者の境界線として機能した。

玄京は、中夏でも北に位置している。蕣の初代皇帝・曠徳帝が「自ら長城の磚(れんが)の一つとなり、獨豻を防ぐ」ために遷都したからだ。

曠徳帝の時代には、その言葉にも重みがあったのだろう。しかし、青蓮は差し迫って獨豻の脅威を感じたことはなかった。

獨豻は、様々な民族や部族に分かれている。時には一つにまとまることもあるが、逆に分裂し相争うこともある。青蓮が生まれる大分前から獨豻は内乱が続いており、大規模な侵攻を起こすことはなかった。状況が変わったのだろうか――

「――ん？」

青蓮は、ふと立ち止まった。道端で、行商が店を出しているのが目に入ったのだ。

こういう路上での商いは、登録云々を考えると法的にはかなり灰色である。しかし、滅多なことでは取り締まられない。鋪戸(ほこ)特区とは異なる、伝統的な形でのお目こぼしだ。いいか悪いかは何とも言えないが、意味は間違いなくある。

行商は、よく日に焼けた老人だった。折り畳める椅子である胡床(こしょう)に尻を乗せ、視線を通りに投げかけている。ぼんやりしているようでもあり、思索に耽(ふけ)っているようでもある。

立てられているのぼりを見る限り、様々な饅頭を売っているらしい。――饅頭。

「こんにちは」

青蓮は、老人に話しかけた。

「いらっしゃい」

しわがれた声で、老人は返事をする。視線を青蓮に向けることもない。

「桃包、ありますか？」

老人の雰囲気はそのままだ。しかし、雰囲気が微かに変わった。やはり徐潜だ。

「最近、帝賞法の偽物が出回っているらしいですな」

徐潜が、しわがれた声のままで言う。

知らせるべく探していたのだが、既に情報を掴んでいたらしい。さすがというべきか。

「たまたまですが、実物も手に入れました。陛下にも皆様にも、困ったことになる前に詳しくお伝えせねばと思いまして、こうして道端でお待ちしておりました次第です」

徐潜が、よっこらせと立ち上がる。その仕草は、年老いた男性そのものだった。

徐潜は、机の上に二つの皿を並べた。いずれも、傍目（はため）には変わりないように見える。

「こっちが偽物だね」

それでも統明帝は、一目で見分けた。

「割合よくできてるね。光寧五彩の特徴は摑めている。でもやはり偽物だ」

「おっしゃる通りです」

徐潜が、皿を裏返す。一方の皿には、裏側に「帝室重宝」の印があった。もう一方、統明帝が偽物と指摘した方のものにはそれはなかった。

「この印は真似しないんですね」

青蓮は、感想を口にする。ここまでやるのに、何やら片手落ちのようでもある。

「皇帝の御名を騙り申し上げるのは、有無を言わさず死罪だ。それは避けたのだろう」

皿を見据えながら、郭晶が言った。

「曠徳帝の定められた祖法にございますな。『天子の聖威を騙るは斬』」

徐潜が、起伏のない口調でつけ加える。斬。その言葉に、青蓮は寒気を覚える。

「そう。名前に限らず、薪国皇帝の威を騙ること自体が斬刑に値する。よく似た品を作ることそれ自体、威を騙っていると言えなくはない。よって、捕らえる理由にはなる」

郭晶が、ちらりと徐潜に目を向けた。徐潜は頷く。

「大本の糸を引いている者までは難しゅうございます。しかし、売り歩いている者を捕らえるのは容易い。捕らえて裏を吐かせた上で斬り、もって見せしめとすることまではすぐに可能です」

「徐潜、徐潜。少し待ってくれ」

それまで黙って聞いていた統明帝が、徐潜を止めるように手の平を向ける。

「申し訳ございません。出すぎた真似を」

徐潜が、両跪の礼を取った。

「ああ、いや。意見を言ってくれることは構わない。むしろそうして欲しい」

統明帝が、今度は手をひらひらと振る。

「ただ、できる限り殺伐としないで解決したいんだ。――甘いのかも、しれないけれど」

自信なさげに、統明帝は俯いた。

「いいえ」

そう言ったのは、郭晶だった。驚いたように、統明帝が顔を上げる。

「なるほど、陛下の御敵に慈悲のみで対されるべきではございません。しかし、少なくとも今回はそうなさるべきと臣も考えます」

統明帝の視線を受け止めると、郭晶は話を続ける。

「もし極刑を以て臨んだ場合、既に買ってしまった民が陛下の逆鱗(げきりん)に触れるのではと恐怖します。また、買った者を悪意から密告する人間も出てきましょう。そして、下手人を斬ってしまってからでは、その密告を無視することはできません。民心の動揺は、止めようがなくなります」

内心で、青蓮は感嘆した。

以前統明帝は、「改革で青蓮たちの生活に不都合が生じていないのは、ひとえに郭晶のおかげだ」という話をしていた。今のように、起こるだろう弊害を事前に察知しては、手立てを講じていたに違いない。彼女の名臣たる所以を知った思いである。

「郭学士のおっしゃる通りです。恥じ入る次第です」

徐潜が、深々と頭を下げた。

「いいよ。気にしない、気にしない」

統明帝が、明るい声で言う。

「話し合いとは、誰が正解を言えるかという競争じゃない。それぞれが意見を出し合い、問題を指摘し合い、いい結果へと繋げる。そういうものだろう？」

そして、この場にいる面々を見回した。

「大学士、錦衣衛、商賈、あと皇帝。僕たちの立場はそれぞれ違う。普通なら一堂に会して話し合うことなんて絶対にない。だからこそ、こうして話せることは面白いんだよ」

面白い、と表現するところが彼らしい。

「さあさあ、楽しくいこうじゃないか」

統明帝はそう言った。皇帝の仰せであるからして、青蓮も愉快な話し合いに貢献すべきなのだろう。しかし、なかなかそういうわけにもいかなかった。

実のところ、気持ちが沈みっぱなしなのだ。今回の問題を招いたのは、青蓮の責任なのである。

「面白いと言えば、これ自体がそうだよね」

統明帝が、皿を見やる。興味津々、といった眼差しだ。

「いやまあ、僕が面白がっちゃいけないんだろうけどさ。上手い具合に、法をかいくぐっているなあって。よくできてるよね」

「できすぎている、とも言えます。ただ者の仕業ではありませんね」

郭晶も、皿に目を向ける。視線は、統明帝のそれよりもずっと厳しい。

「しかし、なぜ今になって」

郭晶の口から、疑問が漏れた。

「おそらく、価格を抑えた『重宝』が原因です」

青蓮は、おずおずと口を開く。いくら落ち込んでいるとはいえ、黙っているわけにはいかない。

「これまでは、至高の逸品を市場に供しておりました。工匠が心血を注いだものを模倣するのは、極めて困難です。仮にできたとしても、途轍もない手間と費用がかかります。商いとして成立させることは困難でしょう。――しかし、程々のものなら話は別です」

青蓮は、皿に目を向けた。やはり、どちらがどちらか青蓮には判別できない。

「手間も費用も抑えられます。ぱっと見には区別がつかず、しかも品質を落としたものを作ることも可能となるのです」

「梁青蓮」

郭晶が青蓮の方を見てくる。

「このことを事前に予想していたか？」

「いいえ。まったく想定の外にありました」

恥じ入りながら、青蓮は俯いた。部屋に、気まずい沈黙が訪れる。

何か言うべきなのだろうが、しかし言葉が出てこない。無理に絞り出せば、それはきっと弁明の形を取るだろう。

青蓮が縮こまっていると、部屋の扉が敲かれた。

「どうぞ」

統明帝が、気さくにもほどがある返事をする。

「失礼申し上げます」

入ってきたのは、一組の男女だった。揃って整った面立ちをしているが、もう一つ共通点があった。冷たさを感じる程に、表情がない。

「中夏の各地に放っていた者です」

同じく無表情な徐潜が、そう説明した。彼の部下——錦衣衛の間者であるらしい。

「譚州、浪州にて、『重宝』の偽物が確認されました」

「燦州でも、同様の品が流通しております。聞けば、玄京でも見つかったとの由」

二人は両跪の礼を施し、そのまま報告を行う。

「そうか、地方から始まったのか」

郭晶が、小さく溜め息をついた。

「地方にまで、帝賞法の品は行き渡っておりません。評判だけが先行しており、偽物が広まる土壌が形成されていたと言えます」

女性が、そう補足する。

「お疲れさま。他になければ下がっていいよ」

統明帝が二人を労う。二人は感謝の言葉を述べると、部屋から出ていった。

「梁青蓮。策はあるか」

前置きも何もなく、郭晶が青蓮に訊ねてくる。

「すみません」

青蓮は、ほとんど反射的に謝罪の言葉を口にした。

「私のせいなのに、ごめんなさい」

ぺこぺこと、何度も頭を下げる。

「失敗は誰にでもある。それを責めているのではない。次に繋がる何かがあれば聞かせて欲しい、と言っているだけだ」

郭晶の声に棘はない。嫌味でも意地悪でもなく、言葉通りただ促しているだけに違いない。だというのに、青蓮はすっかり冷静さを失ってしまっていた。

――牙人をやっていて、失敗することは何度もあった。進退窮まったかに見えた場面も、一度や二度ではない。しかし、今回は訳が違った。

これまでは、どこまで行っても最後は青蓮一人の責任だった。それ以上広がることのない規模の商いだった。一方今青蓮が直面しているのは、まさしく桁違いの事態である。

偽物が作られる、市場で流通する。皇帝の威光への悪影響が懸念されるような事態になる。都だけではなく、地方でも起こる。判断の誤り一つで、国そのものが揺さぶられる。

単純に、恐ろしい。

自分は自惚れていたのだ、と青蓮は思う。たまたま最初に上手くいったことで図に乗って、やりすぎてしまった。自分の力を越えたことに手を出して、取り返しのつかないことになり始めている――

「まあ、そんなこともあるよ」

のほほんとした声が、崩れてしまいそうな青蓮の心をふわりと受け止めた。

「閃きっていうのは、簡単に出てくるわけじゃない。才能溢れる文人だって、毎日毎日珠玉の詩文を生み出せるわけじゃない。できないときはできないんだ。皇后はよく頑張ってくれている。そのことは、よく分かってるよ」

統明帝が、青蓮を庇ったのだ。

青蓮はどきりとして、すぐに我に返る。慌てて雑念を振り払う。調子に乗ってはいけない。皇帝は優しいから誰でも庇う。何しろ、偽物を作るような人間でも庇うのだ。特別な意味など、あろうはずもない。

「私は責めていません。が、陛下の仰せは真にその通りと存じます」

郭晶が、不満げに言った。

「ふふふ。今日はいい日だ。郭晶をやり込めることができた。どうだ、凄いだろう徐潛」

統明帝が、よりによって徐潛に軽口の相手をさせる。

「お見事にございます」

徐潜は糞真面目に返答した。やはりというべきか、まったく嚙み合わない。何とも言えない滑稽さに郭晶さえ吹き出し、統明帝はけらけらと笑う。

「さて。郭晶、徐潜。悪いけど、君たちは外してくれないか」

ひとしきり笑ってから、二人にそう命じた。

「少し皇后と二人にしてほしいんだ。行きたいところがあってね」

そして青蓮の方を見やると、にこりと微笑んだのだった。

文華殿。それは、皇太子の教育を行うための建物である。この建物を任されている文華殿大学士は、皇太子の師として学問を講じることをその務めとする。

現在のように皇太子のいない時期には、他の様々な政務をこなしている。しかし当代の文華殿大学士たる郭晶は、文華殿の自室に籠もり沈思黙考に耽っていた。

彼女の傍らには、錦衣衛を率いる徐潜が控えている。指揮命令の系統で言うと、錦衣衛は文華殿大学士の管轄する組織ではない。しかし錦衣衛は、密かに郭晶の意を受けて動いている。朝廷でこのことを知るのは、統明帝と郭晶のみである。

「組織的だな。陛下のご威光に傷をつけようと企む者が、裏で糸を引いている」

誰にともなく、郭晶は話し始める。

「間違いない。これは陰謀だ」

極めて深刻な言葉が発された。それを聞いた徐潜の表情に、わずかながら変化が生まれる。元より緩みのない顔が、さらに引き締まったのだ。

「――まず地方より始め、次いで都に進出する」

郭晶が、その何者かの思考を追いかける。

「地方には本物がないから、容易く席巻できる。商いは分からぬが、いったん支配的な地位を築かれれば、本物を持ち込んでも容易には受け入れられないだろう」

「悪貨が良貨を逐い払う、ということですね」

「然り」

徐潜の言葉に、郭晶は頷く。

「そして、地盤を固めた上で満を持して玄京に持ち込まれたのだ。これが逆だったら、すぐに我々が気づいて対策を取ることができた。そうなることを見越してのやり口だ。守っていないところ、守れないところを攻めてきたわけだ」

郭晶は、唇を噛んだ。

「攻めて必ず取る者は、其の守らざる所を攻むればなり――そんな兵法の基本を踏まえ、応用している。陛下のお言葉ではないが、よくできている」

「いかがなさいますか」

徐潜が訊ねる。

「上兵は謀（はかりごと）を伐（う）つ。陰謀が陰謀であるうちに撃ち破るのが、もっとも優れた戦いだ」

郭晶は、決然と言い放った。鋼の如き意志の強さが、そこに響く。

「調べの方は、どうなっている？」

郭晶が、徐潜に問うた。

「先日ご報告したところから先へは、未だ。手足は摑んでおりますが、そこから遡れておりません」

徐潜の答えに、郭晶は考え込む様子を見せる。

「そもそも、その手足が何本あるかも判然とせぬ。烏賊や蛸のように数えられる程度ならまだよい。百足の如く無数に存在しているとしたら、本当に厄介だ」

「たとえそうであったとしても、錦衣衛の総力を挙げ必ずや調べ上げてご覧に入れます」

徐潜が、揖礼を施した。

「陛下のお耳にお入れしないよう留意しろ。いずれお知らせすることにはなるだろう。しかし、まだ時期尚早だ」

郭晶は、徐潜に因果を含める。

「お耳に入れれば、陛下はかの者を――梁青蓮を遠ざけなさる。そうあってはならん。かの者の力は、絶対に必要だ」

半ばは、自らに言い聞かせているようでもあった。

「はっ。引き続き、彼女の身辺の安全には万全を期します」

徐潜が頭を下げる。

「――私とて、不愍と思わないではない」

そう言ってから、郭晶はふと目を閉じた。

「しかし、平和に暮らしたい、好きなものだけに囲まれていたいなどと甘えたことを言わせるわけにはいかぬ」

瞑目したまま、郭晶は独語する。

「龍は静かな池に住まえぬ。虎は穏やかな野で暮らせぬ。龍は雲を得て天に昇る定めを負い、虎は風を呼び深山を統べる務めを担うのだ」

郭晶の言葉は冷たい。しかしその裏には、微かに何か違うものが揺れているようでもあった。

「他ならぬ陛下ご自身も、同じでいらっしゃるのだから」

第五章

「——おっと、ごめんごめん」

先を行っていた統明帝が、足を止めて振り返ってきた。

「気がはやってしまってね」

「いえ、とんでもないです」

慌てて青蓮は追いつく。

「その靴、慣れていないんだろう？」

青蓮の足元を見ながら、統明帝は言った。青蓮が履いているのは、きらきらと華やかな意匠で彩られたものだった。普通の靴よりも小ぶりで、靴底の高さにも段がある。

「ええと、その——まあ、はい。そうです」

隠しても仕方ない。青蓮は素直に認める。

「寸法が合ってないわけじゃないと思うんです。多分、そもそもあんまり歩くのに適していない靴というか」

なるほど、貴い人が履くにふさわしい優雅な靴だ。履いていると足元がすらりと見える。

しかし、かかる負担はとんでもないものだった。

小さくて窮屈。履いて歩いているとすぐに痛くなってしまうし、歩きにくいからしょっちゅう転びそうになる。かつてとある地方に纏足（てんそく）なる因習が存在したというが、この靴は青蓮にその話を思い出させた。

「そうか。じゃあ抱えてお運びしましょうか？」

統明帝が、気障（きざ）な仕草と共に言ってくる。

「ふふ。お気持ちだけで結構です」

思わず青蓮は笑ってしまった。何かと様になる統明帝だが、これは今ひとつだ。

「そうかい」

残念そうに言うと、再び統明帝は歩き出す。

二人が歩いているのは、外城の一角である。役人が行き交い、がやがやと賑やかだ。宦官も宮女もいなくてがらんとしていた内城とは、まったく雰囲気が違う。

前触れも何もなく現れた皇帝に、官吏たちのほとんどは気づかなかった。統明帝が、農村を訪れた時と同じ役人の服装をしていることもあるし、統明帝があまり皇帝らしからぬのもあるだろう。

しかし中には気づく人もいて、青蓮からすると彼ら彼女らはとても気の毒だった。

「やあ」と挨拶されて「おお」と挨拶を返し、後になってから血相を変えて駆け戻ってくる人もいた。統明帝に「見かけない顔だね。どこの官吏だい」と気さくに話しかけ、「あっちの方」と内城を指さされて意味するところを知り、顔面蒼白になる者もいた。「お忍びだから内緒にして」と言われて、「聖意かしこみて承り」などと対皇帝専用の語彙で返事しかけ、舌を盛大にもつれさせながら普通の表現で言い直す者もいた。

「もしかしなくても、陛下は面白がっておいでですね？」

じーっと、青蓮は統明帝の横顔を見上げる。

「ないない、そんなことないよ。楽しんでいるだけさ」

歩く速度を落とした統明帝が、悪びれもせず言う。

「同じであるように思えますが」

「いやいや。百合の花の白さと降り積もった雪の白さが違うように、面白がることと楽しむことの間には多大な懸隔が――おっと、到着だ」

文学的修辞で自己の正当化を試みていた統明帝が、行く手の建物を指し示す。

「あれが文淵閣だよ」

その横顔に浮かぶのは、晴れやかな笑みである。

「我が大蕣帝国が天下に誇る、蔵書楼だ」

基本的な作りは、皇帝の住まいである乾健宮と似ている。

違っているところと言えば、大きさが（乾健宮と比べれば）ささやかであること。主調となる色が緑であること。あとは、瓦が黒いことだろうか。

辺りは静かだった。蔵書楼ということもあって、用事のある人は少ないのだろう。

「さあ、行こう行こう」

統明帝の声は、心なしか弾んでいる。まあ、文人と言えば書巻をこよなく愛するというのが相場である。百の城市を支配するより万巻の書を擁することを望み、佳人に向かわず古人に向かう生き物なのだ。

してみると、統明帝が文人であることは彝に取ってそこまで災いではないのかもしれない。その熱意が、美学や美術ではなく美酒や美姫に向けられていたら、どうなっていたことか。

後宮の花に囲まれた統明帝の姿を想像してみる。若く美しい女性の柳腰を抱き寄せ、宝玉の盃を傾ける統明帝。見目麗しい面立ち故に、酒色に溺れる姿も結構様になる。

だが、青蓮はその想像をすぐにやめた。何だかよく分からないが、あまり楽しくない。おかしなことだ。想像上の統明帝が何をしていようと、青蓮には関係ない。そもそも期間限定の皇后なのだから、いずれ現実においても無関係となる。だというのに、どうして。彼の傍らに他の女性がいる光景に、落ち着かない気持ちにさせられるのか――

「どうしたんだい？」

いきなり話しかけられ、青蓮は我に返った。

「え、えーと」

狼狽えながら、青蓮は辺りを見回す。

「そこ！　そこに、池があるなと思って！」

青蓮は、行く手を指さした。実際、文淵閣の前には池があるのだ。ちょうど、青蓮たちと建物の間である。池の上には、石橋が弧を描いて渡されている。

「この池は、万一の際消火に用いる水を蓄えるためのものだ」

よく聞いてくれた、と言わんばかりに声を弾ませ、統明帝が説明を始める。内心で、青蓮はほっとした。好きなことについて話を振れば、上機嫌であれこれ説明するだろうと踏んだのだが、狙い通りである。

「瓦が黒いのもそうさ。黒は五行において水を表す。水剋火——水は火に打ち剋つ。火は書巻にとっての最大の敵だ。そんな火にとっての敵を集めて、防備を固めているんだよ」

「それで、乾健宮とは色が違うのですね」

相槌を打ちつつ、青蓮は池や橋を見る。いずれも掃除が行き届いている。内城と違って、必要な人手が用意できているようだ。

建物も同様である。しっかり手入れされ、掃き清められてもいる。建物の美しさは、微塵も損なわれていない。住まいより書庫の方が立派とは、と呆れてしまうところだが、まあ文人皇帝の面目躍如とも言えるだろうか。

「さて」

扉の前まできて青蓮を振り返ると、統明帝は大げさに笑ってみせた。

「大蕣帝国の歴史を振り返る旅に、少しばかりお付き合い願いたい」

文淵閣の中は涼しく、また少し薄暗かった。火は勿論のこと、湿気や日光といった敵からもしっかり防護されているらしい。

「文淵閣には名だたる珍書希書が蔵されているけれど、中でも一番のものは姦歴代皇帝の実録だね。こればっかりは、天下広しといえど文淵閣にしかない」

歩きながら、統明帝が話す。

「じつろく、ですか？」

青蓮は、首を傾げた。どういうものなのか、今ひとつぴんと来ない。

「歴代皇帝の言行録だね。皇帝がその日何をしたか、何を言ったか、仔細に記録されているんだよ」

統明帝が、得々とした面持ちで説明する。

「何をしたか、何を言ったか、仔細に記録されている」

言葉の意味を噛みしめる。つまり、統明帝の発言も逐一残っているのだろうか。結構ふざけたものが多いような気もするのだが、果たして後世に残していいのだろうか。後世から姦は、たわけ者の文人を皇帝にした愚かな王朝だと呆れられるのではないだろうか。

「さあ、到着だ」

まさしく歴史的規模の不安に青蓮が駆られていると、統明帝が立ち止まった。

武骨な引き戸の前である。引き戸の上には、言集堂（げんしゅうどう）と書かれた木札がかけられていた。

「よっと」

帝が引き戸を開ける。がらがら、と重い音が辺りに響いた。統明帝は中に入り、青蓮も続いて足を踏み入れる。

「――すごい」

踏み入れた足は、すぐに止まってしまった。

書架が、等間隔でずらりと並んでいる。その書架一つ一つに、冊子にまとめられた分厚い書巻がぎっしりと収められていた。蕣国が紡いできた歴史の重みが、姿を伴って青蓮に立ちはだかる。

「大蕣憲宗孝皇帝（けんそうこうこうてい）実録」。「大蕣太宗文皇帝（たいそうぶんこうてい）実録」。題の一つ一つを見ながら、青蓮は実感する。今青蓮が目にしているのは――国の宝だ。

「読みたいものがあったら、適当に読んでくれていいからね」

書架の向こうのどこかから、統明帝の声がした。

「遠慮します！」

即座に断る。もし手が滑って破ってしまったら、と思うだけで震え上がってしまう。

「結構面白いよ。大抵は誰が何の役職に就いたみたいな人事の話やら、どこで戦があってどうなったみたいな軍事の話だけど、時々どうでもいいような小話が挟まれるんだ。それがいい」

統明帝の声が、動きながら響いてきた。歩き回りながら話しているようだ。

「農民上がりの初代は豪華な食事が苦手で、田んぼを耕してた頃から一緒だった皇后に毎食用意してもらっていたらしい。ちゃんと俸給を出してたみたいで、それも計算されて残っている。――あとはそうだな、三代目の時に内城に豚が飛び込んできたことがあったんだって。三代目は自ら捕まえようとして、逆に追いかけ回されて大変だったみたいだよ。最高三代目は反省して、後日『怒れる野豕、驕れる皇帝を走らす』とか書にしたらしい。最高だよね。残ってたら絶対飾ったのにな、それ」

「読まれたのですか？　これを、全部？」

問う青蓮の声が上ずる。生半可な量ではない。

「ざーっとだけどね。そう難しいわけじゃない。僕がやったのは、古い本を読んでみること。その時代について学んで、昔の人と友達になることだ」

ひょこりと、近くの書架の陰から統明帝が顔を出す。分厚い書巻を、何冊も抱え持っている。

「読書尚友、というやつさ。さあ、そんなところに立ってないで。こっちに来てゆっくりしておくれ」

そして、先に立って歩き出す。

彼が青蓮を誘ったのは、言集堂の隅だった。そこには、足が短く低い書卓が置かれていた。

卓の上には、何本かの筆に飾り気のない硯、大ぶりの墨に紙――文房四友が揃っている。

言集堂は暗いが、ここにだけは光が入るような工夫が為されていた。絨毯が敷かれていて、座れるようにもなっている。

「朝日が昇ると共にここに籠もり、ずっと実録に目を通していた時期があった。本当は一晩中でも読んでいたかったけど、さすがに火を使うわけにはいかないからそれは諦めた」

統明帝は、書卓に本を置き、自分もその前に座った。青蓮も、向かいに腰を下ろす。

「中夏の皇帝は、中夏に一人。天に二つの太陽がないように、地に二人の皇帝はいない。少なくとも、葬になってからその建前は守られている」

統明帝が、遠い目をする。昔のことを、思い返すように。

「だから、昔の皇帝たちと友達になるしかなかったんだ」

はっ、と。胸が突かれるような思いに、青蓮は襲われた。統明帝の孤独を、垣間見た気がしたのだ。

天地の間に、ただ独り。それは一体、どれほど寂しいことなのだろうか。

何か言おうとして、諦める。青蓮には、分からない。分かってあげたくても、どうしても不可能だ。

——帝室とそれ以外の者には、どうしても越えられない壁があるんです。

自分が以前口にした言葉を思い返し、後悔する。その壁の向こう側にいる統明帝は、どんな思いで青蓮の話を聞いていたのだろう。

「これは、初代の実録だよ」

積み上げた書巻から一冊取ると、統明帝は青蓮に見せてくる。「大葬太祖高皇帝実録」。書巻は、そう題されている。

「長い題は気にしないで。初代のことは初代でいい。皇帝ってやつは、大して使いもしないのに名前が色々あってね。実録の題もやたらと長くなっちゃうわけだ。面倒な話だよ」

統明帝が、溜め息をついた。

「まあ、致し方ないでしょう。皇帝陛下ともなれば、天下にご威光を輝かされねばなりませんし」

青蓮は、恐る恐るそう応じた。また何か哀しい思いをさせるのは避けたい。

「そこだよ。その『ご威光』というやつが問題なんだ」

統明帝は、むむっと眉間に皺を寄せる。やらかしてしまったかと思ったのだが、少し違うようだ。嫌な気分になったというよりは、何か不満がある様子である。

「皇帝には、価値がありすぎる。権限が与えられすぎているし、神格化されすぎてもいる。ほぼ初代の仕業なんだけど、子孫としては正直いい迷惑だ。二代目以降は、みんなそう思ってたはずだよ」

統明帝は、「初代」の実録をめくり始めた。

「両跪とか片跪っていうのはね、葬になってからできたものだ。それまで、あんな大げさな儀礼はなかった。揖礼なり拱手なり拍拳なりをすればそれでよかったし、皇帝と話す時も立ったままで問題なかった」

「そうなのですね」

驚いてしまう。歴史について、そこまで詳しくはない。生まれた時からそうなっていたこともあり、ずっと昔から同じだったのだろうと漠然と考えていた。いや、考えてもいなかったかもしれない。太陽が東から昇るように、春の次には夏が来るように、そういうものだと受け止めていたような気がする。

「作ったのは初代だ。ここにしっかりと書いてある。『初代のクソジジイ、余計な決まりを作って押しつける。天下のみんなが大迷惑』」

統明帝が、実録の一文を指さした。『上、是を以て両跪片跪の礼を定む。天下万民之に服す』。言っていることは概ね同じだろうが、言い方がまったく違う。

「僕はこの実録をしっかり伝えなくちゃいけない。もし皇帝を偉くしすぎた罪が他の皇帝に被せられでもしたら、僕は死んだ後に廟の中で歴代皇帝から袋叩きにされてしまう」

あまり冗談でもなさそうな口ぶりで言うと、統明帝は山から別の実録を取る。

「さっきも話したけど、初代は農民から皇帝の地位まで駆け上がった。中夏の歴史でも二、三人くらいしか成し遂げていない偉業だ」

めくっては、時折文を指さして統明帝は初代の足跡を語る。文字の形で残された過去が、その指先から立ち上がる。

「皇帝になるまではよかった。何しろ一番大きな敵は晸——北の草原からやってきた猲犴が建てた王朝だ。それを追い払うという大義名分の元に、力を合わせられたわけだね。

初代の幕下には、身分を問わず有能な人物が集まった。農民時代の幼馴染みもいれば、高名な学者もいた。彼の大器に惚れ込んで、獨犴から寝返った者さえいた」

先ほどクソジジイ呼ばわりしていた統明帝だが、彼について語る表情は明るい。あれこれ言いつつも、心底嫌っているわけではないらしい。

「でも、上手くいっていたのは天下を制覇するまでだった。彛を建国し、初代が皇帝に即位してから、色々と問題が生じ始めた」

その声と表情が、少し曇る。

「共に戦場を駆けた武将たちは堕落し、賄賂を取るようになった。参謀として支えてくれた学者たちは仲間割れを始め、互いに足を引っ張り合うようになった。

初代はあれこれ手を尽くした。訓諭したり、一人一人と話し合ったり、宴を開いたり。しかし、どうしても改まることはなく、むしろ害はどんどん大きくなった。そこで、ついに初代は決意した。——少し待ってね」

実録をどけると、統明帝は硯で墨を摺り始めた。摺り終えると、筆を執る。

「これが南の状江（じょうこう）、これが北の王河（おうが）。これが江と河とを繋ぐ王状渠（おうじょうきょ）で、こっちが東の海。そしてここが長城」

紙の上で統明帝は軽やかに筆を踊らせた。

「これは、中夏ですか」

青蓮はぽかんとする。下書きもなくいくつか線を走らせただけで、紙が中夏の地図へと

「ふふ。文人たるもの、墨と筆で絵も描くのも嗜みの一つだからね」

得意げにそう言うと、紞明帝は地図の南側に丸を一つ付け加えた。

「中夏の南に流れる状江のほとりで、初代は旗揚げした。最初の都も、この辺に作った。でもその後、初代は玄京へと遷都した。元々晟の都だったところだ」

紞明帝が、地図の北側に次の丸を描く。ほとんど北辺とさえ言える位置で、すぐ近くには長城を模した線がある。こうしてみると、まったく反対側に移したことが分かる。

「獦豻を防ぐため、でしたっけ」

青蓮は言った。蕣の民なら、誰でも知っていることだ。

「その通り。しかし、本当は違うんだ」

紞明帝の雰囲気が、変化した。この感覚を、青蓮は知っている。

「重臣となった初代の配下たちも、ほとんどが南方の出身だった。彼らの本拠というべき土地は、南にあるんだね。都を南に置いていると、彼らの影響力は増すばかりだ。だから無理やり遷都して、地盤から引っぺがした」

あの暗さだ。朗らかなはずの彼につきまとう、仄暗(ほのぐら)い闇。それが、この部屋の書巻から立ち上り、彼を包んでいる。

「そうして力を奪ってから、初代は片っ端から重臣たちを罪に問い処刑した。天寿を全うできたのは、片手で数えるくらいだね。はっきりと記録に残ってるわけじゃないけど、でっち上げも多かったと僕は見ている。錦衣衛ができたのからして、その時だしね」

青蓮の脳裏に、『斬』と冷たく口にした徐潜の姿が蘇る。あれは、必ずしも彼が残忍な人間だということではない。錦衣衛という組織自体が、そう作られた組織だったのだ。

「ありとあらゆる問題を排除して、徹底した決まりを作った。少しでも違反すれば、斬られかねない厳しさのものだ。初代は恐怖で彝を支配したわけだね。

しかし、そうすることで初代は孤立した。天下万民は彼に従う。彼は天下万民を従わせる。『彼』と『彼以外』に、世界を分かってしまったんだ」

統明帝が、筆を置く。その微かな音は、書巻に吸い込まれるようにして消えていく。

「唯一心を許していた皇后が死んでからは、文字通り天涯孤独の身になった。晩年の初代がおかしかったという話をしたと思うけど、何も高齢でどうにかなったわけじゃないはずだよ。皇后が生きていた頃、彼女の諫めは聞いていたんだ。しかし彼女の死後、初代は誰の言葉にも耳を貸さなくなった。たった一人で国を背負い続け、そして死んだ」

統明帝が、実録の最後の一文を示す。「上、乾健宮に於いて崩ず」。一人の人生の幕切れが、そこに淡々と記されていた。

「歴代の皇帝は、それぞれに苦心した。膨れ上がりすぎた権力をどうにか取り扱いつつ、民と離れすぎないように努力した」

統明帝が、実録を閉じた。彼の纏う暗さが和らぎ、青蓮は内心で安堵する。闇に包まれた彼を見るのは、つらい。哀れで、不憫で、いたたまれないのだ。

「たとえば先代なんかもそうだけど、舜の皇帝は戦ともなれば常に自ら出陣し、戦場に身を置いてきた。民と艱難(かんなん)を分かち合う、その姿勢を示すためにね」

統明帝はそう言うが、彼自身が鎧(よろい)に身を固めて戦場に赴く姿は想像できない。どちらかというと、攻め込まれてから「誰か何とかせい」とおろおろする感じではないだろうか。

「何か失礼なことを考えているね？」

統明帝が、目を細めて青蓮を見てきた。

「いえ、いえそんな。とんでもございません」

青蓮は慌てて取り繕う。

「ほんとかなあ」

むっとむくれて見せてから、統明帝は周囲を見回す。

「そういうわけで、歴代の舜皇帝は努力した。民と共にあろうと、日々心を砕いた。ここにある書巻は、その悪戦苦闘と試行錯誤の記録とも言える」

そして再び青蓮に向き直ると、哀しげに眉尻を下げた。

「でも、上手くいかなかった。戦に出ても、文事に打ち込んでも。一度生まれてしまった断絶を繋ぎ直すことは、できなかった」

筆を買ったと話していた統明帝の姿が、思い出される。真剣だと感じたのは、間違いではなかった。彼にとって、溝を埋めるための懸命な努力だったのだ。

郭晶(かくしょう)や徐潜を交えた話し合いも、そうだ。身分の差を越えて集まって話せることを、統明帝は殊更に喜んでいた。青蓮にしてみたら、珍しいことだなあくらいの話だった。しかし、彼にとってはもっともっと大きな意味があったのだ。

「先々代の言葉に、こんなのがある。『皇帝には何でもできる権力を与えられているが、それを投げ捨てることだけはできない。一度皇帝になってしまうと、二度と皇帝以外の何かになることはできない。皇帝の隣には、誰もいない』」

皇帝に隣なし。そう呟くと、統明帝が俯いた。

青蓮の胸が、やるせなさでいっぱいになる。青蓮は、皆を笑顔にすることを志してきた。そんな牙人を目指してきた。だというのに、できていない。目の前にいる彼を、哀しみの中に突き落としたままだ。彼の闇を振り払えず、立ち尽くさせるばかりだ——

「ずっと、僕もそう思っていた。先々代と同じように、皇帝とは孤独だと思っていた」

——青蓮は、目を疑った。

「でも、今は違う」

顔を上げた統明帝は、微笑んでいる。

素敵な、笑顔だった。思わず、見とれてしまうほどに。

「君は期間限定の皇后だ。巻き込まれて押しきられて、そうなったはずだ。それなのに、全力で取り組んでくれている。成功したら心から喜んでくれるし、上手くいかなかったら凄く落ち込んでくれる」

統明帝が、少し身を乗り出した。元々近かった距離が、さらに近づく。しかし、青蓮は動けない。あるいは――動かない、のか。

「そう、落ち込んでくれているんだ。ありがとう。皇帝になってから初めて、僕の前に同じ立場で一喜一憂してくれる誰かが現れてくれた」

悔やむ気持ちが、日にさらされた氷のように溶けていく。色々なものを巻き込みながら、少しずつ青蓮の心の形を変えていく。

「隣に立って、並んで歩いてくれる人。これまでの皇帝たちが望んで得られなかった何かを、君は与えてくれたんだ。感謝している。そのことを、どうしても伝えたかった」

統明帝の瞳が、青蓮の瞳を捕らえる。二人の距離はこれまでで一番近い。そして、それはどんどん縮まっていく――

「――ごめん。長々と話しすぎたね」

統明帝が、すっと目を逸らした。少しだけ、体を後ろに引く。

心ごと、青蓮は中空に投げ出されてしまった。その先に、何か待っているような気がして。けれども、何も起きないで。宙ぶらりんのままで、そのままにされてしまった。

「期間限定の皇后なのに、僕は引き留めるようなことを言ってばかりだ」

胸が、ずきりと痛んだ。期限を区切ってほしいと頼んだのは自分だ。皇后の地位を返上したいと願ったのは、青蓮なのだ。

だというのに。どうして、つらいのだろう。どうして、哀しいのだろう。

「陛下」

その痛みが、口から零れ落ちた。

――いけない。これ以上は、きっといけない。形にしてはいけない。言葉にしてはいけない。それはきっと、青蓮には許されない何かだ。青蓮が願ってはいけない、何かなのだ――

「こちらにおいででしたか」

いきなり、そんな声が声がした。

「あら」

郭晶である。二人の様子を見て、目をぱちくりさせている。

「失礼しました。大した用事ではございません。無粋をご容赦くださいませ」

二人の様子を見た郭晶は、揖礼した。

「わたくしめは消えますので。どうぞ、ごゆっくり」

「いえ！　いえっ！」

青蓮は立ち上がった。

「いたあ！」

そして書卓の角に膝をぶつける。どがんと音が響き、硯の墨が波打つ。

「郭学士こそ、何卒ごゆるりと！」

膝の痛みでつんのめりながら、青蓮はそう懇願した。悲鳴のようになったのは、痛さもあればそれ以外の何かもあるかもしれない。

「彼女もこう言っている。忙しくないのだったら、座っていったらどうだい。場所が場所だし、茶菓子は出せないけど」

見ると、統明帝は両手及び上半身で実録の山を押さえていた。実録が硯や筆に向かって崩れ、歴史が黒く塗り潰されることを防いでいたらしい。

「やれやれ。皇帝皇后両陛下のお誘いとあらば、断るわけにも参りますまい」

揃っておかしな体勢でいる青蓮たちを見比べると、郭晶はふうと息をついた。そして、二人から少し離れた所に、腰を下ろす。

少し離れた、といっても、これまでよりはずっと近い。膝の痛みに耐えつつ、青蓮は彼女を眺める。

美しい女性だ。切れ長の瞳には高い知性と強い意志が宿り、端整な容貌をより凜々しく引き締めている。密かに（あるいは大っぴらに）彼女に憧れる男性官吏は少なくないというが、それは彼女が未だ夫を持っていないからというだけではないだろう。

「おや、曠徳帝(こうとくてい)の実録ですか」

低く落ち着いた声が、書巻の背表紙に投げかけられる。

「昔話をね、していたんだ」

書巻を机から降ろし、自分の傍らに積み上げながら、統明帝が言う。国の歴史を地べたに置くのもどうかという感じだが、それは墨を零しかけた青蓮の責任だ。

「昔話、ですか。それは一大事」

やや大げさに目を見開くと、郭晶は青蓮を見てくる。

「長かったろう。文事や書巻や歴史に関わる話になると、陛下は大変饒舌になられる」

「ああ、いえ。――いえでもないか。長いのは、長かったです」

「ふふ。ご苦労さま」

青蓮の答えに、郭晶は相好を崩した。

そして、何となく察した。彼女も、青蓮が落ち込んでいることに気づいていた。それで、和やかに接してくれているらしい。

「陛下が文淵閣で実録や史書に親しまれるようになられたのは、皇太子に選ばれなさってからでしたね。私が文華殿で陛下に学問をお教えするようになったのと同じ頃のことなので、よう覚えております」

郭晶は、遠い目をする。そこに、普段は表に現れないような何かが漂う。おそらくは――優しさ。

「芸事にしか興味を示されなかった陛下が、突然文淵閣に籠もられるようになって。最初は喜びました。ようやく、詩文以外の学問にも興味を持たれたのかと。それが実際には友達探しであったと知った時には、何ともいえない気持ちになったものです」

「僕は、単に寂しさを紛らわすためにここに籠もっていたわけじゃない。古いことを学び直すことで、新しいことを知ることもできるじゃないか」

「故きを温ねて新しきを知る。私がお教えしたそのままですね。耳から入れたものを口から出すだけでは、学んだとは言えませんよ？」

「あ、ちょっと」

種をばらされた統明帝が、狼狽える。

「まあ、皇太子時代の陛下が様々に苦労されていたのは事実です。それまでは、道楽皇子としてあまり注目されていらっしゃらなかったのに、突然お世継ぎとして持ち上げられるようになられましたから」

苦笑を交えながら、郭晶が言った。統明帝は、うんうんと頷く。

「目覚ましい武功を立てた武人とか、突如評価されるようになった文人とか、そういう人って性格がおかしくなったりするだろ？　あれ、よく分かるよ。ああやって唐突にちやほやされたら、誰でも自分を見失ってしまう。僕はずっと無視し続けられていたから、勘違いのしようもなかっただけのことさ」

統明帝が、筆を手にした。

「生前に誰が皇太子か発表すること自体が、良くないよね。箱か何かに入れて厳重に封をしてしまっておけばいいんだ。で、皇帝が死んだ時にその封を開ける。随分とマシなやり方だと思うんだけど」

「なるほど。ご意見ごもっともと存じます」

頷く郭晶の表情は、真面目なものだ。

「選ばれた者が、その地位に甘んじて身を持ち崩すこともしばしばですし、選ばれなかった者との間で対立が生じることも少なくありません。明らかになっていなければ、その害をなくすことも叶いましょう。——途中で変えることも可能とすれば、なおよいでしょうな。我こそはと思う者たちが、選ばれるために切磋琢磨するはずです」

「なるほど。それはいい。他人を蹴落とすのではなく、自分を磨く。競争っていうのはそうであるべきだよ。どうせなら僕はそういう改革がしたいんだけどな」

皇帝らしからぬ口調で不平を漏らしながら、統明帝はくるくると筆を回す。親指の付け根の上辺りで回したり、人差し指と中指の間を行ったり来たりさせたり。何とも器用だ。

「陛下、お行儀が」

郭晶がぴしゃりと叱責する。

「いいだろ。まだ使ってない筆だから、墨が飛ぶことはないよ」

統明帝が、子供のような口答えをする。

青蓮はというと、黙ってその筆をじっと見つめていた。

「あ、面白かった？　仕方ないな。皇后の願いとあらば、もう少しだけ」

青蓮の視線に気づいた統明帝が、再び筆を回し始める。勢いをつけて高速で回したり、手の平の上で回したり、果ては投げて反対の手で受け止めたり。注目されて嬉しかったのか、先ほどよりも技巧が派手である。

「皇后の願いのためなら何でもする。亡国の皇帝にありがちな行いですね」

郭晶が、呆れたように溜め息をついた。

「いえ、回すのは別にどうでもいいんです」

筆を見つめたまま、青蓮は言う。郭晶がふふと笑い、統明帝はしょんぼりする。

そう、筆回しは問題ではない。大切なのは、筆なのだ。統明帝が、一本の筆を選んだ。

おそらくは様々な候補から、色々に検討を加えた上で——

「——あっ」

青蓮は息を呑んだ。頭の中にあるものも、記憶の底に沈んでいるものも。言葉にできるものも、感覚でしか摑めていないものも。すべてが一度に光を放ちはじめ、必要なものだけが瞬時に繫がっていく。そんな、奔流にも似た何か。

「思いつきました！」

すなわち閃きが、青蓮の元を訪れたのだ。

「それは？」

統明帝が、回していた筆を筆記する形で止めた。続けて、硯で墨を含ませる。流れるような手つきで、何とも格好いい。

「それは——」

深呼吸して、気持ちを落ち着ける。不安なのではない、怖れているのでもない。

青蓮は、逸(はや)っているのだ。獲物を指呼の間に捉えた獣の如く、奮い立っているのだ。

「——それは、こうです」

気持ちを落ち着けると、青蓮は改めて口を開く。

「『重宝』の値段を上げます」

これこそが、青蓮の閃いた奇策だった。

「ただ上げるのではなく、新たな価値をつけ加えます。分かりやすい形だと、箱を用意するのもいいでしょう。勿論ただの木箱ではなく、手にしただけで嬉しくなるような立派なものです」

「ふむ、ふむ」

青蓮の思いつきを、すらすらと統明帝が書き取っていく。早書きするために文字を省略し崩した草書だが、それでも見事である。楷書とはまた異なる美を纏っている。立派な「書」として通用するだろう。

「そうですね」

その美しさが、青蓮に新たな閃きをもたらす。

「箱には、皇帝陛下の書かれたものの臨書をつけましょう」

臨書とは、要するに筆蹟（ひっせき）を書き写したものだ。

「数文字くらいであれば、さほどの手間でもないでしょう。しかし、だからといって、簡単には真似できません」

「なるほどな。文字の巧拙は模様よりも判じやすい。陛下の書は独特の美を有しているから、写す側にも相当な技術が必要になる。しっかりした保証となるな」

郭晶が頷く。早くも青蓮の意図を察している。

「能筆家は基本的に士大夫の中にいるから、集めるのも簡単だ。字は、科挙に及第するための学問を積んでいるうちに自然と上達するものだ」

打てば響くように話が進む。郭晶の瞳にも、光が灯（とも）っていた。青蓮の興奮が、燃え移ってしまったかのようだ。

「はい。ですから、偽物を作りたければ科挙に落第している書生を使うことになります。でも、字が上手な書生さんって大体既に富豪の代筆の仕事を得ているんですよね」

牙人なら、誰もが知っていることだ。手紙や自伝を清書してほしい富豪も、勉強のための資金を稼ぎたい書生も大勢いる。そこを繋ぐのは、牙人にとって定番の稼ぎ扶持（ぶち）なのである。

「私も経験があるが、代筆の仕事は富豪相手なだけあって実入りがいい。後ろ暗い仕事にわざわざ手を出す者はいないだろう」

郭晶が、経験に基づいて青蓮の閃きを裏付けしてくれる。

「いやあ、困ったなあ。臨書されちゃうのか」

ところで、統明帝は二人の話をまったく聞いていない。話している内容はしっかり書き留めているが、明らかに別のことを考えている。

「しかし、偉大な書家たちに並ぶにはまだまだ研鑽（けんさん）が足りない。秘奥を極めるために、山に庵を結んで心静かに暮らし、然る後書に打ち込んで――」

「陛下」

郭晶が、鋭い声でもってぐさりと釘を刺す。刺された統明帝はひええと首をすくめる。何となく、学問を講じていた時の様子が偲ばれた。こういう師と弟子だったのだろう。

「陛下の書の評価につきましては、世上と後代とに任せましょう。我々のなすべきは、値付けにございます」

微笑ましく思いつつ、青蓮は話を続ける。

「値段は上げます。今出回っている偽物と最上級のものとの間くらいを狙いましょう。豊かではない民でも、どうにか買い求められるギリギリのところです。――さて、郭学士。中庸の徳とは、如何なるものにございますか？」

青蓮は、改まった物言いで質問を投げかけた。

「偏らざるをこれ中といい、易わらざるをこれ庸という」

郭晶が、淀みなくすらすらと答える。

「言い換えれば、いずれにも偏らないことを中といい、いつの世も変わらないものを庸という。それらを兼ね合わせた徳を、中庸と呼ぶのだな」

ただ暗唱するに留まらず、分かりやすい解説も付け加える。さすがは科挙に最も優秀な成績で及第し、一国の皇太子に学問を講じた人物である。

「まさにそういうことです。偏らず、誰にとっても程々というのは、古今東西よいことなのですね」

そんな郭晶に、青蓮は確信と共に断言してみせた。

「それは、お金を使う時も同じなのです。人はお金を使う時、高すぎず、しかし安すぎず、程々に使いたいものなのですよ」

小蘭は、宿の牀榻の上に、料理運びで稼いだ銭貨をすべて並べていた。

「三つ、四つ――」

一つ一つ、小蘭は指さしながら数える。読み書き算盤は一応身につけているのだが、そんなに得意ではない。たくさんの量を数える時は、こうして目の前に並べる必要があるのだ。村の幼馴染みに計算上手がいて、よくからかわれたものである。

「――うん、間違いない」

何度も数え直して、小蘭はうむと頷いた。

「これだけあれば大丈夫だね」

そして銅銭や銀貨を財布に入れ、荷物をまとめる。

出かける直前に、小蘭は部屋を振り返る。牀榻の枕の側にある、一通の手紙だ。この宿から出して、届いた返事である。寝る前に、何度も何度も読み返している。一字一句頭に入っているけど、それでも毎晩読み返してしまう。

「さて、買いに行こう」

返事の差出人は、幼馴染みである。計算上手で、すぐに威張ってくる彼へのお土産を、小蘭は買いに行くのだ。

まず小蘭が訪れたのは、鋪戸特区だった。

小蘭は、鋪戸特区があまり好きではない。雰囲気もあまり良くないし、売られているものの質も今ひとつだ。小蘭に見分けられるのはせいぜい茶や農作物くらいだが、売り物にならないようなものに値段をつけて売っている様子をしばしば見かけた。しかし、ものが安いことには安いので、とりあえず来てみたわけだ。

「おう、姉ちゃん」

威勢がいいというよりは柄が悪い声を、小蘭は掛けられた。

「この服はどうだい？」

相手は、やたらと大柄な男の人だった。頬に稲妻のような傷が入っていて、正直怖い。

「足を際どいところまで見せるのが最近の流行りだ。気になる男もイチコロだぜ」

小蘭のような小娘でも分かるほど、安っぽい売り方だ。何だか小蘭まで安く見られたようで、気分が悪い。

「どうも」

適当な会釈でやりすごすと、立ち去る背中に舌打ちが浴びせられる。態度も悪い。何から何まで悪い尽くしである。お世話になっている青蓮とは天と地ほどの違いがある。

すっかり辟易したところで、小蘭は新たに一軒の店を見つけた。

店先に、たくさんの磁器が並んでいる。見た感じ、とても素敵である。

「気になるかい」

店主が声をかけてきた。

「そうですね」

警戒は緩めないようにしつつも、小蘭は会話に応じることにした。少なくとも、今までの相手よりはましなように思える。

「最近話題の、帝室御用達の品々を知ってるかい」

「はい、知ってますけど」

「あれはいいぞ。好評ですぐに売れちまう」

なるほど、と小蘭は頷く。ということは、今並んでいるのがそれらしい。

「何を探してるんだい？」

「お土産です。地元に玄京(げんきょう)土産を持って帰りたくて」

「なるほど、ならその盃はどうだ。皇帝陛下も気に入ること間違いなしだと俺は思うぜ」

小蘭は盃に目をやった。色も鮮やかで、高級感がある。値段を見ると、そこまで高くはなかった。皇帝陛下の御用達の品はとても高価らしいが、これなら小蘭でも手が届く。

だが、早々と決めてしまってもいいものだろうか。折角なので、もう少し色々と見て回りたいのだが——

「さあ、どうだい。買うなら早く決めな。なくなっちまうぜ」

店主が迫ってくる。結局のところ、彼も鋪戸特区式の商いをする人間だったらしい。

「もう少し考えます」

そう言って、小蘭は逃げるようにその店を後にしたのだった。

次に小蘭がやってきたのは、市場だった。その中でも、伝統的な鋪戸――商賈（しょうこ）の店が軒を連ねる高級な一角である。

当然行き交う人の姿も高級だ。綺麗な服に身を包み、男の人も女の人もたくさんの装飾品を身につけ、輿やら馬やらに乗り、お供を何人もつれている。着の身着のまま一人ですたすた歩いているのは、小蘭くらいである。

すっかり萎縮しながらうろうろ歩き回り、小蘭はようやく目当ての店を見つけた。構えからして立派な店である。皇帝陛下の象徴である龍の図と、蕣の文字をあしらった看板が出ている。思わず緊張してしまう。

店の扉は閉じられていて、少し近寄りがたい。入る勇気が出ずに行ったり来たりしていると、大店（おおだな）のご隠居といった雰囲気の老人がやってきた。

老人は、こんこんと扉を敲いた。扉が開き、店の人がご隠居風老人を店へと迎え入れる。好機とばかりに、小蘭はそれに続くようにして店へと入った。

店の中は、広々としている。客も少なく、落ち着いた空気で満たされていた。様々な磁器が展示されている。様子を窺う限り、見る分にはただなようだ。

抜き足差し足で歩いて、小蘭は目立っている壺の前に立ってみた。

「うわあ」

磁器のことを、小蘭はさっぱり知らない。ちゃんとしたものに触れたのは、それこそ玄京に出てきてからである。

そんな小蘭にも、一目で価値が分かった。ものとしての佇まいが、圧倒的だ。才能溢れる人が、時間と労力と費用と熱意を惜しみなく注ぎ込んで作り上げた、名品だろう。

「ひえ」

値段を確認して、小蘭は気絶しそうになった。さっきのものとはまさしく桁違いだ。料理運びで稼いだお金だけでは手が届かない。こんな金額の品物自体、見るのが初めてだ。

いきなり挫けそうになったが、自分は壺を買いに来たのではないと思い返す。鋪戸特区で見たのは、盃だった。盃なら、ここまで高くはないだろう。

きょろきょろ見回すと、盃が見つかった。再びの抜き足差し足で、近づいてみる。

「はあ」

溜め息が漏れる。磁器のはずだが、まるで宝玉のような煌めきを放っている。これで飲めば、村の井戸の水でも天上の霊水の如き味わいとなるだろう。

しかし、値段もまた天上まで突き抜けている。先ほどの店の値段とはまったく違う。買えなくもないのだが、帰りの旅費までなくなるので、また長い間料理運びをすることになるだろう。

「よろしいかしら」

そんな声がして、小蘭は振り向く。離れた所に、豪奢そのものといった出で立ちの女性がいた。侍女と思しき女性たちに囲まれた彼女は、扇で店の人を差し招いている。いかにも貴顕のご婦人の仕草だ。

「こちらからこちらまでの品を、すべて」

そして、やってきた店の人にそう話す。まさしく貴顕のご婦人の買い方だ。

小蘭は店を出ようと決意した。小蘭はどうにも農民の小娘だ。ここは別世界すぎて、とても居続けることはできない――

「いらっしゃいませ」

しかし、出るに出られなくなってしまった。店の人がもう一人現れ、あろうことか小蘭に話しかけてきたのだ。

「どのような品をお探しですか？」

物腰は、随分と落ち着いて洗練されている。店にふさわしい感じの人だ。商賈と言うよりは、士大夫に近い雰囲気である。帝室が直接店を運営しているので、働いているのも官吏らしいという話を聞いたことがあるが、本当にそうかもしれない。

「いえ、あの」

そんな相手に丁寧に応対されて、小蘭は狼狽える。

「正直、ちょっと持ち合わせが足りなくて」

そして、いきなり結論を投げつけてしまった。恥ずかしさに押し潰されそうになる。何と間抜けな反応か。きっと無学なお上りさんと思われたに違いない。

「なるほど」

しかし、店の人は馬鹿にするでもなく軽んじるでもなく、ゆっくりと頷く。

「もしよろしければ、もう一つ皇帝陛下のお許しを得て商っているお店がありますので、そちらをご紹介いたしましょうか」

そして、迷える小蘭を案内してくれた。

「皇帝陛下御自ら鑑賞なさった最上級のものが、当店の品です。一方そちらでは、帝室のお墨付きであることには変わりませんが、もう少しお求めやすい品を揃えております」

「お求めやすい」という言葉の持つ魅惑的な力に導かれ、小蘭は教えてもらった店へとやってきた。

こちらの店も、同じく帝室の龍図と舜の文字が提示されている。商品が、むき出しで展示されていることもない。

しかし、さっきの高級店とは雰囲気が違っていた。扉は開いていて、気分的に入りやすい。出入りする人も、普通の街の人と言った感じで、あまり気後れもしない。小蘭は、早速店に入ってみた。

「いらっしゃいませ」

入った途端、店の人に声をかけられる。若い女の人だ。身に纏う空気はやはり士大夫に近いそれだが、先ほどの店の人よりも気安い雰囲気である。たとえるなら、駆け出しの新人官吏といった感じだろうか。猫を思わせるぱっちりとした目が、好印象だ。

「どういう品をお求めですか?」

「幼馴染みへのお土産です。わたし、班州(はんしゅう)の農民なんですけど、仕事みたいな感じで上京してて。折角なので、帰る時には何か持って帰りたいなと思ってるんです」

「そうなんですね。幼馴染みの方って、どういうお人ですか?」

大きな目をくりくりさせながら、店の人が訊ねてくる。

「まあ、意地悪だけど憎めない人です」

小蘭としては、もっと辛めの評価を伝えるつもりだった。だが、妙にいい評価になってしまった。これでは、なんだか好ましく思っているみたいである。ない、ない。そんなことは、ありっこない。もう少し正しい言い方に直さないと。

「なるほどなるほど」

しかし、何か言う前に店の人に素敵な笑顔で頷かれてしまった。これでは、修正するにできない。

「今は、なんだっけ、あの長城に行って働くやつ。あれを割り当てられてるんですけど、そろそろお勤めが明けて村に帰ってくるんです」

仕方なしに、小蘭は話を続けた。

「なるほど、徭役（ようえき）ですね」

小蘭がうろ覚えだった言葉を言い換えてくれつつ、店の人は視線を彷徨わせて少し考える。

「分かりました。それでは、少々お待ちくださいね」

答えはすぐに出たらしい。朗らかな笑顔でそう言うと、店の人は店の奥に向かっていった。

「お土産なら、こちらがお勧めですよ」

しばしの時間を経て、店の人は戻ってくる。何やら、木製の四角い箱を捧（ささ）げ持つようにしている。

凄く立派な箱だと、小蘭は感じた。木で作られた四角い箱だといえば、それまでだ。しかし、何とも言えず高級な味わいがある。大きさとか、素材とか、そういうものの組み合わせで、ただの箱とは一線を画す風格を放っているのだ。

――是蕣国之重宝也（これしゅんこくのちょうほうなり）

箱の蓋部分には、そう書かれた紙が貼られていた。書巻の表紙には本の題名を書いた紙が貼られているが、ちょうどあんな感じだ。

字はとても美しかった。ほっそりとしていて、しかし芯がある。字の形は美しく整い、大きさも見事に揃っているが、ただ等し並みに同じ大きさとしているわけでもない。よく見ると、一文字一文字の姿形に合わせて少しずつ違う。各々の文字ごとに、最もふさわしい大きさで書いているようだ。

「こちらの題簽は、皇帝陛下の御真筆を写し申し上げたものです」

店の人の言葉に、小蘭の胸が高鳴った。皇帝陛下の書いたものと同じ字で、「蕣国の大切な宝だ」と書かれているらしい。ただでさえ立派な箱が、さらに素晴らしいものであるかのように見えてくる。

「それでは、中身を」

店の人は、近くにあった卓の上に箱を置いた。文字に向かって揖礼を施してから、箱を外す。そして、中から二つの盃を取り出した。

柄とか、意匠とか。そういうものは、鋪戸特区で売られていたものとあまり変わりないように見える。

しかし、小蘭にはまったく同じとは思えなかった。比べると、石と宝珠くらいの差があるように感じられた。

「当代でも三大名工の一人に数えられる、蔣続の作です。彼は皇帝陛下に献上するほどの逸品を作る一方で、こういう手頃な品も作っています。一時期農民のためのものを作って暮らしていて、その時のことを忘れないよう今でも作り続けているそうです」

何だか、じわりとなった。小蘭も農民である。農民のために作ったもの、と言われると、自分たちのためのものであるかのように感じられる。

これを渡した時の、幼馴染みの顔を思い浮かべる。さすがに恥ずかしくて店の人には言えなかったけれど、これはお祝いの品だ。お疲れさまでした。いつもお手紙ありがとう。無事帰ってきてくれて嬉しい。そんな気持ちも込めて、渡そうと思っている。

これならきっと、幼馴染みも喜ぶはずだ。これならきっと——伝わる、はずだ。

「——でも、お値段はどうでしょう」

小蘭は、懸念を口にした。そう、最後はそこになる。お求めやすい、といっても。それは玄京のお金持ちの物差しで測った感覚ではないのか。

「こちらです」

女性が札を見せてくる。

「——ふむ」

お呼びではない、とまではいかない額だった。先ほどの店のものよりは、随分安い。ただし、鋪戸特区のものよりは、結構高い。大体、中間くらいの値段だ。

小蘭は迷う。出せなくはない。

心からのお土産だから、安く済ませたくはない。しっかりとしたいいものを買いたい。でも、あんまり高すぎるものには手が出せない。

そこまで考えて、小蘭ははっとした。安いのも微妙だけど、高いのもしんどい。そうしたら、これくらいがちょうどいいのではないだろうか？

箱を見る。蓋を見る。盃を見る。この盃を渡された幼馴染みの顔を、思い浮かべる。この盃でお酒を酌み交わす自分たちの姿を、思い浮かべる。

「わたし、決めました」

ついに、小蘭は決断した。

「これ、買います」


陸方臣（りくほうしん）の別荘は、今日も赤々と光を灯していた。

「――ってなわけで、最近の売り上げはさっぱりでして」

頬に大きな傷のある男が、ふて腐れたような口ぶりで言う。

「言い訳はやめろ！」

それに対して、陸方臣が甲高い怒鳴り声を浴びせた。傷のある男は、すいませんと形だけ詫びる。

「使えん連中だ」

陸方臣は、二人がけの大きな椅子に腰掛けている。異国風の華々しい意匠と、威厳とは無縁な彼の姿は、ひどくちぐはぐだった。

傍らには、あの色目人の女性が腰掛けていた。しなだれかかるようにして陸方臣に体を密着させ、その顎の下や頬をくすぐるように撫でている。

「なぜだ。あちらの値段が上がっても、こちらは据え置いた。だというのに、なぜ」

その艶めかしい指遣いにも反応せず、陸方臣は唸った。その瞳には、異様な光があった。

今までの彼とは少なからず異なる血走った憤怒が、激しく明滅している。

「計画は既に動いている。上が決めたことなのだから、変更はない」

陸方臣は、居並ぶ男たちを睨み回す。

「お前たちも、結果を出せないならそれまでだ。『あの方』から何と言われるか、覚悟しておくんだな」

それまで、女の身体ばかり見ていた男たちが、目を見合わせた。不安と畏怖が、視線に乗って行き交う。それを引き出したのが誰であるかは、火を見るより明らかだった。勿論、陸方臣ではない。彼の上にいる、何者かだ。

「結果は、稼ぎだけではない。潰すべきものが潰せるのであれば、どんな手を使っても構わん、と『あの方』はおっしゃっている。意味は分かるな?」

男たちの間に、荒々しい空気が立ち上った。野蛮で凶悪な、無法者の空気だ。

「俺は、しばらく玄京を離れる。お前たちには話せんが、上から他に大きな役割を与えられたからな」

陸方臣が、女性の腰に荒々しく腕を回した。女性は身をよじり、陸方臣の耳元で悩ましげな吐息を漏らす。陸方臣の目から怒りが消え、ぎらぎらした欲望へと入れ替わる。

「来たるべき次の世では、競争がすべてとなる。結果を出した者が生き残り、出せなかった者は餌となる。勝者がすべてを手に入れ、敗者はすべてを失う。敗者は勝者の前に跪き、許しと慈悲と寵愛を乞うのだ」

下卑た形に歪む陸方臣の唇から漏れるのは、新しい世を称える言葉だった。

「――そういうわけで、売り上げは日々伸びています」

売り上げを記した紙の束を、郭晶は統明帝の書卓の上に置いた。

「素晴らしい。これなら庭園に置く石を買えるんじゃないかな。大きくて面白い形のものをたくさん揃えたい」

統明帝が、目を輝かせる。

「陛下？」

紙の束から手を離さず、郭晶は統明帝を睨みつける。

「冗談だよ、冗談」

「小臣も、陛下の文才は古今に並びなきものと敬い申し上げております。ですが、おっしゃるご冗談に関してましては、また異なる評価が必要となりましょうな」

溜め息交じりに言うと、郭晶は紙から手を離した。

「それにしても、凄いね。仙人の方術か何かのようだ」

紙に目を通しながら、統明帝はしきりに感嘆の声を上げる。

「いったい全体、どうなっているんだい？」

そして、青蓮の方を向いて訊ねてきた。

「私は道術の修行を積んだわけではありません。あくまで牙人としての、商賈としての経験に基づいた思いつきです」

ふふ、と微笑むと、青蓮は説明を始める。

「『中庸』というものは、君子の徳であると同時に商いの基本の一つでもあるんです」

「そうなんだ」

皇帝が、驚いた。

「これは、あくまでたとえ話ですけど」

そう前置きして、青蓮は話し始める。

「たとえば服を売っている店で、一番儲けが大きくて注文してもらえるとありがたい服があるとします。それを買ってもらうためには、あえてさらに高いものを用意するんです。するとその高い服と比較して安いように思えて、皆が買ってほしい服を買ってくれるようになります。比較する対象ができてから、初めて程々の値段なのだろうと判断してくれるんです」

人の値段に対する感覚は、必ずしも数字それ自体に基づいているわけではない。同じ値段でも、より高いものを脇に置かれると少しお手頃に感じるようになる。より安いものを脇に置かれると、若干高級だと感じるようになる。そういうものなのだ。

「しかし、値段を上げるという判断には驚いた。理屈は分かったが、高くするとより売れるというのはどうにも信じがたい」

　郭晶が、顎に手を当てて考え込む。

「お気持ちはよく分かります。値上げが嬉しい買い手はいませんからね。しかし、今度は立派な箱が付いてくる。皇帝陛下の御筆を臨書したものもついてくる。少しばかり高くても、買った時の喜びはそれ以上になるのです」

「そこも比較、というわけか」

　郭晶は頷いた。青蓮の説明に、得心がいったらしい。

「値段は上がっているが、その分前よりもいい買い物ができる。そういうふうに買う者が感じられるなら、上げる意味はあるのだな」

「おっしゃる通り。さすがです」

　これは追従ではない。郭晶は、本当に飲み込みが早い。自分の先入観を捨て、新しい考え方に切り替える柔軟さも持ち合わせている。少しばかり経験を積めば、立派に商賈として独り立ちできるだろう。

「買い物は、それ自体が大切な体験です。品物は、それを入れる箱も含めてが品物です。決して、余計なものをつけてむしり取ろうというのではありません。ものを買うという営みを、より素敵なものにしてもらおうと考えています」

　人間は算盤ではない。毎日数字を計算し、最も有利な取引だけを繰り返していれば、それで幸せなどということはない。人の「得」とは、しばしば数字にできないところに存在しているのだ。

「行いと言えば」

青蓮の説明が一段落したところで、徐潜が口を開いた。

「偽物を売っている連中が、鋪戸特区を訪れる者に対して強要や脅迫を行う事例が複数報告されております。禁軍なども協力して、召し捕らえております」

いつも通り淡々とした口調でそう報告してから、徐潜はもう一言つけ加えた。

「『みんなを笑顔にする商い』で笑顔になれなかった者がいるわけですが、よいでしょう。悪党の高笑いは、望ましいものではありますまい」

「徐潜が冗談を言った、だと」

郭晶が愕然とする。

「さては、このところ陛下と親しくお話しする機会が増えたせいか。朱に交われば赤くなる、とはよく言ったものだ」

「ちょっと、僕が悪影響を与えたかのような言い方はやめてくれないかな」

統明帝がぶーぶーと文句を垂れる。

「薫陶よろしきを得ております」

再び真面目くさって徐潜が言い、青蓮は吹き出してしまった。

「ひとまず、すべては上手く行っているということでよさそうだね。善哉、善哉」

そう言って、統明帝は椅子の背もたれに体を預けた。統明帝の顔に浮かぶ笑みは、心からのものであるかのように見える。

青蓮の心に、ぽっと何かが灯った。和やかで、穏やかで、温かく、幸せな、何か。

商いが上手く行けば、勿論嬉しい。「みんなを笑顔に」という目的が果たせたのなら、尚更だ。しかし、この感覚はどこか違う。今まで経験したことのない、手触りがある。国家規模のものを、首尾良くまとめられているからだろうか？　いや、それも違うように思える。

こんなにも自分の気持ちが分からないのは、不思議なことだ。また腑に落ちないのが、そんなにも謎めいたものだというのに、ちっとも嫌な気分がしないのである。

牙人としてではなく、皇后としてでもなく、一人の青蓮として。統明帝が穏やかに微笑んでいることが、嬉しいようだ。

「おや、日が落ちたかな。随分暗くなってしまった」

青蓮が思いに耽っていると、統明帝がそんなことを言った。

「重宝の報告が、なかなか上がってきませんでしたからね。想定以上の売り上げで、きりきり舞いだそうです」

郭晶が、書卓の上を見やる。

「明かりを用意しましょうか」

徐潜が、そう訊ねる。

「大丈夫、自分でやるよ。郭晶と徐潜は、今日のところは帰っておくれ」

統明帝は、青蓮を見てきた。

「折角のめでたい時間は、皇后とゆっくり過ごしたい」

「――え？」

青蓮は、きょとんとする。

「二人っきり。誰にも邪魔されずにね」

統明帝は、じっと青蓮を見つめてくる。

「えっ、えっ」

青蓮はおろおろする。視線を外そうとして、外せない。まるで、囚われてしまったかのように。身じろぎ一つ、できない。

胸が、高鳴る。統明帝の笑顔に、青蓮はすべての肩書きを下ろしてしまっていた。牙人としてでもなく、皇后としてでもない自分。それは、隙だらけで無防備な、青蓮そのものの青蓮だ。

「いいね」

統明帝は、青蓮から目を離さない。訊ねるかのような物言いだが、その実承諾を強く求める積極的なものである。

「どうぞ、ごゆっくり」

いつかと同じことを、郭晶が言ってきた。徐潜は、特に冗談も言わず黙っていた。

「え、え、ええっ？」

それはつまり、何の助けもない、ということだった。

「帝賞法の規模を、拡大した方がいいかもしれないね。店で働く人間は勿論として、品を増やすんだ」

良い紙とか、良い硯とか、欲しいものを優先するおつもりでしょう。お見通しですよ。頭の中で返事は浮かんでくる。しかし、言葉にできない。

「どこかで立ち止まるべき場面が来るだろうけど、それまでは強気で続けるのが面白いと思うんだ」

ただ、頷くことしかできない。

二人がいるのは、青蓮が初めて乾健宮に来た時、統明帝がいた部屋だ。あの、一対の椅子があるだけの寂れた部屋だ。

今は、椅子以外にも様々なものがある。壺が一つ、卓が一つ。盃が二つ、酒瓶が一つ。皇帝が一人と、何も言わずに首だけ振る皇后が一人。

色々揃っているが、明かりの類は用意されていない。差し込む月の光だけが、部屋を柔らかく照らしている。

「――おっと、いけない。めでたい時間をゆっくり過ごすつもりが、まだ政の話をしてしまっている」

そう言って苦笑すると、統明帝は窓の外を見やる。

「昔の文人の受け売りだけど、月はやっぱり秋が一番だ。最も綺麗で、最も澄んでいて、そして——最も切ない」

月明かりに照らされる統明帝の横顔は、息を吞むほどに美しい。青蓮は思わず見とれてしまい、それからぱっと目を逸らす。

彼に比べたら、自分なんてへちゃむくれだ。そんなことを、青蓮は考える。一緒にいるのが申し訳なくなるくらい、美しくもなければ可愛らしくもない。

どうしてしまったのだろうか。青蓮は、自分で自分が分からなくなる。今までこんなふうに感じたことなど、なかったのに。外見のことを気にしたことなど、なかったのに。

「文事に夢中だった頃には、『寝ても覚めても政ばかりしているような皇帝なんてつまらない』なんて思っていたものだけれど。変わるものだね」

統明帝が、瓶を手に取り、酒を注ぐ。

「両人対酌して、山花開く。一盃（ぱい）、一盃、復（また）一盃」

まずは、自分の前のものに。そして、青蓮の前のものに。

「先代の好きだった詩でね。酔うとこの詩を詠じた。そしてすぐに寝た。そもそも山も花も見えないじゃないかなんて思いながら、風邪を引かないようにあれこれ世話したなあ」

瓶を置くと、統明帝は盃を手に取った。そして、少しばかり掲げると、口をつける。

青蓮も、慌てて盃に手を伸ばした。両手で挟むようにして持ち上げ、少しだけ掲げ返す。

「頂戴します」

初めて出た声は、自分のものとは思えないほどにか細いものだった。

頂戴しますと言ったからには、飲まねばならない。青蓮は、盃をぐいっと呷る。

香りも味も、よく分からなかった。喉を通る時に感じる熱から、そこそこ強いものらしいとは思われた。

「そんなに緊張することはないよ」

青蓮が置いた盃に、統明帝は酒を注ぎ足してくれた。

「ここにいるのは、君と僕と、二人の影と、そして月くらいじゃないか」

そう言ってから、ふふと照れたように笑う。

「ちょっと気取りすぎだね。しかもくどい。推敲が必要だ」

なんと言ったものかと青蓮が困っていると、統明帝はもう一度口元を緩め、それから自分の盃の酒を飲み干した。

青蓮はおずおずと瓶を取り、空になった盃に酒を注ぐ。

「ありがとう」

統明帝が、嬉しそうに微笑んだ。

「どうして」

青蓮の口から、出し抜けに言葉が飛び出した。

「どうして急に、二人でお祝いなどと」

酒のせいだろうか。いきなり、滑らかに話してしまう。

「期間限定とはいえ、君は皇后じゃないか」

統明帝が、心外だと言わんばかりに目を見開いてきた。

「皇帝と皇后が、夜を二人で過ごすことに、何の問題があるんだい？」

青蓮の耳が熱くなる。これは、多分、酒のせいではない。

「お戯れは、よしてくださいまし」

青蓮は、盃を取ってそっぽを向いた。そのまま、二度三度と口に運ぶ。やっぱり、味も何も分からない。胸がひどく高鳴り、むせてしまいそうだ。

自分くらいの年の女性なら、ある程度こんな場面の経験があったりするものだ。しかし、青蓮にはない。ただの一度も、だ。

今までの人生で、男性に対して一切心が動かなかったというわけではない。好意に近いものを示されたことも、まあある。

しかし、実際に物事が動くことはなかった。自分にとって牙人が第一で、それの妨げになるものは遠ざけてきた。あるいは、自分から遠ざかってきた。困ることはないだろうと思っていたし、実際になかったのだ――これまでは。

どうすべきなのか、まったく分からない。どうすればいいのか、見当もつかない。どうしたいのかさえ――はっきりしない。

「お戯れは、どうか」

そして、ただ同じ台詞を繰り返す。

「戯れでもないんだけど」

統明帝の言葉が、耳ではなく胸に直接飛び込んできた。鼓動が、弾けそうになる。そっぽを向いたまま、青蓮はその場に硬直する。わずかにでも動いたら、心臓が飛び出してしまいそうだ。

「そうだな。ゆっくり酒を酌み交わしながら、君と話したくなったんだ。これでいいかい？」

「いやだと言ったら、どうなさるのですか」

青蓮はつっけんどんに答えてみせた。

「哀しむね」

統明帝が言う。少しだけ掠れた声の醸し出すやるせなさに引っ張られ、思わず青蓮は統明帝に目を戻した。

その青蓮の視線を、統明帝の瞳が受け止める。逸らそうとするけれど、できない。まただ。また、彼の瞳に縛(いまし)められてしまっている。

「ふふ」

捕まえた、と言わんばかりに、統明帝が微笑む。

「陛下は、お意地が悪うございます」

そう言うと、青蓮は盃を一気に空けた。顔が熱い。酒のせいなのか、統明帝のせいなのかは、もう分からない。

「意地悪なのは君だよ。どうして、いやだなんて言うんだい？」

空になった青蓮の盃に酌をしながら、統明帝が訊ねてくる。

「——別に、いやでは、ございません」

青蓮は、そう答えた。酒の勢いなのか、青蓮の本音なのかは、もう分からない。分かるような気もするけれど、分からないことにする。

「そうか。なら問題はないね」

統明帝が、にこりとした。ずっと、主導権を握られっぱなしだ。牙人としては、とんでもない醜態である。

しかし、今はそうじゃないのだから、いい。皇后とか牙人とかいった肩書きを下ろしたところでうっかり捕まってしまったのだから、仕方ない。そうやって理由をつけて、青蓮はこの状況に身を委ねる。

「君は言ったね。みんなを笑顔にしたい。それが、自分の志だと」

「ええ、まあ」

「どうして、そういう志を立てることにしたんだい？」

普段、あまり明らかにはしないことだ。はっきりといきさつを知っているのは、アドリアと谷乙（こくいつ）くらいだろう。

「子供の頃の話です」

だが、青蓮は素直に話すことにした。

統明帝には、聞いてもらいたい。そう思ったのだ。彼は、青蓮を励ますために自分の抱える孤独について打ち明けてくれた。それに対して同じだけの何かを返したいという気持ちが、湧き上がってきたのだ。気持ちの天秤のようなものを、釣り合ったものにしたいのだ。

あるいは、それだけではないかもしれない。もう一つ、別の気持ちがある。

「私の両親は、とある地方の胥吏でした」

自分のことを、統明帝に知ってほしい。——そんな気持ちが。

胥吏。それは、庶民の立場でありながら公の職務を果たす者をいう。当然科挙に及第してもおらず、その地方地方で直接取り立てられる。そして、中央から派遣されてくる官人の下働きとして活動するのだ。

一般的に、胥吏の印象はよくない。たとえば玄京の胥吏なら、厳しい監視下にあるため、法と倫理に基づいて粛々と働く。立ち居振る舞いも、士大夫のそれに近い気品のあるものになっていく。

しかし、地方だと話は別だ。広い中夏では、いかに工夫しても隅々まで中央の目は届かない。結果として、横柄で、かつ欲深さを剝き出しにした者が大手を振って歩き、半ば公然と賄賂を要求することもしばしばなのだ。

朝廷も、それを黙認する方向に舵を切った。玄京周辺を除いた胥吏の正式な俸給を低く設定し、賄賂を取ることで暮らしを立てろと暗に示唆したのだ。こうすることで、国庫の支出を抑えようとしたのである。

ほとんどの地方胥吏は、謝礼という形で民から賄賂を取るようになった。額に応じて便宜を図ったり、上役に鼻薬を効かせる者も多くいた。胥吏への付け届けはほとんど日常の風景と化し、役所で堂々とやり取りが行われるのも珍しい話ではなくなった。

低低官、という隠語がある。官の中で最も身分が低い胥吏は、民の中で最も低劣な者がやる仕事だ。低いの二段重ねで低低、というわけである。

「いきなり厳しい話だ」

統明帝が、しょぼくれた。盃を空け、すぐに手酌で新たに満たす。よっぽど堪えたらしい。

「はい。胥吏は存在そのものが腐敗の温床です。改革するならそこにしてください。変な市場もどきみたいなのとか、正直要らないです」

折角なので、民の声をげしげしぶつけてやる。統明帝がますます小さくなった。何だか可愛い。もっと意地悪したくなる。

「ふふ。まあ、それはそれとして」

とはいえ、あまり虐めるのも可哀想である。そもそも、胥吏が「低低官」なのは昔からの話で、統明帝に直接責任があるわけではない。

「まあ、例外もいるんですよ。私の両親とか」

青蓮は、話を続けることにした。

青蓮の両親は、共にとある地方の胥吏だった。二人とも仕事には熱心で、また能力も高く、官人の間での評判は常に良かった。賄賂を取らず、しかも誠実に対応するため、民からも愛された。

そんな両親の間に生まれた青蓮は、二人の働く姿を見て育った。青蓮は二人に憧れ、いつしか子供たちの間で胥吏の真似事をするようになった。新人胥吏・青蓮の働きぶりは好評で、子供たちは揉め事が起こると青蓮の元に持ち込むようになった。青蓮は問題解決に全力を尽くし、いつかは本物の胥吏にという大志をその胸に育んでいた。

「いいや」

「駄目よ」

そんな青蓮の夢を、あろうことか両親は揃って否定してきた。いつも優しい両親の変貌に青蓮が愕然としていると、父が言った。

「お前はもっと大きな舞台で活躍すべきだ」

「そうね。科挙を受けなさい。貴方が相手をするべきなのは、天下国家よ」

母も、父の言葉に賛同した。青蓮は熟考に熟考を重ね、両親の助言に従うことに決めた。

かくして、青蓮は科挙を受けるべく勉強を始めた。科挙は、制度の上ではすべての臣民に門戸を開いている。士大夫の生まれではない青蓮でも、努力を積み重ねれば及第する可能性はあるのだ。

最初に通ったのは、社学の入学試験だった。社学とは、村々に置かれていて、民衆に最も基本的な教育を施す場である。そこでよい成績を収めた青蓮は、県学というさらに規模の大きい教育機関へと移った。

その県学で定期的に実施されている試験に通過し、青蓮は生員と呼ばれる資格を得た。科挙を受けるために必要なものである。青蓮は、目標への糸口を摑んだのだ。

青蓮は学問に打ち込んだ。周囲の生員たちが、科挙に及第するための暗記や伝手作りに明け暮れる中、先人の教えや歴史上の出来事を真面目に学んだ。

この姿勢も、両親の影響だった。結果が出せたら、それでいい。成果に繫げるためなら、手段は選ばない。両親の働き方は、そういう貪欲な自己中心さとは正反対のところにあった。誠実に、実直に。生じている一つ一つの問題と向き合い、関わる一人一人の人間と相対し、地道に一歩一歩解決を目指す。それが、両親の姿勢だった。

そんな両親の努力の結果は、華々しくはないが常に堅実なものだった。生まれた成果は、数字だけでは測ることのできない厚みを持っていた。青蓮は、そのやり方を受け継ぐことを目標に掲げた。

遠回りと言えば遠回りなやり方だったが、青蓮は決して周囲に後れを取りはしなかった。懸命に勉強し、試験があれば常に上位の成績を収めた。

両親のやり方を、言い訳にはしたくなかったのだ。地に足をつけることを、壁が越えられない理由にしてはならない。受け継ぐとは、ただ模倣すればいいわけではない。受け取ったものを、次の段階へと押し進めねばならないのだ。両親が築いた土台の上に、新しい何かを積み上げたい。そう志して、青蓮は日々研鑽を重ねた。

大変だが楽しい日々は、しかし長く続かなかった。誰にも手の届かないところで、青蓮の命運は大きく揺り動かされたのだ。

青蓮が十四歳の時、彝に疫病が流行した。人々は次々と倒れた。原因も分からず、治療法もなく、病魔は国中に蔓延(まんえん)した。不安に乗じて略奪を働く盗賊の類が出没し、朝廷が兵を送りようやく鎮圧するということもあった。

そんな中、青蓮の両親は文字通り粉骨砕身で働いた。州や県でも全力を挙げて対応していたが、その支援はどうしても行き渡りきらなかった。民の間では不満が、官の中では苛立(いらだ)ちが、それぞれ募りがちだった。

そこを繋いだのが、青蓮の両親だった。民の間の不安を和らげ、上層部が見落としがちな部分をきめ細かに報告し、ともすれば分裂し断ち切られがちな両者の紐帯(ちゅうたい)を根気良く結び続けた。官の視点を持ち、民の心を抱く。そんな彼らだからこそ、できることだった。

そして。猖獗(しょうけつ)を極めた病がついに沈静化した時、限界を超えて働き続けていた両親は倒れた。青蓮や、彼らを慕う人々の献身的な介護にもかかわらず、彼らはついに快復することがなかった。

「疫病のことは覚えている。父が随分悩んでいたものだ」

そう言ってから、統明帝は目を伏せて沈黙した。

「聞いてすまなかった。あまり人に話さない理由が分かったよ。とてもつらいことだし、僕なんかには分からない苦労もたくさんあっただろう」

ややあってから、顔を上げて詫びてくる。

「いいえ。謝らないでください」

盃片手に、青蓮はにこにこ答えた。

「強がりとかじゃなくて心からの言葉ですけれど、私は本当につらくないんです」

本心からの言葉だ。

「その時は、確かに哀しかったです。凄く泣いたし、今もよく夢に見ます。でも、もう大丈夫なんです」

実際の青蓮は、もう哀しみを乗り越えている。

「両親が生き方を通じて教えてくれたことを支えに、私は頑張ってきました。思い出したくないとか、誰かに話したくないとか、そんなことは全然ないです。私にとっては、柱のようなものなんです」

両親を失った青蓮を、引き取ろうと言ってくれる人もいた。かつての両親の上長や、両親の友人たちの中には、縁談を世話しようと言ってくれる人たちもいた。

県学の教諭は、玄京の教育機関である国子監への紹介を申し出てくれた。女性として初めて大学士まで昇った人物も、国子監の出身だ。青蓮の直向きな努力を知る教諭は、そう言って励ましてくれた。

しかし、青蓮はそれらすべてを断った。もし世話になれば、きっと申し訳なくなってしまうと分かっていたからだ——やりたい放題やることが。

婚約し結婚してしまえば、嫁ぎ先の家を支えることが仕事になる。国子監に通う監生は種々の費用を国から給付されて学ぶため、その恩義を背負うことになる。いずれの場合も無茶ができなくなり、進むべき道が限定されてしまう。

両親の喪が明けてから、青蓮は早速その「やりたい放題」を開始した。死後支払われた慰問金、そして、半ば押しつけられるような形で受け取った関係者一同からの義援金を元手に、玄京で商いを始めたのである。

仕事として商賈を選んだのは、年も氏素性も問われないからだった。やりたい人間がやりたいと思えば始められる、そんな気儘さがあった。

職種を牙人に決めたのは、牙人が人と人を繋ぐことを使命としているところだった。まさに、青蓮の両親がやっていたことである。彼らから受け継いだものを、新しい段階に進めるにあたって、ぴったりの仕事だった。

玄京は、青蓮にそこまで優しくはなかった。騙されたこともあるし、危険な目に遭ったこともある。

しかし、素敵なことも勿論あった。たとえば、親友を得られたことだ。

「何や自分、うちと年変われへんのとちゃうの」

親と共に遥か西からやってきた色目人、アドリア・チェチーリア・カリニャーニ。

「友達になってくれるのかい？　嬉しいな。今度、美味しいお菓子を持っていくよ」

代々牙人の家に生まれた御曹司、谷乙。

同じ商賈、同じ牙人といっても、青蓮たちは各々まったく違う背景と性格と特性を持っていた。そしてだからこそ、強い絆を結ぶことができた。

アドリアも谷乙も、商いについては青蓮よりもずっと知識や経験があった。青蓮は二人から謙虚に学び、貪欲に吸収した。やがて自分なりのやり方を見つけ、身につけた。それまでとは逆に、二人からの相談に乗ることさえできるようになった。

励んできた学問も、青蓮を助けた。科挙に及第するための手段としてではなく、学問そのものに向き合って学んだことで、小手先の技術ではない、確固たる地盤になっていたのだ。

いつしか、人生でも牙人として働く期間の方が長くなった。両親の名から一字ずつとって命名した仁英店(じんえいてん)は、広く名を知られるようになった。そして、今に至るのである——

「なるほどね」

統明帝が、深々と頷く。

「――まあ、そんな感じです」

それまでの饒舌さはどこへやら、青蓮は俯いてしまう。急に、決まり悪くなったのだ。

誰かに自分のことを知ってほしいというのは、人間にとって自然な気持ちだ。そしてそれだけに、慎重に取り扱い手綱を引き締めねば暴走してしまう。

「他人に自分を理解してもらえるかどうか気にする前に、自分が他人を理解できているかどうか心配すべし」。昔の立派な人はそう己を戒めたというが、正反対のことをやらかしてしまった。統明帝が聞いてくれるのをいいことに、「学問を頑張ったこともある」だの「仕事で成功した」だのと自慢を繰り広げてしまった。実にみっともない。

「貴女のことを、また一つ知ることができた」

恥ずかしさとやましさで打ちひしがれる青蓮の内心を、統明帝がそっと撫でてくる。

「嬉しいよ。教えてくれてありがとう」

あの屈託ない微笑みで、包んでくれる。

「そんな、そんな」

つらい気持ちが消えていく。代わりに、くすぐったいような、温かいような、そんな気持ちで胸が満たされていく。

「すっかり元気を取り戻したようだね。――落ち込んでいて、心配したんだよ」

統明帝が、ふと真面目な顔をする。

「一緒に喜んだり落ち込んだりしてくれる人がいて、嬉しい。それは本当だ。でも、気がかりでもあった。『重宝』の偽物が現れた時の君は、ひどく落ち込んでいたから」

「そうでしたね」

思い返して、青蓮は少しばかり不思議なことに気づいた。

——あの時点で青蓮を落ち込ませていたのは、自分の失策一つで多大な影響が生じるという責任の重さだった。そこで統明帝が励ましてくれて立ち直り、冴えたやり方も思いついて壁を乗り越えられたわけだが、よく考えてみるとこれは少し妙である。

責任の重さに悩んでいたのだとすれば、統明帝に励まされたからといってそこまで効果はないはずだ。原因であるところの責任については、何ら変わりはないのだから。辻褄が合わない。どうして自分は、勇気を出せたのだろう？

考えてみても、答えは出ない。そもそも、考える能力が自分で分かるほど低下している。頭はぼんやりしているし、気持ちはふわふわしている。すっかりお酒が回ってしまっている。少し外に出て風に当たるとか、冷たいお水をもらうとかした方がいいのだろうか——

「青蓮という名前も、親御さんがつけてくれたものなのかい？」

統明帝が、そう質問してきた。ぼんやりした考えが、ふわりと消えてしまう。

「はい、そうですよ。蓮の花に青色ってないでしょう？　だから、他にない人間になれるだろうってことでそうしてくれたらしいです」

青蓮は答えた。名前の由来について話すなんて久々で、なんとも懐かしい。

「ああ。とても君らしい。むしろ、君が名前にふさわしい人に育ったというべきかな」

統明帝が、微笑んだ。

「えへへ、そうですかね」

自分の名前を気に入っている青蓮だが、こうも真正面から褒められると照れてしまう。

「そう言えば、陛下のお名前は何というんですか？　統明帝っていうのは、皇帝としてのお名前ですよね。ついでに元号にもなりますけど。私、彝の皇帝陛下の諱って存じ上げないかもです」

照れ隠しに、青蓮は思いつきの質問をしてみる。皇帝に諱を聞くとは、言うまでもなく不敬極まりない行為である。照れ隠しに不敬を働くというのも無茶苦茶な話だが、酔っているのだから仕方がない。ほいほい飲ませる統明帝が悪いのだ。

「元号のついでに統明帝と呼ばれているだけっていった方が、しっくり来る気もするけどね」

そう言って笑ってから、統明帝は手にしていた盃を卓に置いた。こつりという微かな音が、月の光と混じり合う。

「僕の諱は、煶(こう)という」

そこに、統明帝の声が重なる。

「ちなみに父の諱は櫑(らい)、祖父の諱は灞(は)だ。——口で言われるだけじゃ分からないよね。書いてみせたいけれど、あいにくと筆はない。さて、いかがしたものか」

しばらくうーむと考えてから、統明帝は指を鳴らした。

「そうだ、いいことを思いついた」

ぱちり、と綺麗な音が響く。この文人ときたら、指鳴らし一つにも華やかさを纏わせることができるらしい。

「手を貸しておくれ」

統明帝が手を伸ばし、青蓮の手首を掴む。はっとする間もなく引っ張られ、袖の下に隠れていた手首までが露わになる。ただそれだけのことなのに、ひどく恥ずかしい。

「ここに書けばいい」

そう言って、統明帝はもう一方の手の指で青蓮の手の平を撫でてきた。くすぐったさと心地よさが、青蓮の体の芯に甘やかに響く。

「あっ――」

堪えきれず、声が漏れた。微かに身をよじる。しかし、もう片方の手でしっかり手首を掴まれていて、逃げられない。蕩けてしまいそうな頭に必死で活を入れながら、青蓮は文字の姿を思い浮かべる。

左側に火。右上に日を書き、その下に光と加える。焻。

「珍しい字、ですね」

統明帝は上下反対に字を書いてくれたので、簡単に想像できた。字を構成する部分それぞれは日常的に使うものだが、組み合わせが独特だ。

「ああ。明るいさまを形容するための字だそうだ。ま、そんな感じだよね。字のどこを取ってもちかちかしていて、目に痛い。──さて、次は親父の檑か。何でも、昔は戦の時に城壁から大木を落として攻撃したそうでね。その木の名前なんだ」

統明帝の指が、青蓮の手の平の上で踊る。

「祖父の灞は大変だよね。さんずいに覇王の覇なわけだけど、書くのは一苦労だ。左右の画数の釣り合いが悪すぎて、上手く仕上げるのが難しい。逆さまでできるかな?」

はらいのたびに甘美さが弾け、とめのたびに物足りなさが頭をもたげる。

「よく、分かりました」

ようやく書き終わったところで、青蓮はそう言った。もう、息も絶え絶えだ。

「面白いだろう」

統明帝が、ようやく手を離した。青蓮は乱れる息を整えようとする。こんなことになっているのを知られるのが、恥ずかしい。

「皇帝の諱と被ったものは使うことができなくなるから、珍しい字にするのが彞国の不文律なんだ」

統明帝はというと、気づいているのかいないのか分からない様子で話を続ける。

「初代が『章元(しょうげん)』でね。文章の章に元服の元だよ。どっちもよく使うから、世の中が大混乱になったらしい。新しい言葉を作ろうとしたり、文字の最後の一画を書かないことで避けたことにしたり。ややこしすぎるから、二代目が『初代の諱については避けなくてもまあいいよ』ってことにしたんだって」

ははは、と統明帝は笑い飛ばした。しかし、一緒になって笑うことが青蓮にはできなかった。そのしきたりが、何だかとてもやるせなく思えたのだ。

「お名前の字が、使われなくなってしまうんですね」

煬という文字は誰も書かなくなり、この世から消え去ってしまう。まるでそれは、自分が消えてしまうような感覚でもあるのではないか。

「そうだね。——前も言った気がするけど、うちの一族はやたらと名前がある。皇帝になれば、皇帝としての名前がつけられる。死ねば、生前の功績を称えて諡（おくりな）が贈られる。一緒に、廟号っていうのも用意される。先祖代々の廟に入るための、戒名みたいなものだね」

指折り数えてから、統明帝は苦笑する。

「それぞれ一応使いどころがあるけど、諱にはない。諱というのは、目上の存在か、本当に親しい同輩や身内が呼ぶ時に使うものだ。残念ながら、皇帝にはどちらもいないからね。因果な生業だよ」

統明帝が、盃を空けて卓に置く。先ほどよりも、少しだけ大きな音がした。中が空になったから、だけではないだろう。

「私は、今のところまだ皇后です」

統明帝の盃に酒を注ぎながら、青蓮は話し始めた。

「期間中は、陛下の隣を歩む者です」

大分軽くなった酒瓶を置くと、統明帝を見つめる。

「陛下の、親しい身内です」

はっ、と。統明帝が小さく息を呑んだ。

「煥様。これまでよう励まれました。どうか、今夜くらいはお心をお休めくださいまし」

そっと、青蓮は微笑みかける。

統明帝は——煥は、幾瞬か動きを止めた。それから、瞼を閉じる。青蓮の言葉を、ゆっくり噛みしめるかのように。

煥が、瞼を開けた。その瞳には、今までにない炎が灯っていた。それは明るく、熱く、激しく燃え盛っていて、見つめられている青蓮の身体さえも焦がしてしまう。

「ありがとう、青蓮」

煥は、青蓮を捕らえた。諱を呼ぶ声で、そして伸ばした手で。

手首を摑まれる。さっきよりも、ずっと強く。青蓮の口から、言葉にならない声が漏れる。

何となく、こうなる気はしていた。分かっていて、それでも青蓮は逃げなかった。

煥の手に、青蓮はもう一方の手を重ねる。彼の身体が、少しだけ動いた。どきりとしたことが、伝わってくる。

握ってくる力が、より強くなった。声にもならない吐息を、青蓮は漏らす。この先どうなるかも、何となく分かる。分かっていて、青蓮は流れにすべてを任せる。目に見えない霧のような何かに、包まれた感覚。月の光さえ、それをすり抜けることはできない。二人は、二人きりになる——

——どん、と。

——ひどく荒々しい音が、入り口の方から響いてきた。

突然のことに、悲鳴さえ出ない。身体は金縛りに遭ったように動かせず、青蓮はただその場に固まる。

「何やつか」

焜は青蓮から手を離すと、そう誰何(すいか)した。強く、鋭く、威厳に満ちた声が、青蓮を硬直から解き放つ。

青蓮は入り口を振り返った。そこには、一人の男がいた。

大柄で筋肉の盛り上がった、威圧的な体格をしている。頭は仏僧の如くそり上げ、頬には稲妻のような傷が走っている。凶相、と言っていい。

男は、大きな丸太の如き棒を肩に担いでいた。棗木梃(そうぼくてい)だ。その重さでもって相手を破壊する、原始的で暴力的な武器である。

「へへ、へ。見つけたぜ」

男が、歯を剝いて笑った。その殺気だった視線は、焜一人に向けられている。

青蓮は、足が震えるのを感じた。怖い。野蛮で粗暴な敵意に、意思とは無関係にすくみ上がってしまう。

「誰かある！」

煋が、そう呼びかけた。

本来なら、近くにいる錦衣衛なりが速やかに駆けつけてくるのだろう。しかし、誰も来ない。先ほど煋が二人にしろ、と言ったから徐潜が離れているのだろうか。いや、それもおかしい。

「なんで？　どうして？」

上ずった声で、青蓮は繰り返した。頭がまったく回らない。酔いは一瞬で吹き飛んだが、だからといって酒精が瞬時に身体から抜けることもない。

加えて、青蓮は激しく狼狽してもいた。青蓮とて、身一つで商いを行ってきた人間である。ごろつきのような人間に脅されたり、危険な目に遭いかけたりという経験をしたことは何度もある。そのたびに腹をくくって立ち向かい、自らの身を守りつつ退けてきた。

今なら分かる。その時は、しっかり覚悟を決めていたから何とかなったのだ。心に鎧を纏っていたから、どうにか持ちこたえられたのだ。ひとたび無防備な状況で不意を打たれれば、この有様である。自分で自分が情けない。

「単身内城に闖入し、以て朕を害さんとするか。その意気やよし」

一方、煋は不敵なほどに落ち着き払っていた。椅子から立ち上がり、酒瓶を手に男へと近づいていく。

「焜様！　危のうございます！」

青蓮は、悲鳴のような声を上げた。自分も立ち上がりたい。けれども、立てない。足が震えて、思うように動かせない。

「大丈夫だよ」

振り向かずにそれだけ言うと、なおも焜は歩みを止めない。

男が、わめき声を上げげた。担いでいた棗木梃を振りかざし、焜へと打ちかかる。

——青蓮が目をつぶる間もなく、ことは終わった。

焜の頭を打ち砕かんと振り下ろされた棗木梃は、空を切った。代わりに、棗木梃をかわした焜の手が閃き、磁器の瓶が男の頭に叩きつけられる。

仮借のない勢いで叩きつけられた瓶は、粉々に砕けた。さすがに男の頭まで砕けはしなかったが、それでも頭の皮膚が割け血が噴き出した。

悲鳴と共に、男がよろめく。焜はその隙を逃さず、男の顎と鳩尾へと立て続けに拳を叩き込む。

男は呻き声を上げ、その場に倒れ込んだ。じたばたともがくが、立ち上がれない。息も上手くできない様子で、とても苦しそうだ。急所である顎や鳩尾をしたたかに打たれ、すっかり動けなくなったようだ。

「大蕣の皇帝は常に戦場に身を置くのがならわしだ。当然、幼い頃からそのための修練も積んできている」

棗木梃を部屋の隅に蹴り飛ばすと、熀は言った。

「自ら敵将の首をいくつも挙げた初代のようにはいかないけれど、刺客風情に討たれるようなヘマはしないよ」

「──熀様！」

ようやく青蓮は立ち上がることができた。転びそうになりながら、熀に駆け寄ってしがみつく。

「まだ離れていた方がいい」

熀は優しい声でそう言うと、ふとその口調を悪戯っぽいものへと変えた。

「この刺客ときたら、とにかく力だけはありそうだからね。君にこうしてしがみついてもらえるのは悪い気がしないけれど、それはこの男をつまみ出してからでもいい」

「なっ──」

思わぬ軽口に赤くなり、青蓮は熀から離れる。ふふと笑うと、熀は男に馬乗りになる。

「あっ──がっ！」

その時、男が悲鳴を上げた。首をかきむしり、もがき、のたうち回る。熀の加えた打撃とはまた別の何かが、彼を苦しめているように見える。

「しまった、毒か」

熀がそう言うのとほぼ同時に、男が動くのを止めた。ぴくりともしない。呼吸でわずかに上下することさえない。石のような──あるいは石そのものの冷たい硬さが、男の身体を覆い尽くす。

「陛下！　陛下はいずれにおわすか！」

外から、そんな声が聞こえてきた。徐潜だ。

「ここだよ、徐潜。僕も、青蓮も無事だ」

彼の声が終わるか終わらないかのうちに、徐潜が姿を現した。短刀を手にしている。短刀からは——鮮血がしたたっていた。

「大丈夫。いや、大丈夫とはいえないか。もう死んでるんだ」

男を見るなり短刀を構える徐潜に、焜がそう言う。

「申し訳ございません。御身に不逞（ふてい）の輩を近づけましたること、万死に値いたします」

構えをとくと、徐潜は短刀を捨てて両膝を突いた。

「本来ならば、なぜこのような事態を招来したか説明申し上げた上で、お裁きを待つべきでありましょう。ですが、何卒今はまず、御身お大事に」

そして、そう訴える。何か、ただならぬ様子である。

「どうしたんだい？」

青蓮と同じことを感じ取ったか、焜が真剣な口ぶりで訊ねる。

「この乾健宮を含む複数の建物に火が放たれました。今すぐ難を避けられますよう」

古来より中夏には「案」という言葉がある。人心を乱すような不穏な事件を指し、彜代では「彜の四案」と呼ばれるものが有名である。

その四つの事件のうち、二つは第八代皇帝である統明帝の代に起こっている。「瓶撃(へいげき)の案」、及び「焼宮の案」である。

統明四年のある日、皇后と盃を交わしていた統明帝を刺客が襲った。統明帝は手近にあった酒瓶で刺客を撃って退け、ことなきを得たとされる。これが「瓶撃の案」である。

そしてその直後、乾健宮は炎上した。火は内城の他の建物――儀式を行うための和泰殿(わたいでん)や、皇后の住まいである坤勢宮(こんせいきゅう)などでも起こり、それらの全てを焼き尽くした。こちらは、「焼宮の案」と呼ばれる。

いずれの「案」も、その真相は明らかではない。彜の歴史を記した「彜史」でも、統明帝の治世を記録した「交宗章皇帝(こうそうしょうこうてい)実録」でも、ただ事実が記されるのみである。

第六章

長城の外側を、中夏（ちゅうか）の民は塞外（さいがい）と呼ぶ。王朝の天下にあらざる地、文化の外にある地と見なし、自ら訪れることはない。

しかし、他のあらゆる物事と同じように、そこには例外がある。長城を内から外へと越える者が、存在するのだ。

たとえば、未だ見ぬ地を目指す旅人であり。あるいは、中夏から逃亡を図った咎人（とがびと）であり。

あるいは——命を帯びて密かに訪れた使人（つかいびと）である。

家畜の草地を探し移動して暮らす猲犴（かつがん）は、組み立てと解体が簡単なゲルと呼ばれる住居で暮らす。骨組みの上から、羊毛で作った布を被せるという構造のものだ。

集団を率いる首長のものともなれば、規模も内装も大変豪華である。住居の大きさ立派さが住む者の権威を表すという価値観は、様々な文化において共通したものなのだ。

陸方臣が案内されたゲルも、そのように大きく派手なものだった。入り口には幸福をもたらすとされる天馬を描いた旗が掲げられ、中は狩猟で得られた猛獣の毛皮をふんだんに用いて飾り立てられている。

「とある方の命を受けて、文明輝く中夏の地より参った陸方臣、字を方福と申す」

陸方臣は、立ったままで名乗った。それから、獨豻の言葉で言い換えようとする。

「やめろ」

発音も文法も拙いそれを、一人の男が煩わしそうに遮った。

「下手な喋りを聞かせるな。うんざりする。貴様が何を言っているかくらいは、ここにいる者は皆理解できる。そのまま喋れ」

男性は、中夏の言葉でそう促す。

切れ長の瞳は苛烈な光を放ち、日に焼けた頬には野性そのものの剽悍さが漂う。均整の取れた体軀は鍛え上げられた強靱さを示し、床の敷物の上にあぐらをかいて座る姿は、彼が中夏と異なる文化で呼吸する存在だということを表している。

エスデル可汗。獨豻を率いる首長である。

年の頃は、中夏の舜国が戴く統明帝・朱焜と変わらない。しかし、その纏う空気は正反対だと言えた。

「これはこれは。中夏の言葉を使いこなせるとは、可汗は聡明でいらっしゃる」

追従に効果がなかったことを、陸方臣は気づいていないようだった。自分たちと同じ言葉を話せることが、すなわち知性の証である。そんな傲慢な考え方が表れていることにも、無自覚であるようだった。

「くだらん前置きはいい。本題に入れ」

エスデルの突き放した物言いに、陸方臣はぎょっとした表情を見せた。しかし気を取り直して、話を再開する。

「わたしの主は、彝の朝廷で重きをなす方です。そして主は、貴方と誼を通じたく思っております」

陸方臣は、まるでそこが話の肝要であるかのように言葉を切った。そして、肩透かしを食らったような顔をする。エスデルも、彼に従う他の面々も、興味を示さなかったのだ。陸方臣は、「偉大な中夏の民」の重要人物と繋がりが持てるというだけで、「塞外の蛮族」は喜ぶと考えていたらしい。

「お前たちは何をもたらすのだ」

エスデルが言った。陸方臣はきょとんとし、ややあってから笑みの隙間に侮蔑の色を挟み込む。エスデルが、利害や損得のみで動く人間だと判断したらしい。誰よりも自分自身がそうであることは、この際問題ではないようだ。

「はい。我々は、あなた方が長城を越える手助けをしたい」

陸方臣の言葉に反応したのは、エスデル自身よりもその周囲に侍している者たちだった。瞳に闘志を燃やし、今にも飛びかからんばかりに腰を浮かす。

「ぐ――具体的には、攻め入るにあたって最も良い日取りや、場所をお教えします」

陸方臣は怯み、それから内心を隠そうとするかのように聞かれていない部分までぺらぺら喋る。

「お前たちは、なぜ自分たちの皇帝を裏切る」

エスデルが問うた。臣下たちと異なり、彼は落ち着き払っている。

「今の皇帝は、旧態依然たる価値観の持ち主であり、臣下の発案する改革を理解するだけの知恵さえ有しません。皇后を迎えてからは政もろくに行わず、宮に籠もりきりで酒色に溺れる始末です。持って生まれた地位に甘んじ、下らぬ文事に現を抜かす。少しばかり見た目がいいのを除けば、何の取り柄もございません。まさに暗君です。裏切るのではありません。徳を失ったため、よりふさわしい人物と交替させるのです」

陸方臣が、極めて危険な考えを述べた。エスデルは特に興味も示さず、さらに質問を重ねる。

「お前たちは、我々を引き入れた後どうするつもりだ。ある程度領土を割譲する用意があるのか。それとも、略奪を許してお前たちの皇帝の権威を傷つけることが狙いなのか」

「いいえ。そのいずれでもありません」

陸方臣は、勿体ぶるような素振りを見せる。

「今の皇帝を戦場に引きずりだし、皆様と一戦を交えさせた上で、捕虜としていただきます。そして、我々は中夏によりふさわしい皇帝を即位させるのです」

エスデルの臣下たちは、揃って唖然とした。エスデル本人でさえ、驚きの色を見せる。

「詳しい話は、これから改めて詰めて参ります。美味い酒や美しい女性の笑顔があれば、互いに胸襟を開いて話すこともできましょう。聞くところによると、獦豣の女性は皆逞しく、中夏の女にはない魅力があるとか」

陸方臣の頰に、にやついた笑みが浮かぶ。

「分かった。下がれ」

そこに投げつけられたのは、エスデルの冷淡極まりない一言だった。

「まだ、色々と話すことはございます。獦豣にとって、戦とはただ襲って殺すだけのものでありましょう。しかし、本来戦とはもっと複雑で高度なものなのです。みすみす、それを学ぶ機会をふいになさるのですか？」

自尊心を傷つけられた様子の陸方臣が、言葉を続ける。

「真摯な諫言としてお聞きください。あなた方のその単純すぎる考え方が晸を滅ぼし、あなた方は輝ける中夏からむさ苦しい草原へと逃げ出す羽目になったのですぞ。ただ力に任せて暴れるのではなく、少しずつでいいので物事を考える姿勢を身につけ――」

「早く消えた方が身のためだ」

その言葉を聞いて、陸方臣は黙り込んだ。おそらくは、ようやく気づいたのだ。

「俺は単純すぎる人間でな。殺したいと思った相手はすぐに殺してしまう」

草原の狼の怒りを、自分が買ってしまったということに。

顔面蒼白になって震える陸方臣をゲルから追い払うと、エステルは思案に耽った。

彼がその身に纏うのは、獦豻の伝統的な衣装である。一枚の布からなり、左側を前にして合わせ、帯を巻く。下半身には、二股に分かれた筒状の衣料を穿いている。中夏の民の袍と異なり、馬にまたがることを前提として作られた服装だ。

「可汗、いかがなされるか」

臣下の一人が、獦豻の言葉でそう訊ねた。彼も、その他の者たちも、エステルと同じ種類の服を着ている。

「あの男や、その後ろにいる者の誘いに乗るのはいかにも不愉快だ。しかし、長城を越えて再び中夏に攻め入ることは、我らが先祖から引き継いだ悲願でもある」

他の臣下も、口を開く。

「長らく続いた内乱も、可汗の勝利で片がついた。再び攻め入る機は熟したと言えるのではないか」

「もう一度、我々が覇を唱えるのだ」

剝き出しの荒々しさで、臣下たちは口々に言い募る。

「あの男の言うことは、どれだけ信じられるだろうか」

一人が、そう指摘した。話しぶりにも、内容にも落ち着きがある。

「目ばかり爛々として、雰囲気にも妙なところがあった。自分が成り上がることにばかり心を奪われて、真っ当な判断ができなくなっているかのようにも見受けられた」

その外見は、他の獦豻の者たちとは異なっていた。頭には長い布を巻きつけ、首元から足先まである長袖の服を着ている。肌は褐色で、黒い髭をたっぷりと蓄えている。回教を信仰する、回回人（かいかいじん）だ。獦豻が馬で草原を駆けるなら、回回人は駱駝（らくだ）にまたがり沙漠を渡る。広く移動する生き方が通じることもあり、両者は長きにわたり親密な関係を築いてきた。

「イブラヒムの言う通りだ。建前と面子（メンツ）を重んじる中夏の連中の間では、おそらく下も下な男であろう」

初めてエスデルが口を開いた。

「だからこそ、ある程度言っていることは信じられるとも言える。あの愚かさは、装おうと思って装えるものではない。あの男が口にした言葉は、すべて誰かの受け売りだな。卑しい欲や感情が顕（あらわ）れた部分と、そうでない部分を比べれば明らかだ。案ずるに、そういう人間をあえて使者として送り込むことで、逆に言葉に確かさを持たせようとしているのではないか」

エスデルの言葉には、深い洞察と冷徹な判断があった。彼が、馬や弓矢の扱いだけで可汗に推戴されたわけではないことがよく分かる。

「だとすれば、やつの『上』だという人間は相当に頭が切れる。引き続き、話を聞くらいの値打ちはあるだろう」

「可汗のお言葉、納得いたしました。——ただ、あえてもう一つ申しますが。あのような愚者を捨て駒として使いとし、我々をおびき寄せて痛撃を食らわせようと目論(もくろ)んでいるとも考えられます。その場合は、いかがなさいますか」

イブラヒムと呼ばれた回回人が、重ねて問う。

「それはそれで、望むところだ。蹴散らしてくれよう」

「——神の思し召し(インシャアッラー)のままに」

エスデルは即答し、イブラヒムは彼らの言葉でその意を受けた。

「挑まれた戦いを、獦犴の民が避けることはない。その企みごと、やつらを打ち砕くまでのことだ」

牙を剝く狼さながらの剽悍な笑みを、エスデルは浮かべた。

「これはこれで、望ましいなあ」

草を食(は)む羊さながらの呑気な笑みを、煶は浮かべた。

「間取り、内装、建材、設計。文人の書斎としては理想だね。四代目はちょっと性格が難儀な人だったけど、趣味の良さは歴代でも屈指だな」

自分のご先祖様を偉そうに評価しながら、しきりに頷く。

ここは澄神堂。四代目の洪真帝が、独りで書画に親しみ気持ちを落ち着ける場として造った建物である。内城の建物の中でも最も奥に位置しており、焼け落ちた宮殿からも離れているため、延焼を免れたのだ。

「しかも、僕の持ち物ととても相性がいい。ご覧よ。どれもこれも、まるでこの部屋のために誂えたかのようじゃないか」

両手を広げて、煬はくるくると回る。彼の指先にあるのは、たとえば蔣続から献上された壺であったり、筆掛けに置かれた筆であったり、あの日青蓮と煬が酒を酌み交わした盃だったりした。徐潜やその部下たちが、乾健宮から持ち出してくれたのである。

「おっしゃることは、何となく分かります」

くるくる回ることはせず、青蓮は目だけを部屋のあちこちへと向けた。

全体的に、こぢんまりとしている。青蓮の部屋よりも狭いだろう。しかし、単なる広さ狭さでは測れない価値を、この澄神堂は有していた。

明るい窓に、清らかな机。実に知的で、落ち着きに満ちた空間だ。さほど文人的な趣味を持ち合わせていない青蓮でも、ここでゆっくりと読書などしてみたくなる。晩秋の冷気が、あまり忍び込んでこないのもよい。

――乾健宮は、全焼した。いくら手入れが行き届いていなかったとはいえ、建物としては一国の皇帝の住まいにふさわしい立派なものだった。しかも、あれと同規模の建物がいくつも全焼してしまったという。

「しかし、ただそれを喜んでいてよいのですか。事実上、内城が灰燼に帰してしまったようなものなのですよ」

　蕣国として、これは深刻な打撃というしかない。

「まあそうだね。乾健宮の入り口とか玉座の上に掲げていた額は、歴代でも一番の能筆家だった三代目が遺したものだ。対聯なんて、初代が書いたものなんだよ。錦衣衛に無理をさせるわけにはいかなかったら諦めたけど、焼けてしまったのは本当に惜しい」

　煬が、残念そうに言う。被害の価値基準がおかしい。

「僕が代わりに書くしかないな。初代はともかく、三代目に並ぶものを書くのは挑戦だなあ。でもやり甲斐はある」

　しかも、すかさず新たな作品作りに意欲を燃やし始める始末である。この文人皇帝ときたら、理想的な書斎を手に入れたのをいいことに、肩書きから皇帝の部分を外すつもりではないだろうか。

「曲者は、狙うなら文淵閣の方がよかったかもしれませんね。建物よりも、書巻が燃えた方がこの皇帝には効果がありそうです」

　ついつい、青蓮は意地悪を言う。

「怖いことを言わないでおくれよ。そんなことになったら、僕はきっと立ち直れない。過去と未来の両方に、合わせる顔がなくなってしまう」

煬が、恐怖に戦く。ざまあみろである。

「彝国は、文物の面でも取り返しのつかない打撃を受けることになる。そこまでは、向こうも望んではいないだろう」

ふと表情を消して、煬は何事か呟いた。

「煬様？」

「――いや、何でもない。しかし、今日はいい天気だね」

そして、話題を逸らそうとする。

「天気の話をしている場合ではありません。ご存じでしょう。民は哀しむだけではなく、応援するために帝賞法の品々を買ってくれてさえいます。富裕な者の間では自発的に財産を寄付する流れが生まれ、再建のための資金は着々と集まっております」

「ありがたいことだよ。僕は民に恵まれた皇帝だ」

煬が、照れくさそうに言う。

「そうですね。でもそれでは済まないのです。――徐潜からの報告にもあったでしょう。民の心の深いところで、不安が流れ始めています」

「むう」

煬が呻いた。

「一つお訊ねします。中夏において火事や天災は、どういう意味がございますか？」

「皇帝の不徳の現れだ」

青蓮の問いに、焜は不承不承といった様子で答えた。

「火事にせよ洪水にせよ、凶作にせよ飛蝗の大群にせよ。災いというものは、天からの警告とされる。『皇帝が徳を失っていることに天が怒り、災いをもたらす』という考え方だね」

民心の深いところに存在する不安。それは——焜の皇帝としての資質への懸念である。

「でも、僕は納得いかないんだ。そんなもの、迷信じゃないか」

ふて腐れた面持ちで、焜は椅子に座る。

「王様の仕事が亀の甲羅を焼いて天気を占うことだった頃ならいざ知らず、今は彝の時代だよ。玄京(げんきょう)には、仏教の寺院もあれば道(タオ)教の道観もある。天主教の天主堂(チャペル)さえある。仏に帰依する者もいれば道を敬う者もいるし、天主(デウス)の子として洗礼を受ける者だっている。なのに皇帝の宮城が燃えた時だけ、一致団結して『天』とやらが皇帝を見放した徴(しるし)ということにするのかい？　それともなにかい、僕は古今東西の神仏からよってたかって嫌われているとでもいうのかい？」

「大変理に適(かな)ったお考えですね。しかし、それでは解決いたしません。迷信は、人が言葉に耳を貸さず迷い込むからこそ『迷信』なのですよ」

両手を腰に当てて、青蓮は言う。

「彝に君臨する偉大な皇帝が、大きな火事で焼け出される。突如として、今までになく弱々しい姿を見せる。すると人々は、形のない不安に駆られます。そして、そういう曖昧模糊としたものを説明するためには、はっきりと辻褄の合わない理屈が必要とされるのですよ」

青蓮がそう締めくくると、煜はうーんと腕を組んだ。

「理屈では人が動かない。感情で人は動く。いつも君が言っていることでもあるね」

しかつめらしく頷いてから、煜はふっと微笑んだ。

「ありがとう。君には本当にたくさんのことを教えてもらった。郭晶と並んで、君は僕の大切な師と呼ぶべき存在だ」

皇帝の師とは、また立派な肩書きである。恐縮しつつも、ふと青蓮は閃きを得る。

「いいことを思いつきました。内閣とは別に、専門の分野について優れた見識を持っている人を集めるんです。そして、意見を諮(はか)ったり、疑問を問うたりする場として——」

「でも、大丈夫だよ。僕や政について、意見を述べてくれる必要はもうない」

浮ついた青蓮の気持ちを、煜は突然引きずり下ろした。

「期間は今日までだ。明日から、君はもう皇后じゃない」

そして、地の底へと葬り去ってしまう。唐突に、一方的に、そして決定的に。

「え?」

ぽかんと口を開けることしかできなかった。彼が何を言っているのか、自分が何を言われているのか、理解が追いつかない。

「これまで君の貢献は高く評価している。最初に出資してもらった分は然るべき利子をつけて返済するよ」

「出資」「利子」「返済」。ひどく事務的な言葉を用いて、統明帝が言う。

「これからは、君の人生を生きてくれ」

その時、青蓮は気づいた。焜が、もうあの時のように青蓮のことを名前で呼んでくれなくなっていることに。

「どうして、ですか」

茫然としたまま、青蓮はそう訊ねた。

「それは――」

焜は言い淀んで俯き、それから決然として顔を上げる。迷いを、振り払うように。

「僕は、もう二度と自分の過ちで誰かを傷つけたくない」

迷いの元を、断ち切るように。

「内城まで刺客が入ったということは、あることを示唆している。暴漢を手引きした者がいる、ということをね」

またしても、帝の言葉を青蓮はすぐに理解することができなかった。

「内城に火を放った犯人たちも、あの暴漢と同様の毒で事切れていた。どちらも、同じ人間が裏で糸を引いていたということだ」

難しいことを言っているのではない。分かりにくい言い方をしているのでもない。

「僕の暗殺も、内城への放火も、同じ目的にもとづいて行われたんだよ」

恐ろしすぎて、理解できない。

「相手が狙っているのは、僕の玉座。皇帝の地位の簒奪（さんだつ）だ」

書斎の空気が、鉛に変じてしまったかのようだった。息ができない。身じろぎ一つすることも、叶わない。

「わ、私」

それでも、青蓮は言葉を絞り出した。あの暴漢が現れた時、青蓮は何もできなかった。熀一人に危険を押しつけて、自分は後ろで震えているだけだった。あんな思いは、もうしたくない。

「私、武術を学びます。体を動かすことはそんなに得意じゃないけど、せめて自分の身くらいは守れるようになります。だから」

「そういうことじゃない」

厳しく叱責された方が、まだよかったかもしれない。ひどいことを言われた方が、まだましだったかもしれない。

「そういうことじゃないんだ」

こんなにも哀しそうな目で、首を横に振られるくらいなら。

「君は、あまり人に話さないことを話してくれた。だから、僕も話そうと思う。文淵閣で話したのとは違う、もっともっと惨めな話だ」

話し出す熀の周りを、漆黒の何かが取り巻き始める。

「宦官という存在がいた。後宮でうごめく、国を亡ぼす諸悪の根源の如く見られがちな存在だ。しかし、我が大舜帝国においてはそういうことはなかった。生まれてこの方、ずっと帝室に籍を置いている僕が言うんだから間違いない。宦官に、実権はなかった」

あの闇だ。長きにわたって舜国が積み上げて、そして皇帝の肩書きと共に彼に背負わせた、歴史という名の冥暗。

「初代の作った決まりに、『宦官を重んじるな』というものがあってね。その決まりが、忠実に守られていたんだ。初代は、歴史上宦官のせいで滅びる国が多かったから、その弊害を除こうとしたんだろう。でも、思わぬ問題が生じた」

深淵より立ち上る漆黒の陰が、焜の言葉にまとわりついていく。

「ある程度大きくなってからだと、野心が備わってしまう。ならば、子供のうちにさらってきて学をつけさせなければ、余計なことを考えなくなる。読み書きさえ教えず、思索も思考も奪う。そういう考え方が生まれた。そして、農作物か何かを改良するように、よりふさわしい宦官が生産されるようになった」

焜のつく息が、微かに震えた。

「人の行いではない。舜は、後世に汚名を残すことだろう」

慄然（りつぜん）としたものが、青蓮を捉える。焜は、静かに――怒っている。

「宮女も同様だ。所有物であるから、一度仕えれば二度と外には出られない。所有物であるから、人としては扱われない。講談で語られるような華やかな暮らしは、あくまで作り話だよ。本当はもっとつらい。つらくて、暗くて、救いがない」

煬が、両手の指を握り合わせた。

「歴代の皇帝は、誰も彼もお人好しでね。どうにかその辺をよくできないものかと、あれこれ工夫した。しかし上手くいかなかった。

皇帝たちは、実録にその努力の跡を残した。はっきりと言えることは、はっきりと。はっきりと言えないことは、言葉の使い分けで暗示して。僕はそれを読んで、考えた。彼らの遺してくれた先例を元に模索して、『最高のやり方』を思いついた──気で、いた」

煬の指先が、赤く充血する。よほどの力で握りしめているのだろう。

「多分、僕は思い上がっていたんだ。何も考えないで、今まで通りのやり方を繰り返すのを最低に愚かだとするなら。頭で考えただけのやり方で、今までの仕組みを無理やり変えてしまうのは、最低の次に愚かだ」

その指先の赤さは、彼の言葉にまで染み渡るかのようだ。

「僕は、皇帝になってすぐに、すべての宦官と宮女に暇を出した。これまでの皇帝が思い通りに政で手腕を振るえなかった大きな理由は、しがらみだ。長く続けるに従い、様々な面倒事が生まれる。でも、新しく即位した瞬間にはそれがない。大きく何かを変えるなら、即位の直後だと考えたんだ」

血を彷彿させる赤と、闇に包まれた黒。鮮やかにしてどこか毒々しい、彼の人柄には本来ふさわしくないような対比が、彼を包んでいる。

「甘かった。確かに後宮という仕組みを壊すことはできた。宦官も、宮女も、その檻から解き放つことができた。

僕が考えていなかったのは、その後のことだった。後宮と外は違う。そこでの決まりごとに適合してしまった者たちは、外の社会では上手くやっていけなかった」

青蓮も、何人かの元宮女の仕事を工面したことがある。しかし、上手くいったわけではない。宮女の持つ技術というのはとても特殊で、後宮以外の場では応用が利かなかった。一方で当人は「皇帝に近しく仕えていた」という誇りが高く、完全にしっくりくる場所は見つからなかったのだ。

宦官に至っては、もっと苦労していると聞いている。社会は彼らを蔑視し、疎外さえした。食うに困って自ら命を絶った例も、少なくないという。

「でも、決して元には戻せない。僕はこの手で詔勅を起草した。『大葬帝国ある限り、かくの如き隷人を宮中に置くことを許さず。是即ち太祖の法に準ずるものと知るべし。何人たりとも背くべからず』とね」

極めて強い表現だ。国が滅びでもしない限り——あるいは滅びたその後もなお、この決まりが覆されることはないかもしれない。

「僕の言葉は汗のようなものだ。流れた汗を元に戻すことができないように、言ってしまったことは取り消すことができない」

そう言って、焜は青蓮を見つめる。

「同じことは、繰り返したくないんだ。僕のせいで、誰かを不幸にするわけにはいかない」

煐が息を吸う。決定的な言葉を、口にしようとする。

やめて。青蓮は、心の中で懇願した。言葉にはできない。それでも、目で訴えかける。

「そういうことなんだよ」

しかし、煐はやめない。取り消すことができない最後の一言を、口にする。

「ここから先は、君の力ではどうにもならない。もう、君の役割は終わったんだ」

何か、胸のとても奥の方を引き裂かれたような感じがした。

その裂け目は、ひどく大きく。風が吹き抜けては、じくじくと痛む。

「分かりました。陛下の仰せのままにいたします」

隙間を通り抜ける風が、音を立てた。言葉となって、煐へ——統明帝へ向かって、青蓮の口から放たれる。

「逆らうことはいたしません。私は、陛下に仕えるただの臣民にすぎませんから」

統明帝の顔が、苦しそうに歪む。それを見て、青蓮は気づいた。

今、自分は。取り返しのつかないことを、言ってしまったのかもしれない。

彼が青蓮にだけそっと見せてくれた無防備な部分を狙って、刃(やいば)を突き立てるような。

そんな残酷なことを、してしまったのかもしれない。

「失礼、いたします」

青蓮は、部屋から飛び出した。彼がどういう表情をしているかは見なかった。見ることが、できなかった。

夕日の光が、澄神堂に差し込む。冬も近づき、日が落ちるのは随分と早まっている。設計した四代洪真帝は、軍事でも内政でも数々の成果を残した一方、その苛烈な人柄から毀誉褒貶(きよほうへん)半ばする人物でもある。しかし、この部屋に漂う穏やかな空気には、彼が皇帝という鎧の下に隠していた繊細さが表れているかのようであった。

夕焼けの色に染まる書斎の中で、現在の主である統明帝は物思いに耽っていた。表情は、尽きせぬ憂愁で覆われている。大切な何かを自ら手放さざるを得なかった者だけが持つ、空虚さを伴った苦痛。それが、彼の呼吸に入り交じっている。この書斎において最も脆(もろ)い存在は、あるいは彼であるかもしれなかった。

その姿を見て、郭晶(かくしょう)は強い後悔に囚われた。

彼女は、済んだことを悔やむ人間ではない。一度の失敗は、その改善とさらなる成功で埋め合わせてきた。一時の気の迷いから結婚を約束した相手との関係を解消した時も、世間一般の男女より遥かに早く立ち直った。

それでも、今。郭晶は、悔いずにはいられなかった。彼をこんなふうにしてしまう前に、できることがあったのではないか。彼女と彼を引き合わせた自分には、その絆を死守する責任があったのではないか。

郭晶にとって、統明帝は放っておけない弟のような存在だった。己の力を存分に生かしてこの彜をよくすることが郭晶の志であるなら、彼が少しでも心穏やかに人生を送れるようにすることは郭晶の願いであった。だというのに、それと正反対の仕打ちを自分はしてしまったのかもしれない——

「やあ」

統明帝が、声をかけてきた。はっとして、郭晶は両跪の礼を取ろうとする。

「礼はいい」

短く統明帝が言った。制定した初代曠徳帝(こうとくてい)自身を含め、歴代の皇帝は両跪の礼を好まなかった。その中でも、統明帝は最も嫌っている一人かもしれない。

「何か報告が?」

「梁(りょう)青蓮の身柄は、無事彼女の家まで送り届けました。しばらくは引き続き、その身辺には錦衣衛から護衛をつけます」

「ありがとう」

郭晶の言葉にそう答えると、統明帝はしばし黙り込んだ。

「正直言って、ひどいなあと思っている。陰謀があるだろうことについては、結構前から気づいていたんだろう?」

そして、郭晶に目を向ける。普段のそれとは少し違う。単なる悪ふざけではないものが、感じられる。意地悪めいているが、普段のそれとは少し違う。

「仰せの通りでございます」

郭晶は、素直に詫びた。

内城が火に包まれた後、郭晶は伏せていた陰謀の存在を告げた。徐潜が、傍らで内容を補足した。統明帝は黙って話を聞き、言ったのだ。――彼女は帰そう、と。

「――君が、蕣や僕のことを思ってそうしてくれたことはよく分かっている。力を尽くして、できる限りのことをやってくれていることもよく分かっている」

統明帝は、目を伏せた。

「きっと、避けようのないことだったんだろう」

ふと、郭晶は先帝――光寧帝（こうねいてい）のことを思い出す。皇帝として君臨するには優しすぎた彼は、しばしば今の統明帝のような顔をした。党派に分かれて争う臣下に、処断の鉈を振るった時。疫病に苦しむ民を、救いきれなかった時。実の弟を暗殺しようとした己の長子に、内々に死を賜った時。彼は、諦めにも似た哀しみをその顔に映した。

光寧帝は、天寿を全うしたとは言い難い齢でこの世を去った。心労の大きさが、その寿命を縮めた可能性は大いにあるだろう。

「改めて、どこまで分かっているか教えておくれ」

統明帝の寿命が、どうなるかは分からない。だが、もしかしたら、苦しみに耐える力は彼の方があるかもしれない。

「避けようがないなら、立ち向かわなければならない」

まだ断定はできない。しかし、人生で最も大きいかもしれない喪失を経験したばかりだというのに、その瞳には——力がある。

「陸方臣なる牙人が動いていることまでは掴めておりますが、その先が判然としません。陸方臣は自分を操る者の素性を知らず、また企ての詳しい部分も理解しておりません」

そんな彼を支えるべく、郭晶は感傷を振り捨てて一人の臣下に戻る。

「ただの伝書鳩ということか。裏を返せば、伝書鳩に余計なことを教えず、いつでも使い捨てられるようにしているのだろう。すごく怜悧で、慎重で、そして——悪辣だ」

統明帝の目に、力以上のものが宿る。

「玉座にこだわりはないけれど、そういう手合いに譲るわけにはいかないな」

それは、闘志。相手を撃ち破ろうという、激しく猛々しい心だ。

「相手の策も、猶豣の侵攻も、まとめて打ち破ってみせよう」

郭晶は、畏敬の目でもって統明帝を見た。皇太子時代から側近く仕えてきた郭晶は、彼が聡明な人間であり、賢良な君主であると知っている。だが、この側面は初めて目の当たりにした。統明帝は、勇敢な英雄でもあったのだ。大蕣帝国は八代を経て、ついに古今に並び無き名君を得たのかもしれない。

「僕込みで大学士が話し合う予定があったね。御前票擬、というやつか。早めてくれ」

「いつになさいますか？」

「今すぐだ」

覇者と呼ぶにふさわしい気魄が、統明帝の身体から放たれる。

「いるとしたら、大学士の中だろう。こちらに相手が分からずとも、相手にはこちらが分かる。僕がどんなつもりでいるのか、しっかりと見せておきたい」


北獦南羅。北の異民族である獦豻と、南の海賊である羅寇。彜が長きにわたって悩まされている、外敵の総称だ。そして、総称せねばならないほどの外敵があるということは、言い換えれば国家として大きな脆弱さを抱えていることの現れでもある。

皇帝自ら戦うというのは、それを補うための手でもあった。彜国の皇帝の行動には、表の意味と裏の意義がある。親征においては、「民と近づくため」というのは前者であり、「兵の士気を高め外敵とできる限り有利に戦うため」というのが後者だった。

「素晴らしいことにございます」

親征に対し、大学士の中からは賛同する声が上がった。

「陛下自らご出陣なされれば、無知蒙昧なる北蛮どもは恐れおののき、右往左往して逃げ散ることでしょう」

皇帝を前にしていることもあってか、美辞麗句で彩られている。ただし、中身は薄い。街のごろつきが「兄貴が出れば相手はビビるぜ」と吹くのと、理屈としては大差ない。

「陛下がお出になるなら、解決すべき問題がある。ありすぎると言っていい」

明確に反対したのは、常焉(じょうえん)だった。

「まず兵糧だ。改革で国庫は縮小している一方、陛下直属の禁軍の人員は削減されていない。運用するには、多大な困難が伴う。改革の方向性を考えれば、民から臨時で召し上げるわけにもいかない」

「『つとめて敵に食む』、という言葉がございます。敵地に攻め込む場合、食糧は敵を打ち破って奪うか、あるいは敵の町々を占拠して徴発するものです。多少の不足は案ずるに足りません」

大学士が反論した。常焉は苦笑しながら首を横に振る。

「兵法の話がしたいなら付き合おう」

その口元に、にやりとした笑みが浮かぶ。

「『算多きは勝ち、算少なきは勝たず』という。勝敗は事前に決まっているものだ。事前に勝てると確信した時に、戦いは始めるのだ。まず勝つと決まってから戦う、勝者とはそういうものだ。まず戦ってから勝とうとする、敗者とはそういうものだ。今の貴公の言は、まさしくそれに当てはまっているな。

加えて言うなら、草原の民は必要以上に食糧を持ち歩くことはしない。定まった場所に住み着くわけでもないから、街などというものもあまり存在しない。奪える量など、たかが知れているだろう」

相手の大学士は、言葉に詰まった。兵法の扱いについては、常焉の方が遥かに上のようだ。もう少し反論のしようもあるが、と郭晶は思うのだが、黙っておく。今なすべきは、兵法談義に加わることではない。

「また、敵の也速迭兒可汗は、一代の傑物との評判がある。智勇に優れ、長い間続いていた内乱を統一したそうだ。甘く見るべきではない」

「敵の力を過剰に評価し、過大に怖れて陛下のご威光を傷つけるのは、臣下として恥ずべき行いではありませんか」

「兵は国の大事である。それに対して慎重を期すことが恥であるかどうかは、歴史が裁定を下すことだろう。改めて、兵糧の不安から僕は反対だ。このことは、しっかり覚えておいてもらいたい」

郭晶を見つめながら、常焉は言う。歴史の裁定に備えて記録しておくのは史官の仕事であり、郭晶ではない。まったく意味のない仕草だ。

「戦で一番大事なのは、勝つことじゃからのう」

そう言ったのは、慎翻だ。実のところ、これもまた兵法を踏まえた発言である。一方で、議題に関しては何も言っていないようでもある。これぞ昼間の蠟燭という感じだが、そう安直に受け取ってよいものか。

「戦うべき相手と、戦うべきでない相手を知れば勝てる。そういうことじゃが、はてさて今回はいかがですかなあ」

油断のならない存在だ、と思う。郭晶も出仕して長いが、慎翻はそれ以上だ。幾度も起こった彝の政変を、いつものらりくらりと生き残り、気がつけば大学士の筆頭まで上り詰めている。人臣として最高の位である。彼の上には、ひとり皇帝があるのみだ。

——いるとしたら、大学士の中だろう。

そんな統明帝の言葉が蘇る。郭晶も、異論はない。ここにいる大学士の中で、郭晶を除いた誰かが、黒幕だ。そして、最も疑わしい者の一人が、慎翻である。

郭晶は、統明帝を見やる。一段高いところの玉座に座った彼は、書卓に目を落としていた。その表情は冷静なもので、内心は表面にまで浮かんでいない。

書卓には、剣が立てかけられている。この場では、唯一彼だけが帯剣できるのだ。

「我々には長城があります。いざとなれば、万里に伸びた堅牢たる長城で迎え撃てばよいのです」

「長城は過去、何度となく抜かれている。そのたびに強化されてきたが、それで解決するわけではない。肝心なのは使う人間だ。ものに頼って戦っていると、いずれ敗れることになる」

慎翻ののんびりした物言いをよそに、議論が白熱する。普段なら郭晶は、仲裁するなり持論を提示するなりして議論に加わる。しかし、今日に限ってはまったく違う行動を取った。

「陛下は、いかにお考えですか？」

普段はいない統明帝に、意見を求めたのだ。

一同が、しんと静まる。常焉も、大学士たちも、口を閉ざして統明帝を見やる。

統明帝もまた、無言で郭晶の答えを受け止めた。そして、剣を握って立ち上がる。

流れるような美しい動作で、統明帝は剣の鞘を払った。続いて高々と剣を振り上げ、一刀のもとに——書卓を真っ二つにする。

「朕は戦う。一度大敵あらば、勇躍出陣するのが大蕣帝国の皇帝の務めである。今後朕に玄京から出ぬよう申す者は、この書卓と同じになると知れ」

統明帝は大学士たちを睥睨し、言い放った。

「朕自ら禁軍を率いて、獦犴の討滅に当たらん」

うっすらと、青蓮は目を開いた。目が覚めたのだ。

肌寒さに、寝具を被り直す。今は朝なのか、昼なのかもはっきりしない。まあ、どちらでもいい。大して違いはない。

あの日、統明帝に突き放されてから、どれだけ日にちが経ったかも分からない。ただ牀榻に横たわったままぼんやり過ごし、時に眠り、目覚め、また眠り。というのを繰り返していた。

不健康この上ない暮らしである。しかし、病気になることはなかった。時折使用人に食事を与えられたり、湯殿まで連れていかれて洗われたりしているのだ。甲斐甲斐しい世話を受けて、身体はそれなりに健康である。問題は、心だ。

あの日切り裂かれた心は、時間をかけて粉微塵になった。破片は部屋に散らかり、一つも消え失せることなく、砕けたその時のままであり続けている。

両親を亡くした時よりも、つらかった。人の感情に、これほどまでも苦しいものがあるとは、知らなかった。

自分がどうしてこんなに哀しんでいるのか、今の青蓮には分かる。分かるからこそ、思ってしまうのだ。──だったら、と。

だったら。もっと早く突き放してほしかった。貴方の指で、私に触れたりしないでほしかった。自分は遠いところにいる存在なのだというのなら、近づいてきたりしないでほしかった。

そうしたら、こんなつらさを知らずにいられたのに。こんな苦しさを、味わわずにすんだのに。どうして、どうして。

「主様。ご友人がいらしております」

外から、使用人が声をかけてきた。

「留守だと言って」

起き上がりもせずに、そう答える。

「留守ではないことは分かっている、とおっしゃっています」

使用人が、そう言ってきた。

「体調がよくないって言って」

「よくないのが身体ではないことも分かっている、とおっしゃっています」

「仏教と道教と天主教と回教の神様のお告げ的なもので、しばらく誰とも会えないって言って」

「ええ加減にせえ、とも言うてはります」

そんな声がしたかと思うと、部屋の扉が勢いよく蹴り開けられた。

「何しとんねん。らしくもない」

入ってきたのは、金色に輝く瞳を持つ女性と。

「お菓子持ってきたよ。お腹空いてない？　一緒に食べようよ」

ふくよかな身体を持つ男性だった。

「また今度」

わざわざ来てくれた老朋友たちに、青蓮は失礼極まりない返答を返した。心配してくれるのは嬉しい。しかし、今は誰とも会いたくない。

「いったい何があったんや」

アドリアはずかずか部屋に踏み込むと、青蓮の牀榻に腰掛けた。

「仏教と道教と天主」

「やかましわ。人様が信じる神様を居留守の理由に使わんとってんか」

首から提げた十字の飾りを光らせて、アドリアが言う。

「芳容楼でお願いして、点心を持ってきたんだ。食べて元気出そうよ」

谷乙が、持ってきた袋を普段青蓮が書牘を読む卓に置いた。

「いい」

そう言って、青蓮は寝具を被り直す。

「相談ならうちらが乗るで」

アドリアが言ってくれるが、青蓮は何の返事もしない。

今まで、事情は「話せないもの」だった。今はもう、「話したくないもの」になっていた。思い出して言葉にするだけで、心は再び引き裂かれてしまうことだろう。砕け散った破片は砂になり、この部屋で朽ちていくことだろう。

「さよか。まあ構へんわ。用事は他にあるさかいな」

やれやれといった口ぶりで言うと、アドリアは誰かに呼びかけた。

「ほら、入りぃな。そんなところで立ってやんと」

「はい」

聞き覚えのある声だ。思わず、青蓮は起き上がる。

「お邪魔します」

入ってきたのは、小蘭だった。

「すいません、おうちまでお邪魔して」

入り口から少し入ったところで、小蘭は話し始める。

「帰ってなかったのですか？」

自分の言葉の不躾さに、自分で驚く。客に対して、こんなぞんざいな物言いをしてしまうとは。牙人としての振る舞いが、すっかりさびついてしまっている。

「ええ。皇帝陛下の獦豻へのご親征が決まってから、街道の行き来が難しくなって」

小蘭は、気を悪くした様子もなく答えてくれた。

「皇帝陛下の、ご親征」

鸚鵡返しで繰り返す。知らない話だ。

「はい、そうです」

小蘭が、肩を落とした。その表情が、不安に曇る。

「彼女の幼馴染みは、徭役で長城にいたんだけど、そこで徴兵されてしまった」

谷乙が、話を引き継ぐ。

「徭役って、要するに税の一種として働くことでしょ？　兵役が課せられているわけじゃない。でも戦が始まるから、急遽兵士にされちゃったわけだね」

谷乙の説明は分かりやすい。しかし、頭の肝心な部分に染みていかない。

皇帝の、親征。獦豻との、戦。現実味のない言葉が、ふわりふわりと漂う。

「ほら、さっきの話をしたりいな」

アドリアが、優しい声でそう促した。谷乙も、うんうんと頷く。

「はい」

それに背中を押されたように、小蘭は話し始めた。

「わたし、梁さんが落ち込んでるって聞いて。どうしても伝えたいことがあって」

きゅっ、と小蘭は両手の拳を握る。

「本当に梁さんには感謝してるんです。お茶も売らせてくれて、宿も紹介してくれて。出会えていなかったら、どうなっていたことか」

その口調は、とても懸命なものだ。本当に、青蓮に何かを伝えようとしてくれている。

「みんなを笑顔にしたいっていうお気持ち、素敵だと思います。でも――その」

小蘭が、ちらりと青蓮を見やった。そして、気まずそうに目を逸らす。どうしたのかと戸惑ってから、青蓮は気づいた。憔悴(しょうすい)しきった青蓮を見て、気を遣っていたのだ。

手を見る。頬に触れてみる。死人のように、とまではいかない。しかし、随分と生気が失われていた。近頃の過ごし方を考えれば当たり前なのだが、今の今まで気づくことさえなかった。

「その、生意気かもしれないんですけど。言わせてください」

真剣な声に、青蓮ははっと顔を上げる。

「梁さんのお気持ちは、素敵なんですけど」

小蘭の瞳も、声に負けないほどに真摯な光を湛えていた。

「わたしは、貴女も笑顔でいてほしいです。みんなを笑顔にして、自分だけは泣き顔でいるって、そんなの――いやです」

飾らない、素朴で真っ直ぐな言葉だった。だからこそ、それは一直線に青蓮の胸の真ん中を貫いた。

——それは、途方もない衝撃だった。

「そう、か」

——倒れ伏したままの青蓮を、目醒めさせるほどの。

「そうだよね」

どうして、気づかなかったのだろう。

誰もがみんな笑顔で、というのなら。

青蓮も、笑顔でいるべきではないか。

「それだけなんです、失礼しましたっ」

ぱっと頭を下げると、小蘭は部屋を飛び出していった。

呼び止めようとしたが、声が出なかった。代わりに、喉に絡んでむせてしまう。

「ほらほら。無理しいなや」

青蓮の傍らに座り、アドリアは背中をさすってくれる。

「使用人さん、おる？　ちょっと飲むもん持ってきたってんか」

外に控えていたらしい使用人が、はいと返事をして駆けていく。

「ありがとう」

どうにか礼だけが言えた。アドリアも、谷乙も頷く。青蓮の大切な友人たちが、揃って微笑む。

「――あ」

視界が、急に滲んだ。堪えることもできない。先ほどの咳以上の勢いで、青蓮の瞳から涙が溢れ出した。

「とりあえず泣いて、それからやな」

ふわり、と。アドリアがその胸に青蓮を抱き締めてくれた。柔らかい香りとほのかな温もりが、青蓮を受け止める。

頷くと、青蓮は泣いた。何もかもを、押し流してしまうために。

塔原大路は、玄京一番の大通りである。様々な人が行き交い、昼も夜も賑やかだ。葬国中、そして世界中から多種多様な人間が集まり、日々大小様々な事件が発生する。

その日起きたのは、椿事と呼ぶべき出来事だった。特に誰に害を為すわけでもないが、誰もが驚くようなものだった。

一人の女性が道のど真ん中に立ち、「我桃包を所望す！」と叫んだのである。

「本当に、無茶なことをするものだ」

徐潜がそう言った。表情からは窺えないが、どうやら呆れているらしい。

「こうするのが一番だって思いましたので」

そう言って、青蓮はにやりとする。

二人がいるのは、芳容楼の片隅だった。卓の上には、たくさんの料理が並んでいる。

「しかし美味しいなあ」

青蓮は、それらを次々に平らげていた。ここ数日、ずっと食欲が旺盛である。一時的に谷乙と比肩している。もし一時的でなければ、体型まで彼と同じになってしまうだろう。

「でも、いいんですか。芳容楼で」

大通りのど真ん中で突然叫び出した青蓮を、数人の通行人が速やかに取り囲みその場から連れ去った。そしてそのままあちこちの胡同（フートン）を通り、芳容楼まで連れてきた。その数人の中の一人が徐潜であり、話があれば聞くと申し出てきたのだ。

「人がいっぱいなのは同じじゃないですか」

店内は賑やかだが、気をつければ周囲の卓の話は聞こえる。聞かれたくない話をするなら、せめて一番上の個室に行くべきではないのか。

「ここは俺の店だ。陛下がおいでというわけでもなければ、誰に憚ることもない」

徐潜は何でもないことのように言う。

「——え？」

言葉の意味を解しかねて、青蓮は戸惑った。

「散々桃包を食っておいて、まだ気づかないのか。料理人としての腕前が、落ちたつもりはないのだが」

徐潜が不満げに言う。その姿に、一人の男性が重なる。鉄鍋を振るい、料理人たちに指示を出す、当代の店主譚陽。

「まさか！」

仰天する青蓮の視線を、徐潜は平然と受け止める。何と、店主の正体は彼だったらしい。にわかには信じがたい。表情も、顔立ちも声も口調もまったく別物だ。

「――っと、いけない。声に出しちゃった」

慌てて青蓮は両手を口で押さえる。

「誰に憚ることもない、と言っただろう」

辺りに目を向けることもなく、徐潜が言った。

「今ここにいるのは、全員が錦衣衛だ」

両手で口を押さえたまま、青蓮は愕然とする。談笑する客、その間を通る給仕。いつも通りの光景だ。これが全員間者だと言われても、にわかには信じがたい。

「賑やかな店を装っている。しかし、他の者は入れない。仮に席が空いていても、入ろうとすれば巧妙に防がれてしまう。気持ちが逸れたり、話しかけられたりして、気がつくと遠ざかっている。もう一度来た時には、もう満員になっている。そうする技術がある」

徐潜が、なんでもないことのように説明する。

「錦衣衛が長い時間をかけて作り上げた、舜において最も安全に密談が行える場所。それが芳容楼だ」

考えてみれば、最初に統明帝や郭晶と顔合わせしたのもここだった。それは、ここが最も安全な場所だったということなのだ。

青蓮は、掲げられている額を見上げる。天下第一処。芳容楼を愛し入り浸っていた、とある朝臣が書いたものである。しかし、その朝臣の本当の目的は、芳容楼の食事以外にもあったのかもしれない。

「ちなみに、料理の評判を不正に操作はしていない。芳容楼は、名実ともに天下一の飯店だと自負しているし、実際にその通りだ」

徐潜がそう付け加える。普段通りの口調だが、いやだからこそ、そこに宿る自信の程が窺える。

「ちゃんと、お店はお店として営んでいるのですね」

「勿論だ。店員もすべて錦衣衛だが、働きに見合った俸給は支払っている。仕入れや経費の類は、国庫からの持ち出しなしで賄っているし、しっかり利益を出している。我々の活動には多額の費用がかかるから、そこを補塡するという意味もある」

「大変結構なことだと思います」

闇の組織の財政が健全というのもおかしな字面だが、まあ帳簿がしっかりしているのに越したことはない。

「ああ。景気の良し悪しや豊作不作での食材の値動きに頭を悩ませることもしばしばだ。──だからこそ、お前の考え方には驚いた」

徐潛が、青蓮を見てくる。

「高価な品物で、富が生まれること。値段の決め方で、偽物を排除すること。いずれも、想像もしない結果へと繫がった。あのようなやり方があるとは、思いもしなかったな」

帝賞法についてあれこれ話し合っている時、徐潛が話に加わってきたのを思い出す。いきなりのことで少し驚いたものだが、あれは自身も商いに携わっていたからだったのか。

「驚くだけではない。懸念もした」

徐潛の目が、暗い輝きを帯びる。暗く輝く、という矛盾故に、その光は異様な圧力でもって青蓮を捉える。

「もし舜に背くことがあれば、これほど恐ろしい存在はない」

「おやめください」

青蓮は、その光を跳ね返した。怖くないと言えば、嘘になる。しかし恐怖よりも、統明帝に背くと疑われたことへの反発が勝った。

「私が陛下に仇(あだ)なすことは、決してありません」

「──そうか。分かった。陛下に仇なすことは、ないか」

徐潛の目が、元に戻る。何かに納得したように、小さく頷く。

「失礼します」

一人の女性店員が、青蓮たちの前にお茶を置いた。表情はにこやかだが、彼女もまた錦衣衛なのだろう。

「これは、彼女のお茶ですね」

香りで分かった。小蘭のものだ。

「ちなみに、この茶の評価も、俺は真剣に下した」

茶を見つめながら、徐潜は言う。

「郭学士の依頼を受け、お前を調査するようになったのは事実だ。しかし、それを円滑にするために高く評価したなどということはない。この茶には、銘茶と呼ばれるにふさわしい価値がある」

「よかったです。彼女への面目も立ちます」

「在庫がそろそろ底を突きそうだ。すぐに使い切らないようにしてきたが、限界はあった。作付けを増やしてもらう方向で交渉をしようと考えている。村の借財は、芳容楼が肩代わりしても構わん」

徐潜は茶に口を付けた。その香りと味を確かめるようにゆっくりと味わってから、再び話を始める。

「――さて。ここまで話したからには、軽率な行動は許されない。もしこの秘密を漏らしたら、お前の使用人に紛れ込んだ錦衣衛の者が、胸に短刀を突き立てるぞ」

「さりげなく人の家に間者を送り込んでいることを明らかにしないでください。というか、もうちょっとお洒落な手口にしてくれませんか？　毒蛇に手首を噛ませるとか」

アドリアが、何かの折にしてくれた話である。何でも、世界最高の美女と言われた女王がそうやって自害したのだそうだ。

「いいのか？　ものによっては、蛇の毒は残酷だぞ。嘔吐を繰り返し、体の肉が腐り、血尿が出る。意識は混濁し、聞くに堪えない譫言を撒き散らしながら死んでいく」

徐潜が言った。暗殺の専門家の見解だけあって、説得力が物凄い。

「やめておきます。健康で長生きが一番ですね」

「同意見だな。さて、用はなんだ。俺としては、短刀も毒蛇も使わずにすむような話がありがたいが」

「陛下の御身に迫っている陰謀について、お教えください」

「だめだ」

青蓮の頼みは、言下に断られてしまった。まあ、予想通りではある。

「そうですか。では、私の知っていることをすべて白日の下に晒します」

「できると思っているのか」

徐潜の声が、もともと低い温度をさらに下げた。周囲の人々にも、同じ雰囲気が宿る。何しろここは錦衣衛の本拠地なのだ。短刀だろうと毒蛇だろうと、よりどりみどりだろう。あえて個室にしなかったのは、こうして青蓮を威圧するためだったようだ。

「私はここに来る前、友人に封をした書を託しました」

しかし。青蓮は、怯むことなく言い放ってみせる。

「私が戻らなければ、封を切りそこに書かれていることを天下に知らしめてほしいと頼んであります」

はったりだ。青蓮は、アドリアたちを巻き込んではいない。しかし、大通りで少し叫んだくらいですぐ反応できるほど青蓮の周囲を張っているならば、二人が青蓮の元を訪れたことも承知済みのはずだ。騙せる見込みは、大いにある。

「私は、どうしても知りたいのです。陛下の御身に危険が迫っているなら、お守りしたい。私にも、できることがあります。私は――無力ではありません」

時がもし戻せるなら、統明帝に伝えたい言葉だった。

あの時こう言えていれば、話はまた別のものになっていたかもしれない。しかし青蓮は言えず、彼の元から去ることになった。

人の一生には、しばしばそういうことがあるのかもしれない。言うべき時、やるべき時。それを逃せば、次はない。ただ言えなかったというそれだけのことで、あり得たはずの未来は永遠に失われ、後悔だけが残り続ける。

だとしても。青蓮は思うのだ。強く、強く思うのだ。

まだ、諦められない――と。

青蓮の言葉を、徐潜はゆっくり嚙みしめた。そして、黙り込む。永遠にも似た瞬間が、卓で流れる。

「──相手ははっきりしていない。郭学士を除いた、大学士の中の誰かだということまでは分かっている」

逃した何かに指がかかったことを、青蓮は理解した。徐潜が語っているのは、彝国にとって最も重要な機密に属するものだ。

「手足として動いているのは、陸方臣という牙人だ。お前も知っているだろう」

「そう、だったのですか」

衝撃を受ける。彼を好ましい人間と思ったことはない。しかし、そんな大それた企みに加わるような人間だったとは。

「後は、大したことのないごろつきが主だ。一方で、役人の中にはほぼいない。おそらく、人脈から当人に辿り着かれることを避けるためだ」

その言葉を、青蓮はしっかり心に刻み込む。情報は大事だ。

「相手は獝豻を焚きつけ、長城の周辺で蠢動させている。そこに陛下をご出陣させ、罠にはめようと企んでいると思われる。おそらくは、こちらの動きを獝豻に流し裏をかかせるつもりなのだろう」

彝の皇帝は自ら戦うのがならわしだ。そんな言葉が蘇る。それを逆手にとって、統明帝を陥れようとしているのか。

「帝室の蓄えを奪い取るような改革も、帝賞法への妨害も、内城への刺客や火事も、すべてはこの企みに関わっている。相手は、総仕上げにかかっているのだな」

「一つお訊ねしたいことがあります」

青蓮は、徐潜を見つめた。

「錦衣衛が陛下の側についているという証拠は、どこにあるのですか」

錦衣衛ほどの力を持った組織は、味方であれば心強いが敵となれば恐ろしい。敵であるにもかかわらず味方の振りをし、二重の意味での間者となって、こちらを陥れてくる可能性もあるのだ。

「面白い。その視点は、間者にとって大切だ。こういう流れでもなければ、誘いをかけていたところだ」

徐潜は、微かに口元を緩めた。徐潜が徐潜として振る舞っている時に笑うのを、青蓮は初めて見たかもしれない。

「いいだろう、教えてやる。納得するかどうかは、好きにしろ」

元の無表情に戻ると、徐潜は話し始める。

「お前流の言い方をするならば、気持ちだ。俺は陛下に絶対の忠誠を誓っている。錦衣衛の上下関係もまた絶対であり、その絆は家族より強い。俺が絶対の忠誠を誓う対象に、錦衣衛の人間は全員俺と同じ忠義を捧げる」

「なるほど」

青蓮は頷いた。俸給や待遇で説明されるより、信用がおける。

人の心を買うのは、ただ銭貨だけではない。人の行動を決めるのは、ただ我が身可愛さだけではない。雌伏の時期を過ごす英雄には腹心の部下が付き従っているものだが、彼らは一銭も俸給を得てはいない。滅び行く王朝と命運を共にする忠臣は、自らの身命以上に価値あるものが存在すると信じている。そういうことだ。

「もう一つ。あなたの気持ちとは。忠誠を誓うに至ったその理由は、何ですか」

だが、まだ信じ切るわけにはいかない。統明帝を守りたい、という気持ちは本当だとしても、それが何に由来するかで話はまったく別物になる。

たとえば、その忠誠の源泉が彝という国そのものであれば、統明帝と敵対する可能性は大いにある。国を愛する心というのは、特定の誰かを崇拝するものではないからだ。

「この場でそこまで踏み込むとはな」

徐潜の声に、微量の感心が混じった。

「腹をくくればそこまで度胸が据わるのか。牙人に飽きたらいつでも声をかけてこい。お前なら、夜不収（やふしゅう）にもなれるだろう。敵国に潜伏する間者だ。錦衣衛の花形だぞ」

おそらくは半ば以上本気でそう言うと、徐潜は卓に手を伸ばした。

「——俺は、親を知らない。中夏の人間か、そうでないかさえも分からない。物心ついた頃にはどこぞの大官の家でこき使われていて、ある時後宮に放り込まれた」

彼が手に取ったのは、一つの桃包だ。

「俺は学もなく、ただ言われたことを言われた通りにするだけの貧しい小人（しょうじん）だった。そしてある種の仕事においては、そういう人間が求められる。——宦官だ」

はっと息を呑む。徐潜は、青蓮を見ていた。青蓮が宦官の話を聞いたことも、知っているのだろう。

「宦官になるための処置を行われる日、俺は一人の子供に出会った。立派な服を着た彼は、俺をこっそり逃がした。別れ際に、こんなものしか用意できなくてすまないと、桃包をくれた」

それが誰であるか、青蓮にはすぐ分かった。彼は子供の頃から、頑張っていたのだ。

「俺はどうにかして生き延びた。生きるために何でもやり、いつしか彝の裏側でそれなりに名前が通るようになった。そして錦衣衛に誘われ、身を投じたわけだ」

徐潜は桃包を頬張った。味を確認するようにゆっくり咀嚼し呑み込むと、話を再開する。

「やがて先帝が崩じられ、俺は若くして即位された新帝にお目にかかった。驚いたものだ。あの時の子供だったのだから。あちらは覚えていらっしゃらなかったが、俺には分かった。そして、俺は彼に生涯の忠誠を捧げることを誓った」

徐潜は、卓子に目を落とす。

「陛下は、ご自身のなさったことに納得しておいでではない。しかし、少なくとも、俺は陛下に救っていただいた。俺の忠誠を捧げるにあたって、これ以上の理由は必要ない」

話を終えると、徐潜が青蓮を見てくる。納得したか、という視線だ。

「はい」

青蓮は頷いた。おそらく、嘘ではないだろう。

「郭学士を信じられるのは？」

だからこそ、この部分も確かめる必要がある。彼女が絶対に味方だと信じられる、その理由も知っておきたい。

「最初に陰謀の存在に気づかれたのはあの方だ。そして、独自に錦衣衛を動かして様々に働きかけなさっているのだ」

確実な理由だ。青蓮は安堵した。彼女が味方なのは、本当に心強い。

「一つ、言っておこう」

桃包を自分の取り皿に置くと、徐潜は居住まいを正す。

「決して表には出されないが、郭学士は今回の成り行きにお心を痛めておられる。あの方がお前を利用しようとなさったのは事実だ。だが、引き裂くことが本意ではなかったのも事実なのだ。あの方は、本当は心優しいお方なのだ」

ほんの少しだけ、彼の言葉に何かが宿った。とても素敵なものを、遠くから見つめるかのような、やるせなさにも似た何か。

「――今、妙な誤解をしたな」

次の瞬間、徐潜が青蓮を睨んでくる。

「い、いえそんな」

慌てて、青蓮は誤魔化す。しかし、徐潜は耳を貸さない。

「俺は読心について厳しい訓練を受け、高度な技術を身につけている。だから分かる。お前は今、俺について大きな誤解をしている」

泣く子も黙る錦衣衛による、厳しい尋問の始まりである。なまじ徐潜の勘ぐっている通りなので、言い逃れもしづらい。

「とんでもございません」

「お飲み物をどうぞ」

先ほどの女性店員が現れた。何やら飲み物を徐潜の前に置く。

「甘く切ない恋の味がする、特製の杏露酒(シンルーチュー)です」

「貴様」

徐潜が気色ばんだ頃には、女性店員の姿は影も形もなかった。さすが家族より強い絆を持つ錦衣衛である。からかい方に加減がない。泣く子も青蓮も抱腹絶倒だ。

「大丈夫です。絶対に言いません」

ひとしきり笑い倒してから、青蓮はそう誓った。

「ゆめゆめ忘れるな。もしその言葉を違(たが)えることがあれば、もしあの方の耳にでも入ろうものなら、厳選した百匹以上の毒蛇をお前の部屋に送り込んでやるぞ」

無辜(むこ)の庶民を脅迫すると、闇に生きる間者は甘く切ない恋の味がする特製杏露酒に口をつけた。

「悪くないな。売り文句通りの味わいだ」

そして、相変わらずの無表情でそう評したのだった。

第七章

鳥の鳴き声が、郭晶を眠りの世界から引き戻した。

身を起こし、傍らを見る。夜が更けるまでそこにいたはずの誰かの姿は、どうしたことか消えていた。

「目が覚めたかい」

そんな声が、少し離れたところからする。見やると、隣で眠っていたはずの誰か――常焉が、椅子に腰掛けていた。何やら、書巻を開いている。

「心配しないでも、俺は君から離れたりしないよ」

常焉は、歯の浮くような台詞を投げかけてきた。

「何を言う」

殊更、冷淡に振る舞ってみせる。少し不安だったことも、常焉のわざとらしい台詞が心地よかったことも、まとめて隠したかった。

「何を読んでいる」

声を尖らせて、そう訊ねてみる。

「兵法の書さ」

常焉が、そう言って軽く本を掲げてきた。

「色気のない。他に読むものはないのか」

呆れてみせると、常焉は首を横に振ってきた。

「まず学ぶべきは兵法だよ。人生は戦いだ。競い争うのが生きとし生けるものすべてのさだめなのだから」

彼は賢く、生まれも育ちもよく、見た目も整っていて、また優秀だ。

「世が世なら、俺は名軍師として万の兵に号令しただろうな。平和な時代に生まれたのは残念だ」

だが、何かあと一歩、何かが足りない。たとえば目の前に恋人がいるのに兵法の書を読み、その価値を説明し始めるような。自分のことを、名軍師と称して憚らないような。そんなところだ。

「それがお前の持論か。お前は持論を振りかざすばかりだな」

そう言いながらも、郭晶は口元を緩めた。不思議なことに、その欠けている部分が、郭晶には好ましかったのだ。伝えることは、しないけれど。

「持論じゃない。真理だよ。有能な者が上に立ち、無能な者は下にある。誰もが分に応じたところに収まれば、最も効率のよい世が実現される」

ただ、不安でもあった。彼の秀でている部分は、衆に抜きん出ている。その長所は、危ういほどに先端を尖らせている。考え方が、理想が、過剰に鋭利なのだ。この鋭さは、いつか自分自身さえ傷つけてしまうのではないか。

「疑うなら、実践してみようか。いつ如何なる時も、兵法が有効だとね」

書を置くと、常焉は牀榻に近づいてきた。そして、するりと郭晶の隣に滑り込む。

「色気を出しているつもりか」

くすくす笑いながらも、郭晶はそれを受け入れる。受け入れて、包み込めば大丈夫だと考えていたのだ。まだ、この時には――

――そこで、郭晶は目を覚ました。

体をよじれば、あちこちが痛む。無理もないことだ。ここは常焉の部屋の牀榻ではないし、郭晶は三十にもならない小娘でもない。

目の前には、裁くべき職務が山と積まれていた。不覚にも、うたた寝をしてしまっていたらしい。かつてはどれだけ大変でも、途中でうっかり寝てしまうなどということはなかったのだが。齢を重ね、より落ち着いてより深く物事を考えられるようにはなったと思うが、体力が落ちていくことだけは如何ともしがたい。

それにしても、くだらない夢を見たものだ。最近あの男と顔を合わせることが増え気味だとはいえ、よりによってあんな思い出を引っ張り出してくるとは――

「失礼します」

徐潜(じょせん)が入ってきた。

「どうした」

寝起きであることも、夢が残した何らかの後味も振り捨てる。国家の柱石としての己を取り戻し、郭晶は徐潜と向き合った。

「会っていただきたい人物がいます」

徐潜が、そう申し出てきた。

「――ほう?」

少なからず、郭晶は驚いた。徐潜が誰かを引き合わせたいと言ってくるとは、珍しい。

「入れ」

そう言われて入ってきた相手を見るなり、郭晶の驚きはさらに大きいものになった。


皇帝の親征には、大変な準備が必要となる。禁軍――皇帝直属の親衛隊を動かすことは勿論、他にもいくらでもある。随行するのは誰か、編成は、日取りは。付き従う幕僚は誰か。民間から集めた兵士への訓練はどうするか、報酬はどこから捻出するか。

しかし、概ね手順は滞りなく進められていた。ただ一つ、重要な部分を除いては。

「やはり、兵糧の確保はままならないか」

澄神堂（ちょうしんどう）の書卓に向かい、統明帝（とうめいてい）は溜め息をついた。

「何者かの妨害があると思われます」

書卓を挟んで、郭晶は報告する。

兵站（へいたん）。常焉が指摘していた通り、戦にあたって最も重視すべき点である。そこを軽んじる軍は、いずれ必ずその報いを受けることとなる。如何なる猛将も精兵も、飲まず食わずで永遠に戦い続けることは不可能なのだから。

「妨害かあ。そこから黒幕を辿ることはできない？」

「おそれながら、難しゅうございます。このような場合、妨害を働く者とそれを追う者では前者が有利にございますれば」

統明帝は沈黙する。考えあぐねているようだ。

「商いに通じた者がいれば、また別なのかもしれないなあ」

呟きを漏らしてから、統明帝は小さく首を振る。無理だ、と言わんばかりに。

「ただ今仰せになられた事柄につきまして、私から提案がございます」

そんな統明帝に、郭晶は申し出た。

「もしかしたら、お叱りを受けることになるかもしれませんが」

郭晶の言葉が終わるや否や、扉が開いて一人の女性が入ってきた。後ろには、徐潜を従えている。

「ただ今ご紹介にあずかりました、梁青蓮（りょうせいれん）にございます」

唖然とする統明帝に対して、青蓮は両跪ではなく揖礼を施した。彼女がこの澄神堂を去った時とは正反対の、堂々とした立ち居振る舞いだ。

「郭晶、どういうことだい」

統明帝が、郭晶を睨む。視線にも、言葉にも、厳しい詰問の色がある。

「私めが、郭学士に申し上げたことにございます。お怒りは、何卒私めに」

徐潜が、郭晶を庇ってきた。青蓮は、徐潜を見ながら何やらにこにこしている。

「別に、怒ってはいない。怒ってはいないけれど」

視線を彷徨わせてから、統明帝は青蓮で止めた。

「ねえ、君は分かっていないのかい？　今僕の周りにいるのは、とても危険なんだ」

そして、説得するように話しかける。

「すべて伺っております」

統明帝の言葉を受け止めて、青蓮は真っ直ぐ投げ返した。

「その上で、お役に立てることがあると判断いたしました。一人の牙人としての、冷静な判断です。おそれながら、この点につきましては、陛下よりも郭学士よりも、私の判断が正確と存じます」

堂々たる言辞である。気圧されたか、統明帝が言葉に詰まる。

「そもそも。陛下に害を為さんという陰謀が実現すれば、天下は大いに乱れましょう。そうなれば、どこに身を隠すこともできません。商賈は、国の安定の度合いに大きく左右される存在ですから」

そこまで言って、青蓮は言葉を切る。

「——などという建前も考えましたが、しかし本当の思いは別にあります」

そして、改めて続けた。相変わらず、彼女は話が上手い。

「私の志は、皆が笑顔になることです。そこには、私自身だって含まれます。陛下が危地にあるのに、笑顔でなんかいられません」

統明帝は、目を見開いて彼女を見た。何事か言いかけて、また口を閉ざす。

何度も何度もそれを繰り返してから、ついに統明帝は言葉を発した。

「——分かった。でも、本当に危なくなったらその時は何があっても君を遠ざけるよ」

「ええ。そうならないように全力を尽くします」

人を喰ったような青蓮の答えに、統明帝は眉をひそめる。しかし、敵わないと見たか溜め息をつき、居住まいを正した。

「梁青蓮。再度朕の后となることを命ず」

厳かにそう告げてから、くすりと微笑む。

青蓮の顔で、笑みが弾けた。それは統明帝に伝染し、彼もまた笑顔にしてしまう。それを見た郭晶も笑ってしまい、徐潜でさえも微かに笑っている。部屋が、温かい笑みで満たされていく。

「改めてよろしくね、青蓮」

「さて、煜様。言いたいことはたーくさんあるんですけど、とりあえずは必要なことから。民のことを知りたいと思っておいでの貴方に、一つ教えて差し上げたいのです」

そういうと、青蓮は書卓に両手を置いて身を乗り出した。

「ぜひとも承りたい」

真面目くさった顔で、統明帝は頷く。

「友人を頼る、ということです。人は友人と信頼関係を結ぶべきです。信頼とは、信じ頼ること。困った時には助けを求めることも、友を信じる行いの一つなのです」

「朋友、信あり」

郭晶は、小さく呟いた。学問において、人倫の一つとして挙げられることだ。

やってきた青蓮に計画を聞かされた時、郭晶は思わず感心してしまった。ともすれば机上の綺麗事として軽んじられがちな徳目を、現実の方略の軸としてしっかり組み込んでいたからだ。

最初青蓮の素性について調べた時、かつて科挙を目指して真剣に学問していたと郭晶は報告を受けた。しっかり学んだことというのは、土台となるものらしい——

そこまで考えて、郭晶は息を呑んだ。夢に見た光景と、目の前の何かが繋がる。そこから、一つの図が描き出される。

微かに、身が震える。考えもしなかったことだ。信じたくはないことだ。しかし、おそらくはそれだけに、最も真実に近い。

「如何なさいましたか？」

徐潜が、小声で訊ねてくる。彼は、さりげなく近づいてきていた。郭晶の変化に気づき、そっと確認してくれたらしい。

「後で話す」

それだけ言って、郭晶は冷静さの仮面を被り直す。

「友達か」

郭晶の変化に気づかぬ様子で、統明帝が呟いた。

「早速で申し訳ないが、僕には友と呼べるものがいるかどうか自信がない」

そして、眉尻を下げて言う。

「大丈夫です。私と焜様は並んで歩く者。ならば、私の友人は陛下の友人です」

それに対して、青蓮はもう一度笑って見せた。

「私には、長い付き合いの老朋友（ラオパンヤオ）がいます。とても頼りになるんですよ」


中夏の南北には、二つの巨大な川が流れている。北のものを王河（おうが）といい、南のものを状江（じょうこう）という。いずれも、西の山奥に源を持ち、東の海へと流れ込んでいる。

遠い昔、一人の皇帝がその南北の川の間に運河を掘削しようと志した。二つの川の距離は大変離れていて、それを繋げることには極めて多大な労力を必要とした。その皇帝は天下の民を大勢動員し、酷使し、ついに完成させた。名付けて王状渠という。

その皇帝は、巨大な遊覧船を建造して民に引かせるなど無意味な使い方をしたが、彼と彼の国が滅ぼされた後も、王状渠は存在し続けた。その皇帝以降の人間は、運河を運河本来の目的で利用し、その価値を十二分に発揮せしめた。

一つの船にたくさんのものを乗せ、陸路よりも遥かに安い経費で運ぶことができる。風の有無にも左右されるが、海路ほどの危険はない。皇帝の欲望が、結果として後世の益になったという、中夏の歴史において大変希な事例である。

「さて、そろそろのはずだね」

谷乙が言った。彼がいるのは、玄京の中でも倉庫の立ち並ぶ一角だった。眼前には、運河が流れている。

玄京は王河よりも北に位置しているが、王状渠は城内まで延伸されている。水運を通じて、遥か南の状江とひとつなぎになっているのだ。

「さようですな」

谷乙の声に応えたのは、一人の老人だった。谷一族に長く仕えてきた、極めて優秀な商賈である。

「あ、来た来た」

谷乙は、彼方を見透かした。大きな船が、いくつも現れたのだ。いずれも、「谷」の一字を染め抜いた旗を掲げている。彼が運用している貨物船なのだ。

船は、谷乙たちの前で停泊した。倉庫街は港の役割も果たしているのである。

「行くぞ！」

景気のいい声が響いた。荷物の積み下ろしを行うことを生業とする扛肩たちである。彼らの逞しい腕が、次々に荷物を船から下ろしていく。

大半は、帳簿に存在する荷物である。しかし、三つに一つ、あるいは五つに一つ、目立たないところに印がついた箱が現れる。帳簿に記載されていない。いわゆる闇荷だ。

箱に詰められているのは、様々な穀物である。もう少し言えば、兵糧として活用できるあらゆる穀物である。相場に影響しない程度に少しずつ、しかし可能な限り大量の穀物を、谷乙は密かに集めているのだ。

「苦労させたね、じい。多すぎず、少なすぎず、しかも損失の出ない形で買いを入れるのは大変だ。僕自身、やっていて目が回りそうだよ」

谷乙が、老人にいたわりの言葉をかける。

「なんのなんの。むしろ血が騒ぎますな。商賈たるもの、一度は己の命より重いものを商うてみたいものです」

老人は、どんと胸を叩いた。

「まあ、分からなくもないけど。正直とても楽しい。僕たちにしかできないことだしね」

谷乙も、相好を崩す。

相場に現れない形で密かに穀物を買い集め、玄京に集中させる。それは、神業に近い。成し遂げられつつあるのは、彼の商才と、彼の一族が長きにわたって築いてきた人脈の為せる技だった。

「さて、これからいかがしますか？」

老人が訊ね、谷乙は頷く。

活仏乙（かっぷついつ）――生き仏の乙という異名は、ますますもって彼にふさわしいものだと言えた。

「直接運び込むことはしない。玄京と長城の途中にある村々に貯蔵する。多すぎず、少なすぎずね」

今や天下の穀物の趨勢（すうせい）は、この仏の手の平の上にあるのだから。

「貴女にはお世話になっている」

そう切り出したのは、一人の色目人の男性だった。その服装から、彼が宣教師として中夏へとやってきたことが分かる。

「貴女からの寄付のおかげで、我々はこの異国でも天にまします主の偉大さを表すことができている」

宣教師とは、即ち信仰の戦士である。特に彼ら――イグナティウス会の修道士たちは、極めて優れた戦士だといえる。

彼らが、己の信じる神を狂信的に押しつけることはない。その地その地の風習を学び、己と教義とを適応させながら、神の教えを広めるという目的を果たすのだ。

たとえば、祖先の霊を崇拝する中夏のならわしは、厳密に言えば彼らの神の教えとは反する。しかし、彼らが練り上げた論理は、その背反さえも乗り越える。新たな解釈で整合性を保ち、さらなる高みで統一するのだ。今や彼らは、中夏の地に確固たる信仰の砦を築いている。

「お言葉ありがとうございます」

だが、それは必ずしも彼らの力のみによるものではない。彼らを理解し、強力に支援する存在があったからこそなのだ。

「神の子羊として為すべき務めを果たせているのなら、とても光栄に存じますわ」

その代表格が、アドリア・チェチーリア・カリニャーニだった。彼女は商いで築いた富を惜しみなく宣教師たちに寄付し、様々な面で彼らを助けた。彼女の援助がなければ、宣教師たちの成功は遥かに小規模なものとなっていただろう。

「だが、貴女の申し出にお応えすることは困難だ」

もう一人の宣教師が、口を開く。

「我々は、特定の誰かに過剰に肩入れするべきではない。我々が母国より持ち込んだ知識は、あくまで教えを説くその助けとするためのものだ」

彼女たちがいるのは、天主堂（チャペル）である。いくつも並んだ礼拝者用の椅子に腰掛けて、話しているのだ。

突き当たりの祭壇には、大きな像が屹立(きつりつ)している。茨(いばら)の冠を被らされ、十字架にかけられた一人の男性の像だ。

「汝(なんじ)は往きて神の國を言ひ弘(ひろ)めよ」

救世主(クリスト)。生きとし生ける人間すべての罪を背負って死んだとされる男性。その姿を模した像を見つめながら、アドリアは聖典の一節を呟いた。

「その通り。我らがもし誰かに肩入れしすぎれば、その誰かが滅びた時に共倒れになってしまう。神の声を伝える者がいなくなってしまう。それは絶対に避けねばならない。畑は広いが、働き手は少ないのだから」

最初に話した宣教師が、深々と頷く。

「一つ、訊ねさせてくださいませ」

アドリアが、自らの両脇に座る宣教師を交互に見比べた。

「もし神父様(パードレ)たちが力を貸すことがなければ、この街は大いなる略奪に晒されることでしょう。聖書に語られる破壊と捕囚の如き蛮行が、再びこの地上に現れるのです」

宣教師たちの表情に、動揺が走る。アドリアは、そこへ畳みかける。

「洗礼を受けた信徒たちを、あるいはこれからそうなるべき者たちを、お見捨てになるのですか？」

「――そのことには、胸を痛めないではない」

一方の宣教師が、再び口を開く。その顔に、最早(もはや)狼狽の色はなかった。

「だが、主の御心(みこころ)を、我々の浅知恵で測ることはできない。いかに理不尽であっても、それは主が決められたこと。彼らがそこで死すとも、それは主の与えられたさだめなのだ」

彼らの論理は、徹底的に鍛えられている。異教徒と論じ合うことになっても、彼らの信じる神の正しさを証明できるように、極限まで磨き上げられている。その論理性は、如何なる場面においても有効なのだ。

「彼らにとっては、あるいはそうかもしれません」

それでもなお、アドリアは怯まない。

「しかし、貴方方にとってはいかがですか？　人々を救う力があるのに見捨てることが、本当に主の御心に適うものだとお思いなのですか？」

再び宣教師たちが口をつぐんだ。

「わたしは商人(メルチャンテ)の家に生を受け、親に連れられこの地に至りました。そして親が主の元へ召されてからも、たゆむことなく己の生業に励んできました」

彼女の武器は、彼女が敬虔(けいけん)な天主教徒にして、同時に有能な商人であることだった。

「与えられた生業に取り組むことが、主の御心に適うことだと信じているからです。神の子羊は、己の生業と真摯に向き合い、そして他の誰かのために生きることができる。それをこの東涯の地で示すことが、神の栄光を地上に輝かせることであると信じているからです。寄付はあくまで、その一環に過ぎません」

彼らの教えにおいて、商人は必ずしも尊敬される生業ではない。それでもなお倫理的に取り組むという精神には、大変重みがあるのだ。

「富者が天国の門をくぐることは、駱駝が針の穴を通るよりもなお難しいことです。だとしてもなお、私は己の行いに自信があります。たとえ明日大いなる主の御前に立つこととなっても、何ら恥じるところはありません」

宣教師たちは揃って黙り込んだ。論理の正しさに拠(よ)って立つ者は、より正しい論理の前では沈黙せざるを得ない。邪(よこしま)な者であれば、話題をずらし揚げ足を取り「論破」しようと図ったことだろう。しかし彼らは、彼らの信じる神に対する信仰と同じくらいに、彼らが組み上げた論理にも忠実だった。

宣教師たちは視線を交わし、それをもって互いの出した結論を交換し合った。

「分かりました、カリニャーニさん」

「私たちは貴女の言葉に従いましょう」

宣教師たちの言葉に、アドリアは静かに微笑んだ。

「かくあれかし(アーメン)」

長城は、彼らの前にその姿を横たえていた。かつてはただ土を盛り突き固めたものでしかなかったが、今は磚でその表面を覆われ、より堅固となっている。一定の間隔で、同じく磚で覆われた見張り台である墩台が築かれている。防御の時の拠点となるべく、設計されたものだ。長城には無数の旗が林立し、防備が固められていることが窺えた。

長城の改築のためには民が酷使され、大勢の命が失われてきた。中でも磚で覆うための作業は過酷を極め、万を超える人々の命を奪った。戦って死ぬならまだしも、長城の修築などで朽ち果てたくはない——そんな嘆きを漏らしながら、人夫たちは倒れていったという。

そして、長城は越えようとする者を幾度となく退けた。犠牲になった攻兵の数は、修築で命を落とした人夫の数を遥かに上回る。長城の下には、戦死者の骸骨が折り重なって埋まっているのだ。

長城には、ところどころ門もある。長城というと、ひたすら壁の如き建築物が続いていると考えがちだが、出入り口も用意されているのだ。中夏側から、北へと攻め込むためのものである。

門には、額が掲げられている。エスデルのいる位置からは小さくて読めないが、そこには中夏の文字で「木金関」と書かれているはずだ。

中夏の民にとって、長城は象徴的な存在である。そしてそれは、猲犴にとっても同様だった。

この長城を越えるのは、至難の業である。だからこそ、それを成し遂げた者は後世までその偉業が語り継がれることになる。たとえば、蒼(あお)き虎と讃えられたエスデル可汗(カアン)の祖のように。

「滾(たぎ)りますな」

臣下の一人が、エスデルに話しかけた。馬にまたがり、弓と矢筒を身につけている。

「ああ」

短く答えたエスデルもまた、愛馬を駆っていた。馬を駆っているのは、彼らだけではない。エスデルに従う獨豻の兵すべてが、奔馬にまたがり「その時」を待っている。

中夏の皇帝は、この辺りに駐屯しているという。自らの直属の軍を動かしたはいいが、兵糧が用意できず早々に飢えさせてしまったそうだ。行く先々の村々から兵糧を略奪したが足りず、極めて士気の低い状態にあるらしい。

エスデルにとって、忸怩(じくじ)たるものがないわけではない。獨豻の王者としては、やはり敵とは正々堂々と戦い勝利を収めたい。何者かの陰謀に乗って、弱っているところを撃つというのは、いかにも卑怯であるように思える。

とはいえ、贅沢は言ってもいられない。ここで中夏を破り、皇帝を生け捕りにすれば、軍功は蒼き虎を超える。何にも勝る名誉であり、栄光である。

エスデルの馬が、鼻息を吹き出した。獨豻の中でも、屈指の名馬である。しかしその身体は、最も調子がいい時と比べればはっきりと細い。

これは、冬という季節に由来する。獨豻は、主として自然の牧草を与えて馬を飼育している。冬ともなると、どうしてもその量が減少してしまうのだ。獦豻の中夏への侵攻は、高い天の下で馬がしっかりと肥える秋に行われるのが基本だ。

だが、エスデルはあえて冬の最中(さなか)に策動と挑発を続けた。こちらが衰え気味でも、向こうがさらに弱っていれば、勝利を収めるのはこちらだ。

エスデルは、馬のたてがみを撫でる。獦豻の者は多く馬のたてがみを染めたり編んだりして己の存在を誇示するが、エスデルはあまり興味がなくそのままにしていた。可汗(カアン)は、その威と覇気と武勇でもって己の存在を示すべきだと考えている。

威と覇気と武勇。今、そのすべてが問われていると言っていい。試練が訪れたのだ。必ずや、乗り越えてみせる。

「よし」

エスデルは呼吸を整えると、歴史を創らんとする雄図を叫び声に変えた。

「進め、至れ、襲え、破れ！　我らが誇りをその血で証(あか)せ！　死闘せん(ウクルドウィエー)！」

獦豻の騎兵が、長城めがけて一斉に突撃する。鬨(とき)の声と、嘶(いなな)きと、蹄音(つまおと)。中夏の民を恐怖させてきた獦豻の軍楽が、辺り一面に轟き渡る。

長城から矢が放たれた。皇帝直属の兵ではなく、長城の防衛を任じられた兵のものだろう。その狙いは意外に正確で、騎兵たちを次々に撃ち倒していく。

しかし、獦豻の勢いは止まらない。獦豻の勇士は、たとえすぐ隣の仲間が射抜かれても恐れない。獦豻軍はあっという間に長城に接近した。

獨犴の兵たちは長い縄を振り回し、長城の上部へと投げつける。先端には鋭い金具が取りつけられていて、投げつければ磚の縁に引っかかり、あるいは激しく突き刺さる。馬が肉薄したところで兵たちは馬から飛び降り、縄にぶら下がる。縄と金具は屈強な獨犴の兵の重みをよく支え、兵たちは長城を一気に登っていく。

舜の兵士たちも、指をくわえて見てはいない。矢を放ち、岩を投げ落とし、沸かしておいた熱湯を浴びせ、昇り来る兵たちを叩き落とす。

「次を出せ」

エスデルは指示を出した。彼は部隊に大げさな名前をつけない。ただ必要なものを編成し、然るべき時に用いる。

彼の指示に従い、一軍の騎馬部隊が前進した。長城の前を横様に走り抜けながら、弓を構える。

手綱から両手を離し、己の足のみで奔馬を操りながら、兵たちは矢をつがえて放つ。それは中夏の側の放った矢よりも遥かに凄まじい勢いで飛翔し、防衛のため身を乗り出している舜の兵の命をその鎧ごと射抜く。

騎射。獨犴最大の特技である。遠い昔、中夏の民は獨犴のものに似せた服を作ってまでして、この技術を採り入れた。誇り高き中夏の民が模倣せざるを得ないほどの破壊力を、騎射は有しているのだ。

放たれた矢は守備兵たちを射抜き、その数を減らしていく。隙を突き、壁を登る兵に新手が加わり、少しずつ高く登っていく。これまで幾度となく繰り返された、攻防の定石とも言うべき光景である。

しかし、今回はいつもと異なっていた。エスデルは、この戦いに大きな兵力を用意した。数が多ければ、すべての規模が拡大される。城壁を登る兵も、騎射も、何もかもが桁違いである。長城を守る兵たちは、あっという間に押されていく。

一方、中夏側に動きはない。皇帝も、その直属の軍も、門を開いて打って出てくることもしない。それができないほど、疲弊しているということなのか。

エスデルの血が、滾った。勝てる。不滅の栄光が、すぐ手の届くところまで来ている。

「――む?」

その時、エスデルは長城の上に何か異変が生じたことに気づいた。内通者の報告にも、エスデルが放っている間者の報告にもないものが、姿を現したのだ。

「なんだ、あれは?」

壁の上に現れた、黒い筒のようなものを見ながら、エスデルは呟く。

「大丈夫ですか」

そう言ったのは、護衛のためにとつけられた兵士だった。墩台の上で堂々と立っている護衛対象のことが、心配でならないらしい。

「かめへんかめへん。うちには神様のご加護があるさかい、矢ぁの方がよけて飛びよんねん」

アドリアは、そう嘯(うそぶ)いてみせた。

「牙人は、商いに責任持たんならんさかいな。上手いこと行くかどうか、しっかりこの目で見やなあかんのよ」

「用意せよ！」

そんな命令が、守備兵の間に下った。旗が振られ、どんどん伝えられていく。

「いよいよやな」

アドリアはにやりとする。

命令を受けて姿を現したのは、金属製の黒い筒だった。車輪のついた木の台座に乗って、長城の縁へと移動している。

大砲(カンノーネ)。遥か西、アドリアの母国で生まれた兵器である。

宣教師たちは、母国の最先端の知識と技術を身につけている。そこには当然、軍事の分野に属するものも含まれているのだ。

鎧に身を包んだ宣教師たちと、彼らから指導を受けた兵たちが大砲を操っている。ここまでこっそりと運ぶことは難しかった。アドリアにこれを頼んだ人物とやらは、相当高位にあるものだろう。もしかしたら、相当どころか――

「まあ、それはさておくとして」

アドリアは推測を中断した。大砲の用意が整ったのだ。

「ばちこんいわしたってや」

にやりと笑うと、アドリアは無数の軍勢が待機している獨犴の本陣を見据える。

「主はそれを望まれる！」

そんなアドリアの言葉とほとんど同時に、並ぶ大砲が火を吐いた。

天地を引き裂くような轟音と共に、放たれた砲弾は本陣へと襲いかかる。

獨犴に、防ぐ術はなかった。砲弾は炸裂し、爆煙と共に騎兵たちをまとめて吹き飛ばす。

獨犴の布陣が、一気に乱れた。馬たちが、聞いたことのない大音響に恐慌を来したのだ。精強無比の獨犴騎兵たちにも抑えることは叶わず、混乱はどんどん広がっていく。

第二発、第三発。そこに向けて、新たに装填された砲弾が、次々放たれた。一瞬にして、戦況は変化した。

続けて、鬨の声が上がる。獨犴のものではない。長城の守備兵のうち、待機していた歩兵たちが門を開いて撃って出たのだ。

「栄えあるかな」

アドリアは首から提げた十字架を取り出し、それに口づけたのだった。

楊朗は、槍を構えて敵陣へと突撃した。厳しい訓練のお陰で、体は動く。しかし頭の中は、他のことでいっぱいだった。

あと少しで勤めが明けるというところで、獦豿の大軍が攻め込んできて、兵士にされてしまったのだ。どうして、なぜ今なのか。嘆かずにはいられない。

生きて帰りたい。農民である楊朗にとって、戦での功名などに興味はない。ただ何事もなく無事に終えられれば、それでよかった。

浮かんでくるのは、手紙を交わした幼馴染みの姿だった。わざわざ都から手紙を送ってくれたのだ。楊朗は仲間たちに見せびらかし、送り主がいかにいい女の子であるかを自慢した。実際、本当に素敵な女の子だと思っているのだ。本人にそう伝えたことは、まだないのだけれど。

行く手で、激戦が繰り広げられている。敵味方が入り乱れ、殺し合っている。大砲なる新兵器の轟音は止まっていた。味方を撃たないようにするためだろう。

「もうすぐぶつかるぞ！」

属している隊の長が叫ぶ。歓声と熱、叫び声と蹄の音が近づいてくる。さほど好戦的ではない性格の楊朗も、頭に血が上る。遠い先祖から受け継いできたのだろう何かが、戦えと叫ぶ。

敵が近づく。馬に乗った騎兵の群れが、味方の隊と戦っているのが見えた。あそこに加勢するようだ。

「行け！」

長の叫びと共に、楊朗たちは突っ込んだ。

騎馬に対して槍を突くのは、重さもあって難しい。対して、相手は武器を振り下ろすだけでいい。騎兵が歩兵に対して有利な理由の一つだ。

しかし、相手は明らかに混乱していた。馬と兵の呼吸が合っていない。これなら——行ける！

楊朗の槍が、騎兵の剣を弾いた。騎兵が大きく体勢を崩す。その脇腹に、隊の仲間の槍が突き立った。騎兵は目を見開き、口から血を零し、馬から転がり落ちる。驚いた馬は走り出し、どこかへ駆けていってしまう。

「次だ！」

歓声を上げる間もなく、次の命令が下った。一人、また一人と倒す。馬から転げ落ちた兵を仕留める。手強い相手は、馬を狙う。

荒い息をつきながらも、楊朗は手応えを感じていた。勝てるかもしれない。生きて帰れるかもしれない。幼馴染みに、ずっと伝えたかった想(おも)いを伝えられるかもしれない——

「来るぞ、右だ！」

上ずった声が、楊朗の甘い希望を打ち砕いた。

言われた方向を見る。騎兵の一団が、猛然とこちらへ向かっていた。混乱の中でも馬をきっちり操り、集団で動いている。相当な手練(てだ)れだということが見て取れた。

「防げ！」

長の指示と共に、大きな盾を持った仲間たちが飛び出す。しかし、騎兵たちはまったく怯まなかった。

「そんな」

楊朗は愕然とする。騎兵たちはその豪腕と剣を振るい、あるいは盾ごと馬蹄(ばてい)にかけ、こちらの守りを簡単に突破した。そしてその勢いを一切止めることなく、突っ込んでくる。騎兵たちの目には、激しい戦意が燃えていた。連れてこられた楊朗たちとは違う、生まれながらの兵(つわもの)であることが、そこには現れている。

騎兵が暴れ回った。剣を振るい、矢を放ち、仲間たちを撃ち倒していく。いつしか長の指示も、聞こえなくなっていた。

「嘘、だろ」

気がつくと、楊朗は孤立していた。仲間は討たれるか、深手を負って倒れるかしている。付け焼き刃の高揚は一気に消え去り、恐怖が全身を捕まえる。

騎兵の一人が、楊朗にゆっくりと迫ってきた。急ぐ意味はないということだろう。槍を構えて、必死で睨む。しかし、騎兵はたじろぐ様子もない。楊朗を仕留めるべく、一歩一歩馬を歩ませる。

幼馴染みの顔ばかりが、楊朗の脳裏に浮かんだ。もしここを突破されたら、彼女の身も危険に晒されるのだろうか。それは嫌だ。自分が死ぬよりも、嫌だ。しかし、どうすればいいのか――

その時、何かが叩き鳴らされる音が響いた。銅鑼だ。騎兵が、彼らの言葉で何かを叫ぶ。いったい、どうなっているのか。

ひとしきり銅鑼が響き終えると、騎兵が後退った。ようやく彼から目を離すことができ、楊朗は音のした方を向く。

長城から、新たな軍勢が出撃してきていた。その輝かしい鎧を見れば、何者であるかは一目で分かる。禁軍——皇帝陛下直属の精鋭だ。

獫狁の騎兵たちが、互いに叫び合う。数を集め、再び隊伍を組み直すと、楊朗には見向きもせずに禁軍へと突っ込んだ。

禁軍の一隊が前に出て、その突撃を受け止める。あれほど強い騎兵と、禁軍の兵士は互角に戦っている。さすがは、赩でも最強と言われる軍勢だ。

個々の能力が互角なら、勝敗を決するのはその疲労具合だ。進軍の道すがらしっかり食べて力を蓄え、満を持して出撃してきたという彼らと、既に激しく戦っていた騎兵たちとでは疲労の具合に圧倒的な差がある。騎兵たちは一人、また一人と討たれ、ついには逃げ出した。禁軍は楊朗を追い抜き、さらに進撃していく。

立ちつくす楊朗の元へ、新たな軍勢が近づいてきた。軍勢は、大きな旗を掲げている。それがただの旗ではないことに、楊朗は気づいた。赩の字に龍が添えられた、黄色の旗だ。色も、模様も、指し示す存在は赩国においてただ一人である。

「よく戦ってくれた」

白馬に乗った一人の男性が進み出て、楊朗を労った。楊朗は、皇帝の顔を見たことはない。しかし、彼は間違いない皇帝――統明帝だろう。

「陛下」

疲労のせいもあったし、安堵のためだったかもしれない。いずれにせよ、楊朗はこの時決してあってはならない行動を取ってしまった。

「ここは危ねえ場所でございやす。なして、そんな目立つ旗を立てているんですか？」

皇帝に対し何の礼も施さず、お国言葉交じりで聞きたいことを聞いてしまったのだ。

「敵にも味方にも、こう伝えるためさ」

気分を害した様子もなく、統明帝は答えた。

「大薺皇帝此に在り」

統明帝の芸術的な感性は、数多いる中夏の皇帝でも屈指の煌めきを放っている。彼が残したいくつもの文集や芸術論は、薺代の文芸作品の最高峰と言えるし、彼の勅命により古今の書巻を蒐集し保存した『澄神全書』は、それまでの中夏文化の集大成として今なお幅広い分野で参照される。

しかし、彼の名をして後世に永く残らせしめたのは木金関の戦いにおける大勝利であり、その際高らかに宣した「大薺皇帝在此」の六字であった。以降薺国の皇帝は、ひとたび戦あればこの言と共に戦場へと果敢に赴き、それは蕣国最期の時まで続くことになる。

錦衣衛の長である徐潜は、建物の中を歩いていた。蕣国のとある重臣の家宅である。その重臣は、急な病を理由に皇帝の親征への従軍を外れ、家に籠もっていた。

徐潜は、廊下を堂々と歩いていた。隠密行動が身上の錦衣衛であるが、忍び込む必要もない。相手は——国を裏切った、奸臣なのだから。

やがて、徐潜は一つの扉の前に立った。迷わず開けて、中に入る。

「お前の身柄を拘束する。大人しく従え」

一切の敬意を示すことなく、徐潜は相手にそう通告した。

「どうしてだい？」

重臣——華蓋殿大学士である常焉が、不思議そうに訊ねてくる。

「君は、錦衣衛指揮使の徐潜だね。間者組織の長が、なぜ僕のところに？」

彼は、書卓の前に座って読書をしていた。読んでいたのは、名君と言われたある皇帝が部下と問答を交わす体で書かれた、一冊の兵法書だった。

「お前は陛下の改革のお志を利用して帝室の富を流出させ、帝室を弱らせようと図った。また人を雇って帝を襲撃させ、内城を焼き払った。あまつさえ獦犴と内通し、その襲来を招いた」

淡々と、徐潜は常焉の罪を数える。

「そのいずれか一つだけでも死に値する。神妙にしろ」

「なるほど」

本を置くと、常焉はしばらく考え込んだ。

「心当たりはないけれど、もし疑われているなら僕にはいくつかの選択肢がある。その中で、『錦衣衛を味方につける』というものがあるなら、試してみたいかもしれないな」

そして、笑みを湛えてそんなことを言う。

「俺が——錦衣衛が忠誠を誓うのは、皇帝陛下。そして、陛下がご信頼を授けられ、それに応えた者だ」

徐潜の答えは冷淡だった。

「常焉。お前は恐れ多くも皇帝陛下のご信頼を裏切った。錦衣衛はお前を不倶戴天(ふぐたいてん)の仇敵(きゅうてき)と見なす。たとえ逃げても、地の果てまでも追ってやる」

その凍るような冷たさの中には、ある種の激しさも秘められていた。

「影から人は逃れられん。夜も昼もないと知れ。日月が空からお前を照らす時、お前の後ろに錦衣衛は現れる」

「証拠は?」

常焉は、怯むこともなくそう訊ねた。

「陛下は、疑わしきをすぐさま罰するような無道な真似をなさるのかい?」

「証拠は、ある」

そんな徐潜の声と共に、一人の女性が現れた。整った目鼻立ちをしている。そのすらりとした体型と白い肌は、粧い方次第で彼女を色目人に見せることもできるだろう。

その美しい顔には、いかなる表情も浮かんではいなかった。彼女が錦衣衛の一員であることの、何よりの証左だ。

彼女は、何かを引きずっていた。一人の男だ。外見からは想像もできないほどの膂力で男を引きずると、女性は書卓の前に転がした。

「ねえ、教えてくれない？　貴方は今、何をしているの？」

女性が、無表情のままで口を開いた。蕩けるように、蠱惑的な声だ。

「ああ、何度でも言うさ。とある立派なお方の命で、皇帝を引きずり下ろすお手伝いをしているのさ。もし成功すれば、お前にもいい服をたくさん買ってやる。そして、あの生意気な色目人の女を加えて三人で、毎晩のように――」

なおも喋り続ける陸方臣の右脇腹辺りを、女性は蹴り上げる。陸方臣は、口をぱくぱくさせて悶絶した。

「当人は娼婦を買ったつもりで、すっかり酔い痴れました。『夢現』になっているうちに、洗いざらい話しました」

女性が言う。先ほどとは打って変わって、低く落ち着いた声だ。あるいは、こちらの方が真に魅力的と言えるかもしれない。

「保石散(ほせきさん)か。恐ろしい真似をする」

常焉が呟いた。

保石散。それは、人に幻を見せる薬である。芥子(けし)から作られる阿芙蓉(あふよう)や、麻を乾燥させて作られる大麻など、人の精神に作用する薬はいくつもあるが、保石散はそれらのいずれよりも強い効き目を持つ。そして、使った者を徹底的に依存させる作用も有する。

「娼婦に化けて、春をひさぐと見せかけて一服盛ったのか。いい女を抱いている幻に溺れながら、寝物語気分で洗いざらい吐かされたわけだな」

常焉が、気を失っている陸方臣を見下ろす。

「それは、もともとケチな詐欺師だった。人に大きな仕事があると話を持ちかけて銭を出させては、私服を肥やすのがその手口だった。口だけは回るから拾ってやってはみたが、どこまで言っても口だけの小人だったようだな」

瞳に浮かんでいるのは、哀れみではなく蔑みだ。

「そういうところだ」

別の声がした。女性のものだ。

「お前はとても賢い。しかし、その賢さでしか人を測れない。だから賢さでは測り得ないものを見落とし、失敗する」

声の主が入ってきた。郭晶である。

「へえ、次々人が現れるね」

常焉が、おかしそうに口元を歪めた。

「君に会えて嬉しいよ。君が僕の寝室に来てくれるなんて、いったいいつぶりだろうね」

その首に、鈍色のものが光る。

「言葉を慎め」

瞬時に間合いを詰めた徐潜が、短刀を押し当てていたのだ。

「徐潜。大丈夫だ」

郭晶が言う。徐潜はしばし動きを止め、ようやく刃を放し距離も取る。

「そいつの言ったことが真実だとして、僕に絞れた理由は何だろうね。そいつは僕の名前を出したわけでもない。僕のことだって、多分見たことさえないんじゃないかな」

首を撫でながら、常焉が訊ねる。

「一つは、慎学士だ」

郭晶が、大学士筆頭の老人の名を出す。

「彼は、いわば朝廷に住み着いた妖怪だ。どうすれば生き残れるかを常に考え、そして実践してきた。彼はその智というよりは嗅覚から、陰謀の存在に気づいた。おそらく、両構えだったのだろう。陰謀が成功しても、失敗してもいいような形で独自に情報を集め続けてきた。常にどっちつかずの立場を取りながら、様子を窺い続けた」

「わしはのう、大きな野望も深い欲望もありゃあせんのじゃ。ここまで来たのも、ただ死にたくないという一心じゃった」

人払いをした後で、慎翻は言った。

「若い頃、錦衣衛の拷問に立ち会う羽目になったことがある。拷問を受けていたのは、わしの年誼だった。同じ年に科挙に及第した親友が、惨たらしい責め苦を受けておった」

慎翻が、ふと遠い目をする。その目には、遥か以前の過去が映っているようだ。

「進士なら――科挙に及第して立身した者なら、誰でも分かるじゃろ。年誼の者の間には、親友を超えた繋がりが生まれる。

それでも、何もできなかった。わしに気づいた友は、泣きながらわしに助けを求めてきた。しかし、何もできなかった」

普段と変わらぬ口調で、慎翻は史書に決して記されることのない葬の闇を口にする。

「震えているばかりのわしの前で、親友はついに秘密を吐いた。とある大学士の失脚に繋がる、決定的な秘密をな」

慎翻は、黙り込んだ。郭晶は急かすことなく、彼が再び話し始めるのを待った。

「無論、親友は助からなんだ」

過去の記憶と自分の感情の整理に十分時間をかけてから、慎翻は口を開いた。

「次の日、牢の中で冷たくなっているのが見つかった。責め苦に耐えきれなかったのか、それとも別に理由があるのか、それも分からん」

慎翻が、郭晶の目を見つめてくる。その視線に込められた意図を、郭晶は測りかねた。彼の瞳はひどく深く、深さ故の暗さがその奥を見えなくしていた。

「中夏の大官なら、誰でも分かるじゃろ。政争のために拷問を受けた者は、たとえ情報を吐いても助からぬ。死ぬよりもひどい苦しみが、少しばかり早く終わるだけのことじゃ」

深い深い溜め息を、慎翻はつく。

「蕣に仕える者なら、誰でも分かるじゃろ。わしと親友の立場は、簡単に入れ替わるものじゃった。一歩間違えば、次は自分があなる。それが怖くて怖くて、とにかく生き残ることだけを考えてきた。そして、気がつくと自分が朝廷で一番の年寄りになっとった」

「どちらにつかれますか」

短く、郭晶は問うた。そうすべき時が来たのは、明らかだった。

「貴殿らにつく」

老人は、迷わなかった。普段の曖昧な物言いが嘘のように、決然とした態度だった。

「なぜですか」

郭晶は、少なからず面食らった。今の彼の立場からすれば、皇帝や郭晶は確信を持って与(くみ)することができる相手ではないはずだ。

「昨日の夜、その親友が夢に出てきてな。明日来る客人の話はよく聞けと言うたのじゃ」

慎翻の説明は、郭晶にとって少なからず納得のいかないものだった。その内心を汲んだか、慎翻はふむと髭を撫でる。

「なるほど理に適ってはおらん。見殺しにしたわしのことを、あやつが助けてくれるとも思えぬ。しかし――」

そこまで話して、慎翻はむせた。呼吸を整え直してから、慎翻は再び口を開く。

「――夢で見るあやつは、いつも薄暗い牢獄で苦しんでおった。しかし、昨日夢に現れた時の明鈴は、生き生きとしていた。陰謀の沼に沈む前、舜の歴史で初めて女性の身で大学士となるだろうと嘱望されていた頃の、溌剌とした姿で現れてくれたのじゃよ」

何も言えなくなった郭晶に、慎翻は微笑む。

「貴殿は、『誰もが勝つやり方』という話をした。それに、年甲斐もなく胸を打たれたというのもあるのう。あの時、せめてそういう建前だけでも舜にあれば、あやつは死なずに済んだかもしれん」

「――彼は独自に集めた情報に基づいて、自分や他の大学士たちの無罪を証立てた。彼が無罪を唯一説明できなかったのが、お前だ」

「錦衣衛よりも凄かったのかい」

常焉が、挑発的な声を出した。

「一部においてはその通りだ。錦衣衛が裏の存在である一方、慎学士は天下の大学士だ。陰からでは探りにくい物事を、色々と聞き知っていた」

徐潜が淡々と認める。

「お前が兵糧の調達を妨害していることも、慎学士は摑んでいた。家が持つ繋がりや、大学士が持つ権限を駆使し、お前は兵站を細らせていたのだな」

「なるほどね。面白い説だ。他には？」

常焉が、なおも訊ねる。郭晶は、ゆっくりと体勢を変えた。その目が、卓の上に置かれた本に投げかけられる。その書名を見た彼女の呼吸が、微かに、ほんの微かに揺らぐ。

「陛下の御前で話し合いが持たれた時、お前は兵法について論じていた。しばらくしてから、今回の手口は兵法を下に敷いているということを思い出した」

話し始めた時、郭晶は元の彼女を取り戻していた。

「お前は書物の中でも兵法を好んだ。兵法の書をいつも手元に置き、世が世なら名軍師となれたと嘯いていた。それは、おそらくは思い上がりではない。兵法に基づいて、これほどの仕掛けを用意できるのは、中夏広しといえどもお前一人だ。

実際の例は、いくつも挙げられる。御前での話し合いで言うなら、兵糧の不足について主張していたのもそれだ。その点を指摘して、実際に兵糧不足で敗れるように仕向ける。そして責任を回避しつつ先見の明を誇り、自らの影響力を強める。『回り道を近道に変え、損害を利益と変える』というのも兵法の教えだ。兵書の著者も、このような形で己の計略を使われるとは思いもよらなかったに違いなかろうが」

じっと常焉を見つめながら、郭晶は話を締めくくる。

「熱心に学んだことは、その者の土台となる。お前が勝負を仕掛ける時、拠り所となったのは兵法だったのだな」

「僕を斬るかい」

常焉が、これまでつけていた「もし」という建前を外して訊ねた。

「ここで斬ることはない」

郭晶は、首を横に振った。

「お前は、ありがちな罪状で失脚する。放火や外敵を誘い入れたことを明らかにすれば、お前を大学士として信任した帝室にまでその罪が及ぶからな。よくいる強欲な小人として、後世には忘れ去られることだろう」

「後世か」

常焉が、不敵に笑う。

「もし僕を取り調べているうちに長城が破られ、再び獫狁の世が来れば、僕は彼らの王朝で第一の功臣となる。忘れ去られるどころか、後世の鑑（かがみ）となる」

「そして、万人が万人と競い争う世を創るか」

「その通りさ」

常焉の目に、火のようなものが灯る。

「僕は努力に努力を重ねた。その結果科挙で君には敗れたけど、それはいい。全力で競った結果だからね。しかし官途についてみて、分かった。どれだけ努力しても、この国には天井がある。努力だけでは、その天井は突き破れない。一方、天井の上にいる者は違う。ただその一族に生まれただけで、『一番上』に座ることができる」

目に灯った火は炎と化し、激しく燃え盛る。

「だから、僕は世の中を変えることに決めた。強い者、優れた者がそれにふさわしい地位に就き、弱い者、劣った者もまたそれにふさわしい位置に収まる。そんな世の中にするんだ」

「以前から、似たようなことを言っていたな。有能な者が上に立ち、無能な者は下にある。誰もが分に応じたところに収まれば、最も効率のよい世が実現される——か。若い大学士にも、その考え方を吹き込んでいたのだな」

郭晶が、複雑な表情をした。

「その考え方を突き詰めれば、誰も負けられない世の中になる。弱さを見せられなくなり、周りより優れた存在であらねばとばかり考えるようになる。ひどく殺伐とした世だ」

憐れむような、哀しむような。そんな表情だ。

「それでいい」

常焉が、目を見開く。

「力のない者がふんぞり返り、優秀な者の足を引っ張るよりも、ずっといい。無能は無能らしく、秀でた者の邪魔をしない。それが、あるべき世の姿だ」

「いずれにせよ、その世が訪れることはない」

郭晶が、突き放すように言った。

「つい今し方早馬が着いた。勝ったのは陛下だ。也速迭兒可汗は敗れ、後退した」

常焉が、笑おうとする。しかし、それは失敗した。ここで郭晶がはったりを言う意味がないと、理解したのだろう。

「――分からないな。どうして、僕は負けたんだろう」

常焉が、呟くように言う。

「僕と君との力は、概ね伯仲しているはずだ。どうしてこんな差がついたのか」

「私には――私たちの側には、人と人を繋ぐ力を持った者がいた」

郭晶が、哀れむように言った。

「お前の周りには、結局お前の道具しかいなかった。それはそうだろう。お前にとって他者は、結局のところ競争相手だ。競争相手は、利用することはできても信頼することはできない。騙すことはできても、助力を求めることはできない。強さだけを求める者は、実のところひどく弱い。勝つことばかり考える者は、最後には無惨に敗れるのだ」

「――晶。話が」

「お前がそれを理解できる人間だったなら、私はすべてを差し出してでもお前の助命を陛下に乞うただろうな」

そう言い残すと、郭晶は背を向けて部屋を出ていった。

長い中夏の歴史の内、様々な民族が長城を越えて中夏に攻め入った。

だがそれは、中夏が乱世にあったとか、その頃の王朝の政が腐敗し弱体化していたとか、中夏側が問題を抱えた時期のことだった。

正面からの決戦の末に長城が破られたのは、中夏史上ただ一度。蒼き虎と呼ばれた一人の英雄が、彼の部族を率いて攻め寄せたその時のみである。

エスデルは、その将器において決して祖に引けを取らなかった。しかし、彼はその生涯で長城を攻め破ることがついにできなかった。


兵を引き、エスデルは野営した。

エスデルは戦場用の小ぶりなゲルに一人でいた。そこかしこから呻き声が聞こえる。獦豻の者は野営を苦としない。しかし、手傷を負っていれば話は別だ。

エスデルは唇を噛む。受けた被害は、途方もない。多くの精兵を、獦豻は失った。立て直すのには、長い時間がかかるだろう――

「やあ」

そんな彼の前に、一人の男性がひょっこりと現れた。

鎧も着けず、軽装である。戦場にはおよそ似つかわしくない服装だ。面立ちもまた、戦とは無縁の空気を纏っていた。武器よりも文具を好み、武勇よりも風流を愛する、文人のような佇まいである。

「初めまして。僕は朱（しゅ）熀。彛の皇帝をしている」

男性が、そう名乗った。

「頭がおかしいようだな」

エスデルは、冷たくそう言い放つ。

「ひどいことを言うね。どうしてそう思うのさ」

「皇帝でない者が皇帝を名乗って俺の前に現れたなら、それは狂気の沙汰だ。真実皇帝が皇帝だと名乗って俺の前に現れたなら、それもやはり狂気の沙汰だ」

「一理ある。さすがは獁犴の可汗だ」

納得したように頷くと、男性は話を続ける。

「僕は確かに皇帝だ。危うくその地位を逐（お）われるところだったけど」

男性の——統明帝の言葉に、エスデルは笑う。

「本当にお前が皇帝だとする。ならば、俺はお前の首をねじ切ることとしよう。一対一で、俺に勝てる男は獁犴にもそうはいない」

はったりではない。力だけで、獁犴を仕切ることはできないのは事実だ。だが、力がなければその端緒にも立てない。草原を統べるために、力は絶対に必要なのだ。

「心配しないでもなかったけど、やっぱりそれはないなと考え直した」

怯んだ様子も見せず、統明帝は話を続ける。

「也速迭兒可汗。君は、卑しい内通者の甘言に乗って軍を動かし、しかも敗れた。ここで、丸腰で話し合いに来た皇帝を殺したところで、不名誉の上塗りじゃないかな」

エスデルは黙り込んだ。事実だからだ。

「分からぬことがある」

ややあってから、エスデルは口を開く。

「中夏の皇帝とは、雲の上にいることでその権威を保つ生き物だ。なぜ、わざわざ敗軍の将の元を訪れた」

「そこなんだよね。中夏の皇帝はありがたがられすぎる。似たような立場の君だから話すけど、随分と苦労しているんだ」

統明帝は、話し始めた。

「最近名案が浮かんだんだ。皇帝っていうのは、部品のようなものでもいいんじゃないかと思っている」

エスデルは答えない。実のところ、話に興味があったのだ。この皇帝はなるほどおかしいかもしれないが、物事をしっかり考えているらしい。

「まあ、いきなりそうしろって言われても皆困るだろうから、のんびり取り組まないといけないだろうけど。色んな機関——内閣とか、錦衣衛とか、そういうものと同じ枠組みで、皇帝という存在があって。一番ありがたがられている、くらいが落とし所かな」

統明帝は、ふふと笑う。

「そして、『彝という国を象徴する存在』として皇統が落ち着くのが理想だよ。まあ、言ってみればこれのような感じだね」

そう言って、統明帝は玉璽を出して見せた。

「知ってるかな？　一時期、君のご先祖もこれを使っていたけれど」

「ああ。次にまた長城を越えたその時には、打ち砕こうと考えている」

エステルは、玉璽を睨み据えた。

「それは草原の民を堕落させる。誇り高き狼を、田畑で鳴く蛙(かえる)に貶(おとし)める。最(てい)が滅びたのは、できもしないのに中夏の皇帝の真似事をしたからだ」

「そう悪く言うことはないと思うけど。最の政策にはいいものもあったし、皇帝には素晴らしい詩を書く人もいたよ。――まあ、それはさておき」

統明帝は玉璽をしまい、話を続ける。

「知っているなら分かると思うけど、玉璽には中夏の皇帝の権威が備わる。むしろ、玉璽を持たない者には皇帝の資格がないと言ってもいいほどだ。しかし、玉璽自体が皇帝として支配しているわけじゃないだろう？　そういう感じで、いいと思うんだよね」

「一つの考えではあろうな。――なんにせよ、真に皇帝であるようだ。どうやって入ってきたかは聞かん。どういうやり方であれ、宿衛(ケプテ)を何人か死刑にしなければならなくなる。これ以上、獦豻の人間の数を減らすわけにはいかん」

エスデルは、その場に座り直した。

「何を話す。跪いて、卑しい獦豻は中夏に服属するとでも言わせたいか」

「そんなつもりはないよ。できもしないことだし。いずれ君たちはまた力をつけ、今回の損失を取り戻す。そうなれば、従っている必要などどこにもない。僕は狼に首輪をつけるような愚かしい真似はしたくない」

統明帝は、柔らかい笑みを湛えてそう答えた。

「君には持ちかけたい提案があるんだ。僕よりもそれについて詳しい人を今から呼ぶから、ぜひ話を聞いてほしい」

「何者だ」

エスデルの問いに、統明帝は笑顔のまま答えた。

「僕の皇后だよ」


――いよいよ、出番だ。覚悟を決めて、青蓮は姿を現した。

「初めまして」

声をかけて、中に入る。場所を空けてくれた統明帝に礼を言い、彼と話していた男性――エスデル可汗の向かいに座る。

エスデル可汗は、青蓮を見据えた。

剽悍そのものの風貌である。顔つきが、青蓮たちと大きく変わるわけではない。違うのは面構えだ。草原の風が、勇気と誇りを刻みつけたかのようである。

「なんだ。大蕣皇帝陛下は、女連れで戦場にいらっしゃるのか」

その頬に、エスデルはせせら笑いを浮かべた。

「君たちも、戦場に女性を伴うだろう。輜重（しちょう）や補給の陣営を後方で担うと聞くけど」

横合いから、統明帝が口を挟んだ。

「アウルクを知っているのか。なるほど、我らの女は戦場に身を置く。騎馬や弓技に秀でた者は戦いもする。今回は大勢が死んだ」

エスデルが、青蓮を見据える。

「その者は何をする。何者として、神聖なる戦場に姿を現した」

「彼女は商賈なんだ。蕣国で、一番のね」

「商賈だと？　商賈風情が、獨犴の可汗に何の用か」

エスデルが、青蓮を睨みつけてくる。

威圧。人を威（おど）し圧する気迫が、彼の全身から放たれている。

同じ人君でも、統明帝とはまったく種類が異なる。統明帝がすべての民を包み込む主君であるとするなら、エスデルはすべての民をひれ伏させる支配者なのだろう。

「商賈風情ならではの用向きです」

しかし、青蓮はひれ伏さない。その威を真っ直ぐ受け止め、耐え抜いてみせる。

「交易を申し出ます」

「交易だと？」

「はい」

「貢ぎ物を出せということか」

「いいえ。違います。対等な立場での、商いです」

青蓮は、エスデルの姿を見つめる。

「なぜ、俺たちがお前たちのやり方に付き合う必要がある。必要なものがあれば、奪えばいい。俺たちはそうしてきた」

エスデルは、不満を示した。

「これまではそうだったけど、これからも可能かな」

横から、統明帝が口を挟む。

「阿失帖児（アシュテミル）、捏怯来（ネグラ）」

彼は、中夏のものではない言葉を口にした。エスデルの表情が、一変する。

「哈刺章（カラジャン）、不花（ブカ）、買的里八刺（マイダリ・バラ）。皆、今日討ち死にした勇者たちだね」

統明帝の視線が、エスデルを刺す。

「僕たちを甘く見ない方がいい。単に布陣の仕方なんかを知ってるだけじゃない。君たちの蒙った損害も、しっかり把握している」

「甘く見ているのは、お前たちの方だ」

エステルが、視線を刺し返す。

「なるほど、俺たちは一敗地に塗れた。しかし、これで終わったわけではない。獨犴の勇士は、苦痛に呻いても恐怖にすすり泣くことはない。一言攻めよと命じれば、再び馬を駆り長城に取りつく。俺も含めた最後の一兵までが死を決して攻め寄せてもなお、お前たちに防ぎきる自信はあるか」

視線と視線が激突し、火花が散る。

「はい！　終了！」

青蓮は、速やかに水を差した。

「すぐに戦おうとしないでください。私は人死にで商売する商賈になりたくはありません」

「おい、皇帝。中夏では、皇后が皇帝やよその王に命令するのか」

毒気を抜かれた表情で、エステルが統明帝に訊ねる。

「言っただろう。彼女は特別なんだ」

統明帝の視線からも、激しいものは消えていた。ひとまず、緊張の緩和には成功したようだ。

「可汗。貴方は兵を引きました。それはなぜですか。『最後の一兵まで戦うつもり』にならなかったのはなぜですか。あるいは、我々がここまで現れた理由をあえて聞かなかった理由は何ですか」

速やかに、青蓮は話を進める。

「貴方の怯懦や、優柔不断によるものではないでしょう。君主の立場からすると、戦で出していい人死には限度があります。草原の民なら、尚更」

草原の民の遊牧生活は、養える人数が少ない。得られる食物に、限りがあるからだ。それこそが精鋭を生む理由でもあるのだが、一方で一度人的な損害を受けると立て直すのが難しくなるという弱みにも繋がる。

エスデルは何も言わない。その内心は察しづらいが、少なくとも青蓮の指摘は間違いではないと見える。

「ならば分かるはずです。陛下、貴方もですよ。貴方たちのなすべきことは何か。それは敵を殺すことではなく、味方を生かすことです」

青蓮は踏み込む。躊躇っている余裕はない。突き進むのみだ。

「ならば、私の言葉に耳をお貸しなさいませ。この場において、人を生かすことに関して一番秀でているのは、この私です」

大見得を切ってみせる。二つの国の支配者を前にして、商いを行う。商賈として、一世一代の大舞台だ。萎縮する理由はどこにもない。堂々と、やりきってみせる。

「それが、交易ということか」

エスデルが訊ねてくる。脈が生まれた。

「あなた方の身に纏う毛皮や、貴方たちがまたがる勇猛な馬は、いずれも我々の地に産するものではありません。一方、我々の地に産するもので、貴方たちにとって魅力的なものもたくさんあるでしょう」

生まれた脈を、逃さず摑む。

「それを取引することは、お互いにとって大変有益なはずです。殺し合い、奪い合うよりも、その方がずっと安全で確実ではありませんか」

実際に戦いに参加したわけではない。しかし、青蓮はそれがもたらしたものを確かに見た。戦とは凄まじい浪費だ。命を、ものを、一瞬にして消し去っていく。商賈として、これは決して許容できない。何としても違う道を探すべきだ。

エスデルは黙り込んだ。目を見る限り、考え込んでいるようである。

そう想像できることは、思えば不思議なことだった。彼らとは暮らし方が違う。価値観も違う。食べているものも違うだろうし、重要に思うものも違うだろう。

しかし、こういう部分では同じらしい。表情、視線。そういうものから醸し出される何かは、根底の部分で通じている。彼も、我も、人なのだ。

「君たちは、何がほしい？　絹かい？　それとも、宝飾品の類かい」

沈思黙考するエスデルに、統明帝が訊ねた。

「それらを欲しがる者も多い。だが、まずは鍋だ」

エスデルの答えに、青蓮は戸惑った。

「鍋」

統明帝も同じようだ。目をぱちくりさせて、二の句も継げない。

「鉄のものがいい。俺たちの暮らしは、移動に移動を続ける。勿論、そうしながらものは食う。生ではなく、調理してな」

エスデルが言い、統明帝はなるほどと頷いた。

「食べるなら、美味しいものが食べたい。そのためにも、壊れにくい頑丈な調理器具がほしいわけだね」

「そういうことだ。他には、豆を手に入れたい。馬に食わせる」

「馬も美味しいものが食べたいんですか?」

青蓮が思わず訊ねると、エスデルは首を横に振った。

「違う。豆を草に混ぜて食わせると、馬はより強く育つのだ」

「なるほど。濃厚なものを食べさせれば大きくなるのか。身体を使って働く人間が、しっかり食べないといけないようなものだね。そういうところは、人も馬も同じなんだ」

頷いてから、統明帝は怪訝そうに訊ねる。

「しかし、いいのかい。そんな秘伝みたいなものを、我々に教えて」

「それだけで馬が強くなるわけではない。育て方というものがある。強くするためには、色々と工夫が必要なのだ。そういうところは、馬も人も同じだ」

統明帝の言葉を踏まえながら、エスデルが言った。

「うわ、上手いこと言われちゃったな」

統明帝が、嬉しそうに笑う。言葉を用いた遊び心が、根っから好きなのが伝わってくる。

——遊び心。そう、遊び心だ。青蓮は胸が高鳴るのを感じる。遊び心は、気心を許したその先に現れるものである。人は感情で動く生き物であり、獷豻もまた人だ。交渉は、いよいよ勝負所を迎えているらしい。

「皇后。聞きたいことがある」

エスデルが、青蓮に向き直る。女呼ばわりしないのは、彼なりの敬意の表し方だろう。

「はい」

青蓮は、居住まいを正した。きっと、大切な話に違いない。

「お前は商賈だという。商賈は、ものを動かし利を得る生業だ。本当に儲けを考えるなら、中夏と獷豻が争うことは商機ではないのか」

エスデルの目の光が、厳しさを増す。

「だというのに、なぜ戦を止めさせようとする。俺たちは中夏の民を信じない。納得いく理由を説明できないようなら、交易の話はなかったことにしてもらう」

その光もその言葉も、青蓮はしっかりと受け止めた。

——言うべきことを、言うべき時に言えなければ、それは強い後悔を生む。青蓮が、身をもって感じたことだ。

今は、きっとその時である。商賈としての、青蓮としての、全力の言葉。それを、ぶつけなければならない。

「笑顔。誰もが笑顔になれることを、私は志しております」

全身全霊の気迫でもって、青蓮はそう言った。

「──笑顔、だと」

予想外の奇襲を受けたような顔で、エステルが言った。

「戦は、勝者と敗者を峻別（しゅんべつ）します。しかし、商いは違います。敗者には大きな苦痛と悲哀がもたらされ、永い屈辱と怨念が根付きます。しかし、商いは違います。やり方次第で、敗者を出さず全員を勝たせることができる。みんなを笑顔にすることができる。皇帝陛下も、貴方も、莽の人々も、獨犴の人々も、そして私自身も。全員を、私は笑顔にしたい」

そう言い切った青蓮を、エステルは見つめた。その瞳には、純粋な驚きが表れている。

「可汗を前にして、笑顔にしてやりたいなどと放言するか。そこの皇帝でも、もう少し遠慮があったぞ」

「びっくりするだろ。僕に対してもそうなんだ。気に入らないことがあったら、書斎まで乗り込んだりしてくる」

統明帝が、自慢げに笑う。

「だから素敵なんだ。君が望んでも、彼女はあげないよ。絶対にだ」

「なっ──」

青蓮もまた、予想外の奇襲を受けた。その点では同様だが、先ほどのエステルとはまた表情は異なるものだろう。顔が熱い。多分耳まで真っ赤になっている。

「ふっ」

それを見て、エステルは吹き出した。その目からずっと放たれていた殺気が、消える。

「ごめんだな。俺の好みはもっと大人しく控えめな女だ。可汗に取引するよう迫ってくる猛女など、こちらから願い下げだ」

代わりに、笑みが浮かぶ。朗らかで、陽気な笑顔だ。

「――さて」

その笑みをいったん収め、エステルは容儀を正した。

「お前たちは、人を謀(たばか)る。操る。欺く。陥れる。そしてそれを策と呼んで恥じず、智と称して誇る。何度でも言おう。誇り高き草原の民は、お前たち中夏を決して信じない」

そこで言葉を切ると、エステルは統明帝と青蓮とを等分に見比べた。

「だが、お前たち二人のことは信じてみよう。交易の話、永遠の天(ムンテ・テンゲリ)にかけてしかと聞き届けた。いずれ、こちらから使いを送る」

そう言ってから、エステルは一つ付け加える。

「――使いには笑顔を練習させておく。脅しに来たと間違われてはたまらんからな」

青蓮も、統明帝も笑ってしまった。それを見て、エステルはしてやったりと言わんばかりの表情を見せたのだった。

長きにわたって、中夏と獯豻の間には対立と支配以外の関係が存在しなかった。それ以外の道——交易の道が開かれたのは、実にこの木金関の戦いにおける皇帝と可汗の会談に始まる。

終章

「さてと」

青蓮は、自室でこなす習慣に取り組んでいた。書牘の確認である。商いは、現実の世界を相手にしたものだ。だからこそ、常にその動きに通じている必要がある。染み入るような真冬の寒気にもめげず、青蓮は書牘を読み進めていく。

「あら」

一つ一つ読んでいるうちに、嬉しい気持ちになるものと青蓮は出会った。帝賞法に基づいて営まれる店が、新たに元々宮女や宦官だった者たちを雇うことに決めたらしい。

——従来、店では胥吏たちが働いていた。人付き合いは上手くできるが、やはり品物の扱いについての専門家ではない。また、好評に伴い客が増えて人手がとられ、本来の仕事が滞りかねないという懸念も生じていた。

一方後宮にいた宮女や宦官は、取り扱いに慣れているし目も肥えているが、仕事が見つからず困窮している者が多かった。互いの損得が完全に一致し、この取り組みが始まったのである。

聞くところによると、これは慎翻という大学士の考えたものらしい。一度見たことがある、白い髭の老人である。彼が「誰であれ、死なないのに越したことはない」といって提案したのだという。何もしないことで有名だった彼が突如積極的になったことは、朝廷で驚きをもって迎えられ、「昼間の蠟燭が、闇夜の松明になった」と評判になっているらしい。

「みんな笑顔よね。よしよし」

頷くと、青蓮は桃包を手に取った。これは、天下一の飯店と名高い芳容楼から、料理運びに届けてもらったものだ。とある女性がお土産代稼ぎに始めた料理運びは、今や一つの職業として完全に都に定着していた。

「――ん?」

桃包をぱくぱく食べながら書牘を読み進めていると、青蓮は見覚えのある名前にぶつかった。差出人は、陳小蘭。かつて仕事で世話をした、元気な女性だ。

元気でいるのかな、そうだったらいいなと読み進めて、青蓮は目を見開いた。

「結婚!」

何と、結婚したのだという。

相手は、幼馴染みらしい。猾犴との戦いから無事帰ってきた彼にお土産を渡し、好きだったと伝えようとしたところ、先に言われてしまったのだそうだ。そして付き合うようになり、時に喧嘩をしたりしながらも関係を深め、ついに結婚することになったのだという。

めでたいことだ。早速返事を書かないと。それにはお祝いもつけないといけない。あれこれと考えながら、ふと青蓮は肩を落とした。

結婚という言葉に、胸がちくりと痛むのだ。

もう、随分と前のことである。青蓮は、期間限定で皇后となったことがあった。その期間はいったん終了してからもう一度始まり、そして様々な問題の目鼻をつけてから再び終了した。

そう、再び終了したのだ。それ以降、青蓮は一度も内城へ向かっていない。対外的には皇后は病死したことになり、盛大な葬式が執り行われた。青蓮も、お悔やみの品を供えた。自分の葬式に自分で参列した人間も、そうはいまい。

その後、細かい障害を乗り越えつつ、蕣の国は前へ進んでいる。

たとえば獨犴との交易も、手探りながら順調にその規模を広げている。羊の乳を加工してつくられた酪などは、新しい料理として好評を博している。

内城の建物の再建も進み、完成の暁には大々的に民を集めて宴を開くのだという。

一人の大学士が収賄で失脚したことをきっかけに、大学士の面子は一新された。今や二番目に古株だという郭晶の主導で、改革の見直しに取り組んでいる。何もかもが上手く行っている。行っているのだけれど――

「――あー駄目駄目」

青蓮は頭を振った。よくないことを考えている。朝からこんなことでは、一日が冴えないものになってしまう。

「よろしいですか？」

　使用人が、外から声をかけてきた。

「どうしたの？」

　書牘を整理しながら、返事を返す。

「お知り合いだという方がいらしています」

「誰？」

　考えてみるが、ぴんと来る相手が浮かばない。老朋友（ラオパンヤオ）たる谷乙（こくいつ）は水運を生かした新しい商いを生むべく遥か南へ旅しているし、アドリアは獦犴との交易にかかりきりだ。獦犴側にいる回回人たちが老獪（ろうかい）で、押し出しの強い彼女が頼りにされているのである。

「それが、お名前は名乗られなくて。出てきてもらえば分かると」

　使用人は、困った様子だ。

「何か怪しげな人ね。風体はどんな感じ？」

「うーん、そうですね」

　少し考える素振りを見せてから、使用人は言う。

「店持ち商賈（しょうこ）の三代目、と申しますか。家業よりも、文事に打ち込んでいそうな方です」

　青蓮は、部屋を飛び出した。驚き慌てる使用人を置き去りにして、家の玄関まで駆け抜ける。

「やあ」

飛び出してきた青蓮を迎えたのは、彼だった。使用人の評価がぴったりくるような佇まいだ。彼がまさか、当代の皇帝陛下だと思う者はどこにもいないだろう。

「どうして」

頭が混乱して、胸がいっぱいになって。青蓮は、そんなことしか言えなかった。

「どうして」

もう、二度と会えないはずだった。声を聞くことだって、できないはずだった。それなのに、なぜまた自分はこうしていられるのか。彼の姿を、彼の言葉を、間近で感じられているのか。

相手は――熀は何やら考え込み始めた。すらすらと珠玉の詩文の如き名文句が飛び出すかと思いきやそんなこともなく、随分と長考に入っている。

「まあ、簡単なことなんだ」

ようやく、熀は口を開く。

「青蓮に会いたくて」

出てきたのは、捻りも何もない言葉だった。

「――もう」

思わず苦笑する。じわりと涙が滲みそうになるが、何とか堪える。久々に会う彼には、笑顔を見てもらいたい。

「一緒に、散歩でもどうかな。色々話したい」

焜が、そう訊ねてきた。

「ええ。ご一緒します」

青蓮の答えに、焜はほっとした表情を見せた。

「できれば、これからも。一緒に、色々と」

そして、そう言ってくる。

「勿論です」

青蓮は、頷いた。

「期間は、限定しません」

梁(りょう)青蓮。彼女が蕣の歴史に残した足跡は大きい。あまりの大きさに、様々な伝説が付随して生まれている。

曰(いわ)く、木金関の戦いの勝利に陰から貢献した。曰く、友人と共に西の国へ船出し、行く先々で交易を行い、七珍万宝を船に積んで帰還した。曰く、時の皇帝である統明帝と、密かに夫婦の契(ちぎ)りを結んでいた。

いずれも荒唐無稽なものばかりだが、夢に満ちているとも言える。梁青蓮は、中夏の人々の夢を託されるような存在だったのである。

本作品は書き下ろしです。

期間限定皇后

2024年2月10日　初版発行

著　者　尼野ゆたか

発行所　株式会社　二見書房
東京都千代田区神田三崎町2-18-11
電　話　03(3515)2311[営業]
03(3515)2313[編集]
振替　00170-4-2639

印　刷　株式会社 堀内印刷所
製　本　株式会社 村上製本所

本作品に関するご意見、ご感想などは
〒101-8405　東京都千代田区神田三崎町2-18-11
二見書房　サラ文庫編集部　まで

ISBN978-4-576-23151-8
https://www.futami.co.jp/sala/

二見サラ文庫

大江いずこは何処へ旅に

尼野ゆたか

イラスト＝大宮いお

元彼のことを引きずる大江いずこの前に、旅行家マルコ・ポーロを名乗る金髪の青年が現れた。そして始まる、マルコといずこの珍道中！